做个可爱老人

王 辉 著

天津社会科学院出版社

图书在版编目（CIP）数据

做个可爱老人 / 王辉著. -- 天津 : 天津社会科学院出版社, 2018.5（2021.1 重印）
ISBN 978-7-5563-0456-1

Ⅰ. ①做… Ⅱ. ①王… Ⅲ. ①散文集—中国—当代 Ⅳ. ①I267

中国版本图书馆CIP数据核字(2018)第072459号

做个可爱老人
ZUO GE KEAI LAOREN

出版发行：天津社会科学院出版社
出 版 人：张博
地　　址：天津市南开区迎水道7号
邮　　编：300191
电话/传真：（022）23360165（总编室）
　　　　　（022）23075303（发行科）
网　　址：www.tass-tj.org.cn
印　　刷：北京盛通印刷股份有限公司

开　　本：787×1092毫米　1/16
印　　张：17
字　　数：190千字
版　　次：2018年5月第1版　　2021年1月第2次印刷
定　　价：60.00 元

王辉生活照

王辉每日骑行去游泳

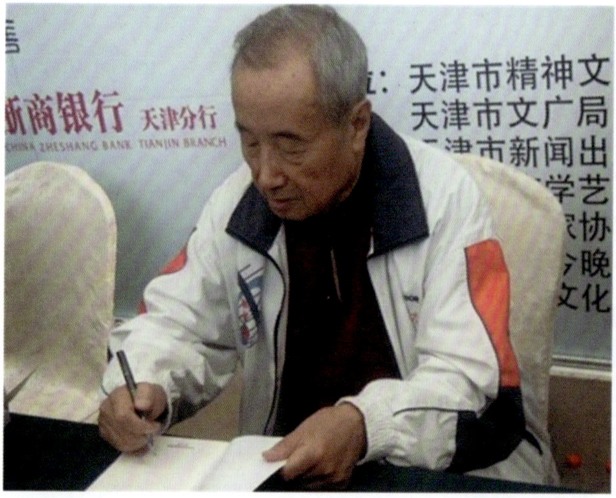

王辉在2014年中老年读书节上为读者签名

王辉与夫人

王辉生活照

王辉生活照

王辉每日坚持工作

王辉出国参加活动

王辉与中老年时报
社长兼总编辑张玲

王辉与中老年时报
副总编辑沈露佳和
编辑迟凤桐

王辉与天津中老年时报
传媒有限公司副总经理
李光

王辉在2015年中老年读书节开幕式上

王辉与忠实“粉丝”握手

王辉为青年学子签名

王辉在2014年中老年读书节上

王辉在读书节上与读者见面

目 录

做个可爱老人

国家统计局发布数据显示，2017 年年末中国内地 60 周岁及以上人口 24090 万人，占总人口的 17.3%，其中 65 周岁及以上人口 15831 万人，占总人口的 11.4%。老龄人口的迅速增加，一方面让大家感到自信自豪：这说明我国社会经济发展了，人民生活和健康水平提高了，人们的预期寿命延长了。另一方面却也让人们忧心忡忡：一个相对弱势且迅速扩大的老年群体，会给家庭和社会带来多大的压力，而这千千万万的老年人，又如何能有质量、有尊严地度过人生最后时光？

中央电视台主持人白岩松说：一个社会，可爱的老头儿老太多了，这社会必可爱。王辉王老汉说：做个可爱老人。

是的，做个可爱老人，让自己快乐、让他人喜欢、让社会更和谐。

王辉王老汉就是个标准的可爱老人。

我认识王辉王老汉大约是八九年前，当时跟着《中老年时报》老社长马志林参加过几次聚会，大多是以王老为主客。在这几次聚会中，王老可谓“鹤立鸡群”，彰显长者风范。他的言谈睿智、深邃、幽默，给我留下了极深刻的印象。当时我就觉得，这是一个十分可爱的老头儿！2012 年组织上让我接任《中老年时报》社长，后又兼任总编辑。从此，跟王老的接触就多了起来，有的时候是研讨会，有的时候是约稿，有的时候是讲座，有的时候是出书，有的时候是签售，更多时候是请教。这样一来二去，王老汉可爱的形象在我心目中愈发丰满和立体了起来。记得为《王老汉乱弹》结集出版作序，我情不自禁地写下了这么一段话：“能结识王辉先生应该是我与他有缘。而这种缘分于我、于时报、于读者来说，是一种福分，所以我说这是我们大家的福缘。”细细回想起来，王老汉之所以可爱，大约是因为：

有思想

有人说，思想决定一个人的生命价值 。王老的生命价值在我眼里是很高的。这不仅是因为他在时报开了栏目，用他的知识、用他的文字，为读者解析人生，指导生活，更因为王老对身边的大事小情皆有自己独立的认识和见解，并用自己的判断和内心的坚守，对事情的发展加以引导。他用自己的正直、洒脱、温暖、赤诚，面对人生。即便在受到压力的日子里仍能坚守自己的人格，后来离开领导岗位，仍能开辟新的领域，从官员潇洒地转身为学者。若无思想，可能早已随波逐流，慵懒人生了。记得姜维群先生在一次杂文研讨会上说，现在社会上有一种戾气，不少杂文作者的文章也陷入了这种情绪之中，但王辉先生的文章却清凉中透着温润，柔和不扎人。作为一个纸媒的负责人，我始终认为，媒体要有责任，要有思想，要让你的受众从你所传播的内容中，感受社会的进步，事业的发展，未来的美好。即便是揭露社会阴暗面，即便是监督，即便是负面报道，报道的初衷一定是为了帮助社会摆脱这些丑恶，为了不再发生这些，而不是一味地猎奇刺激、吸引眼球。王老的初心，王老的思想，为我、为时报、为读者注入了强大的支持力，当我们因遇到困境产生焦虑、困惑，不知所措时，他用自己的思考引导我们慢慢静下来，慢慢实现自己的人生价值。王老说，人生就是一个容器，装的快乐多了，烦恼就少了；装的感恩多了，痛苦就少了；装的理解多了，矛盾就少了；装的大事多了，杂事就少了；装的阳光多了，阴云就少了；装的高远多了，偏见就少了；装的友谊多了，敌意就少了。王老的生命里装满了正能量，因此他无比可爱！

有道德

人们常说：道德是石，敲出希望之火；道德是火，点燃希望之灯；道德是灯，照亮人生之路；道德是路，引导人们走向灿烂辉煌。凡是和王老汉交往过的人都有一个共同的感受，就是王老汉温文尔雅、谦逊和气、大度包容，接人待物恰到好处。和他打交道不会紧张、敬畏，而会自然而然地放松、舒心。王老达到如此境界，一定和他的阅历、修养密切相关。他一生跌宕起伏，几度风雨，跨界驰骋。首先是受人尊敬的老革命，是天津地下党学生负责人之一，为解放天津做出过突出贡献。他曾讲过在白色恐怖下传递情报、发展组织的故事，听了之后再也不忍看那些装备、服装、场面超级豪华的谍战片，总觉得那是对观众的误导，也是对革命老前辈的亵渎。其次王老汉是一名位及天津政界核心的厅官，曾在天津市区两级党委的重要部门担任领导职务，由于勤勉厚道、认真严谨，深受器重，担任过市委市政府办公厅主任之职。晚年，他义无反顾地踏入学术界，从此不再回头。再次王辉王老汉是我国著名的社会学专家，老年学学科的开拓者。王老汉从官员到学者成功转型，曾担任全国老年学学会副会长、全国社会学学会副会长，一度蜚声中外。最后王老汉还是专栏作家，几十年如一日在媒体开专栏，深受读者追捧，实属罕见。但王老汉从未炫耀过他的这些资历、曾经的地位，而将人生丰富的阅历，升华为通透的认知、处世的思想。他说，水低成海，人低成王。他说，要把握好做人本分，知理、知趣、知足。他还说，好好地学会与人相处，要乐于助人，以助人为乐。他又说，做人办事要稳重，尊重别人、尊重集体、尊重社会，自觉地遵规守矩，才能受到他人尊重。王老的人生里高度凝结着个人自觉的意志和信念，他的人生道德如此崇高，所以无比可爱。

有责任

责任是一个人对待人生和生命环境的态度，是一个人人生观、价值观和世界观的体现。王老是老革命，又曾贵为厅官，还是著名学者，退休后就是吃老本、享清福，也会受人尊敬。但他偏偏不甘寂寞，在媒体上开专栏，这一写就是这么多年，单在中老年时报开专栏就超过二十多年。这是一种什么样的人生态度？我体会，这就是人们常说的不忘初心、牢记使命！这就是王老汉这一代人身上固有的一种精神、一种基因！只不过许多人在退休后不再坚持，或者遇到挫折就改弦易辙，而这种精神在王老身上，体现得更为坚忍执着，更加淋漓尽致。王老汉不仅始终如一地坚守着，而且与时俱进。王老说，习近平总书记提出了“四个全面”的新时期治国理政总方略，这“四个全面”每一面都有重大战略意义，我们老人虽然离退休在家，同样关心国家大事，关心国家和党的战略目标和战略举措。这“四个全面”和老年生活息息相关，他总结文友所言，提出老人也要“四个全面”，全面健康、全面发展、全面进步、全面丰收；习近平讲话指出：培养造就一支具有铁一般信仰、铁一般信念、铁一般纪律、铁一般担当的干部队伍。王老因这铿锵有力，掷地有声的感召，倡导老年人要做有信仰、有信念、有纪律、有担当的“四铁老人”，要用“讲规矩、懂规矩、守规矩、立规矩”来思考老年生活。王老说，他欣赏《老人与海》里的这句话：“他身上的一切都已衰老，除了眼睛。他的眼睛像海水一样蓝，流露出快乐和不言败的神情。”这是释放正能量的磁场，辐射着永远进取、老而不衰的精神，能对社会进步发挥最大的助推作用。正如对他的文学评论所言，王辉的随笔主题鲜明，具有深刻的哲理品格，带有理性批判精神和思想色彩，结合自身的经历体会，将国事家事融入其中，精细地刻画出世相百态，浅显地阐释出人生哲理。他用自己的信念担当老年人的责任，他用自己的心智、格局和胸怀，体现着一个老人的使命、生活空间和追求。因为“人虽摇摇晃晃，心却青春荡漾”，所以他无比可爱。

有真悟

人到老年，最难面对的是衰老和死亡，必须面对的也是衰老和死亡。很多人到了老年自认为把世上的事情基本上悟透了、看开了，但说到生死问题，难免会心生不悦，茫然无措。记得时报在颐寿版上曾经讨论过“生前遗嘱”的话题，有读者写信说，活得好好的，说什么死不死的啊。王老说，我年过八旬，时而也想到死的问题，因为人的出生是偶然的，死亡是必然的。永生的渴望与终死的必然，是命运的有机组合。只有意识到死亡的必然，只有战胜和超越肉体之死，才能建构起生存信念，体现其价值和意义。正因为悟出了生死的真谛，王老更珍惜当下的每一天，晚年生活比他人更精彩。当人们退休在家做老人之时，花甲之后的他只身一人五访北美，两渡扶桑，北上韩国，享受生命的挑战；当很多老人琢磨“七十不留宿，八十不留饭”时，80 多岁的他去俄国、跑滇西、游贵州，走出家门看世界。他对自己的认知是那么清晰无误，他要为自己的生命做主宰。他说，我自知年老体衰，但还要量力尽力而为，能写就继续写，不辜负尺素；能讲就继续讲，不错过交流；能出去转转就出去转转，不虚枉大好风光……我要接受生命的挑战，挑战，再挑战，直到生命的终点，此生使命若尽，无一憾也！

正是悟透了人生，他对自己最后一站早有打算，给子女留话，弥留之际，千万莫做那些上机器、插管子的事，让一个走到生命尽头的人安详离去，也不要开任何形式的追思会。

王老如他所愿地走了！人们都觉得他走得太过突然。当我站在他家的床边，看着他、抚摸了一下他的额头，给昏睡的他说话，虽然他呼吸急促，面色因此略显涨红，但神色却十分安详，我知道他一定会无一遗憾地去天堂。冥冥中，他在他喜爱的精神家园——《中老年时报》上，最后依次写了“做个可爱老人”“更新生命伦理观”。他说，老人力争好好活，慢慢老，静静死！这是生命最佳的归宿。他留给时报的一篇是“且把远足当人生”。

在生命存在时，不枉对人生，在生命离去时，权当远足。这样的老人怎么能不可爱！

让我们都向王辉王老汉学习，做个可爱老人！

王老在时报开专栏 20 多年，时报在 2013 年、2014 年，分别结集出版了

《相约王老汉》《王老汉乱弹》，与读者交流，但至今未有一本出版社正式出版的文集。2017 年 9 月 21 日，我们去看望王老，与他商定，正式出版一本精装本文集，我提议用《做个可爱老人》作书名，王老欣然允诺，并亲自挑选文稿，供迟凤桐编辑。没承想此次约定，竟成永别。所幸王老文稿业已成册，即可付梓。用《做个可爱老人》精装本来纪念王辉先生，来慰藉广大读者，我内心因此欣慰。我本人因干部任用回避有关规定，于 2018 年初调离时报，《做个可爱老人》面世，我内心就此释然。

以此为序。

张　玲

戊戌初春

学而时“会”之

小时候上学，听先生讲《论语》的“学而时习之，不亦说乎”，解释是学习并时常复习，不是很快乐吗？到了后来，才知道对这句话的理解还存在争议，有好几种说法，老汉我也不知所云了。其实想想，人这一辈子都在学习，既是学就想学会，学会一种知识，懂得一个道理，都是让人高兴的事情。及至老年，我们要学会一些什么呢？

最重要的是学会快乐，老年期是人生的丧失期，失去工作，失去亲人，失去健康，最后失去生命，所以要有心理承受能力，学会从生活中寻找快乐。老人一生中总有这样那样的痛苦，一定要把昨天的痛苦放下，不要占据你的今天。心情是自己的，学会快乐的前提条件是自己别不待见自己，别老觉得我不如人，别拿自己不当回事。自己要主动寻求快乐，就是自己要找乐，自得其乐。一句话，就是不要活在过去，要好好活在当下。

要学会坚强，没有人会搀扶你一辈子，年老了生活尽可能自理自立，实在不能自理了，那没有办法，但一定要有自信。居里夫人说，我们必须要有恒心，尤其要有自信心。只有相信自己，才能知难而进，坚持到底。老年人退休在家，不是一切平安无事，不是没有任何困难，不坚强的话，没人同情你，因为不可能一切依赖家人。坚强是主人，软弱是奴隶。我们老人一辈子走过来不容易，晚年成了弱势群体，但是我们要做生命的强者。

要学会善良和宽容。学会善良，就是做一个好人，一个人的能力有大小，一个人幸福与不幸很难说，个人无法把握，但是有一点是可以做到的，就是要善良，善待身边的每个人，善待他人就是善待自己。宽容是一个人的修养品位，是一个人的文化教养，是一个人永恒的力量。怎样才能做到宽容呢？一是要了解人，二是要理解人，三是要谅解人。比如老人乘坐公交车时，大发脾气，甚至动手打人，这是很不对的，咱们老年人不就是去公园锻炼，去市场买买东西，互相理解一下，大家不都方便了吗？严于律己，宽以待人，才是与人和睦相处的基础。我们要学着待人如待己，使人与人之间少一点轻蔑与猜忌，多一份尊重和信任；少一分挑剔和苛求，多一分理解和宽容；少一分掩饰与冷漠，多一份坦诚和关心。

还要学会珍惜，人人都觉得永远很远，其实它可能短得你都看不见，珍惜你认为值得珍惜的，别让生命留下惋惜。珍惜生命，人的生命只有一次，没有虚无的来生，时间不允许我们从头再来；珍惜兄弟姐妹，多一份关爱和奉献，那份血缘是与生俱来的，永远无法割舍；珍惜朋友，人海茫茫，潮起潮落，能够成为肝胆相照、意气相投的挚友，本身就是一种奇迹和缘分；珍惜生命的伴侣，十年修得同船渡，百年修得共枕眠，风雨同舟相濡以沫才能到达幸福的彼岸。

我们常说“活到老，学到老”，老年生活离不开学习，从书本上学，从生活中学，从实践里学，学而时“会”之，不亦说乎！

老年之悟

有学者如是说，人生一般不过 3 万多天，第一个 1 万天是接受教育时期，第二个 1 万天是成家立业时期，第三个 1 万天是思考总结时期。人生一世，相处最多、打交道最多的，乃是“自己”。但往往最悟不透的，也是“自己”。因此，人生最关键的任务，就是应当把自己悟透。

人到老年，一个“悟”字，浓缩了人生的千言万语，于是在不知不觉中，学会笑看世事繁华，淡定人生心态，不求不可取，不求不可得，随遇而安，顺其自然，无憾我心地做人做事。

人到老年要越悟越清醒，健康是最大的幸福。人什么都可以缺少，就是不能缺少健康。自己的健康能靠谁，想来想去靠自己。邓小平有言“摸着石头过河”，老人养生可以把“河”字改为生活的“活”字，就是摸着石头过活，这石头就是饮食、锻炼、服药等日常生活，看怎么适合自己就怎么做。养身更要养心，最好的养心方法是“放下”，放下恩怨，放下名利，放下焦虑，放下忧愁。放得下的人，才能活得踏实，活得洒脱，活得快乐，活得长寿。

人到老年要越悟越明白，人生是一个过程而不是目的，成功失败都是收获，苦辣酸甜都有营养。有苦味的生活要比无味的生活好一百倍，生活最可怕的是没有味道。老人要给自己定位，知道自己担任什么角色，要定位，不要越位；要自信，不要自负；要有梦想，不要有妄想；要有决心，不要有野心。有定位，就是知道自己现在的社会角色，懂得学会忍让。“退一步海阔天空，进一步悬崖绝壁；让三分风平浪静，争一时人翻马覆。”宽容是人际关系的润滑剂，它能减轻人际间的磕碰、摩擦和无谓消耗。忍耐不是软弱，而是理解人、有爱心的表现;让人不是怕人,而是一种非凡的气度、宽广的胸怀。

人到老年要越悟越透彻,人这一辈子,无论采取哪种活法,都不能违背三个原则,即尊重自己、尊重别人、尊重自然规律。不尊重自己的活法没有价值,不尊重别人的活法没有道德,不尊重自然规律的活法没有发展。人要懂得尊重自己,尊重自己所以不苟且,不苟且所以有品位;人要懂得尊重别人,尊重别人所以不傲慢,不傲慢所以有修养;人要懂得尊重自然,尊重自然所以不破坏,不破坏所以有发展。

人到老年要越悟越达观,晚年要由自己来设计,你有高质量的设计,才有高品质的晚年。“要趁夕阳赶一程”,干自己乐干之事,干自己未竟之事,在老当益壮中实现人生之梦。实现高质量的晚年,不在于追求高消费,而在于文化养老,充实个人的文化生活,追求知识,讲究文化休闲,生活要有文化品位。你对人生真的参透了,就会心静如水。静是一种大境界,静能养心,静能益智,静能知戒,静能护金身六甲,平抑虚火,遏制众病蜂起。留住静气,就是留住节操和生命。

六十岁是生命的一个重要驿站,离岗卸任一身轻,不用再为别人而活,不再活在别人的目光里,可以随心所欲地为自己活着,更简单、更轻松、更真实地体现自己,展现个性的美丽。明明白白悟人生,自自在在度晚年。

广结书缘

记得四十年前，到农村参加普及大寨县运动，农民批评村干部和群众分成了三六九等，说那些整天坐在大队部不下地劳动的干部是“一等人，实在高，办公室一坐有吃烧”。说来也惭愧，老汉我过去也是坐办公室，真正下去接地气的时间少。离休后，与文件缘一刀两断，唯独未了的就是书缘。

“有缘千里来相会，无缘对面不相逢。”说起书缘，真有一段佳话：

20 世纪 90 年代初期，天津社会科学院在北戴河天津干休所举办过一次老龄工作干部培训班，我应邀参加并讲课。干休所的所长是隶属机关事务管理局的老熟人，对我招待十分热情。我觉得无以回报，就将我当年出版的访美随笔集《小脚女人与波音 747》等几本小书送给干休所阅览室。没承想待我们走后，在日本东京大学读医学博士的张静华女士回国到那里休假，她在阅览室看到了我的小书，发现了我这个社会学者。

张女士的未婚夫桥爪大三郎是东京工业大学的社会学者，当时正要来津与她相会。于是她提笔给我写信，提出有位日本社会学者想与我会面。当年我在天津社会科学院办院的方针是“上天、入地、过海”，“上天”是提高基础理论研究水平，“入地”是深入基层研究实际问题，“过海”是开展对外学术交流。这次会面正是一次对外交流的机缘，我欣然同意。怎么回复她呢？我看看信封后边的通讯地址，不禁暗暗称奇，原来她住在父母家，而她父母也是原市政府的干部，就在我家楼下！她东渡扶桑，飞回故里，靠这本小书，竟与我结缘，真是无巧不成书！

桥爪大三郎先生不同于一般日本客人，他不是送我小礼品，而是一见面就拿出一摞著作送给我。礼尚往来，我也把一摞著作送给他。翌日上午再见面时，看来他已翻阅过我的书了，向我提出可不可以将我于1989年在北京出版的《中国的“官场病”》翻译成日文出版。

我于1993年、1995年先后两次应桥爪之邀赴日访问讲学，日本的学术刊物《思想》杂志摘登了《中国的“官场病”》日译本的部分篇章，桥爪还同我在《中央公论》杂志上进行了对谈。我还分别在东京工业大学、早稻田大学、立命馆大学、中央大学等名校发表了演讲……2013年，在桥爪教授和张静华博士指导下，又将我的一部回忆录译成日文出版，日方盛情邀我再次访日，我因年迈而谢绝。你看，一本小书结缘，竟结出意想不到的一系列成果。

或曰：你王老汉凭著作结缘，我们靠什么结缘？答曰：结缘是广义的，千万老人或进老年大学，或集体学习，或在家自学，还不都是与书结缘？河东八友的老铁写出回忆录赠我，96岁的赵秀岩老人将毛笔小楷文章赠我，90岁的崔光明老人将他的美文赠我……这不都是书缘吗？人与书有缘，人与人也便有缘。

哈佛有个著名的理论：人的差别来源于学习，经常抽出时间用来阅读、学习、思考，你会发现人生会发生改变，成功会向你招手。广结书缘，善莫大焉！

难得明白

郑板桥的一句“难得糊涂”流传了几百年，其实那些高悬“难得糊涂”的人往往是大智若愚，清醒自明，揣着明白装糊涂罢了。人这一辈子，大都是糊涂一阵子，明白一阵子，没有谁能一辈子明白，也没有谁会一辈子糊涂。

及至老年退休，最当彻底明白。回想以前，为名利地位，为鸡虫得失，为职称官衔，争得不亦乐乎，甚至尔虞我诈，以邻为壑，实在没意思。退休后才想明白，那些东西都是身外之物，退休时都赶齐了，大家全是退休老人。早知如此，何必当初？做官是一阵子，做人才是一辈子。

难得明白尤其体现在退休之后，老年人特别要有自知之明。要明白岁数大了不是本钱。这年头什么都值些钱，就是岁数不值钱。心里千万别有那么多的“应该”或者“不应该”。喊你声“老头儿”没什么错，叫你声某老是对你的尊称，用不着斤斤计较。年轻人腿脚快抢先占座位，那是生物本能；有人给你让个座，那是碰到了大好人。

要明白不要老把“想当年”挂在嘴上，这不是人人都爱听的话。如今不是忆苦思甜的年代，没人愿意享受你的光荣历史和坎坷经历。时代不同了，你吃过的野菜，现在变成了高档佳肴；你垦荒造田，现在成了破坏生态。红军煮皮带充饥的故事，让年轻人没法理解，放到现在煮一根皮带得几百块钱，总没有炖几斤肉来得实惠。因此，“想当年”的话题要适可而止，毕竟“当年”不如“当今”更实际。

要明白少管闲事为好，特别是家中的“闲事”。孙辈的教育是爹妈的事，不是你爷爷奶奶的责任。如今都是“奥特曼”“灰太狼”年代了，你还在讲“从前有座山，山上有个庙……”叫人听得不耐烦。与子女相处，千万不要喋喋不休，要有“政协”的位置感，既要到位，又不能越位和错位。大事上表个态，听不听的别计较。子女征求你的意见那是敬重，自己别争当“大家长”。

要明白“年轻人一定比你忙”。你想孩子了可以打个电话，孩子想你了可能连打电话的时间都没有。千万不要为这种事较真儿，抱怨多了会“两败俱伤”。如果孩子真来看你，千万不要找理由强留孩子，孩子们“花时间”与“花钱”一样，是用金子买光阴，能抓空来看看你就是好事。

要明白自愿付出时别想着回报，不要为别人做点事总挂在嘴上。帮子女做家务、照看孩子的确辛苦，但千万别当着子女的面念叨。有些事不一定能将心比心，“尊老爱幼”永远是把“爱幼”放在第一位，“付出”是送给别人的东西，千万不要想着再“找补”回来。

要明白不能总想着改变别人。每个人都有自己的习惯和活法，原本没有绝对的错对。我和老伴有些生活习惯不同，谁也改变不了谁。改变不了别人就试着变变自己，其实你自己也很难改变。与其这样，不如和平共处。淡然处之总比指手画脚让人喜欢。

小事糊涂点，笑口常开点，名利淡薄点，性格合群点，生活知足点，待人和睦点，手脚勤快点，脑子多动点，环境幽静点，起居规律点，卫生讲究点，冷热注意点，烟酒疏远点，饭量控制点，有病重视点，体姿挺直点，衣着美化点。每天生活好一点，明明白白度晚年！

品尝人生况味

很多朋友退休后都外出旅游,到过许多国家地区。有的是夫妇一起随旅游团而行,也有的是同学同事或老年大学新结识的朋友一起旅游,如今老年人占整个旅游人群的比重越来越大。

去年我和几位朋友参加赴俄罗斯的旅游团,里面多为老年人,当然都比我们耄耋老人年轻。有一天,我和老友在伏尔加河游轮的甲板上与一位老年旅游小团体的带队人相遇,对方冲我们笑笑问道:“你们到过多少国家?到过澳洲吗?到过南非吗?”我们摇摇头,回答只去过美国等几个国家。对方又问老友去过夏威夷吗?老友说没有,多年前去美国,主要是讲学和从事中美关系史研究。对方一阵沉默,看来没有多少共同语言,便悻然离去。

我想,旅游应是休闲而不是拉练。我们那次俄罗斯之行,来回9天的行程,竟有4夜分别在飞机和火车上度过,真比拉练还紧张。我国旅游行业竞争激烈,都在追求效益最大化,既要在最短的时间内观光更多的地方,又要价位低廉,因此行程必须安排得十分紧凑。这样,参加旅游团很难享受到旅游的休闲。当然,去完全陌生的地方,参加旅游团还是既经济又省心的,总是可以开开眼界,最大的缺陷是不能休闲,享受不到旅游文化。

有人说人生有三个境界:生存、生活、生命。旅游无疑改变了日常生活,变换了生活方式,但是从容品尝生命的滋味,感悟人生况味,才是旅游的最高境界。20世纪90年代,我多次只身出国学术交流,远飞大洋彼岸,东渡扶桑,北访韩国,让我如此直接地、真切地、生动地、诗意地接触、贴近和走入浩瀚的陌生世界。如此多彩的人生,使我在旅行过程中对生命进行了沉思和回味,甚至,还满足了我一种冲破本土安逸生活后的精神冒险。

记得1992年春节我正在加州圣迭戈大学访问,那晚在一位教授家中做客归来,从大门走进卧室,空荡荡的渺无一人。独自到院内泳池游泳,又百无聊赖地回屋,但见冬月高悬,银辉遍撒。这时蓦然感受到“举头望明月,低头思故乡”的人生况味。

旅游是一种文化享受,而不仅仅是满足“到此一游”的心理。有的朋友过去在工作岗位上很少出门,退休后既有空闲又有余钱,于是大展旅游宏图,去过许多国家。但是走马观花并没有领略到异国人文特色,留下的只是一些皮毛印象,这就不能不说是一种遗憾了。我觉得今后更应该发展休闲性的旅游,使旅游更自由、更自然、更加个性化,也更能凸显生命的主体精神,寻求文化享受应当成为旅游者的风尚。总而言之,旅游是人们为寻求精神上的愉快感受而进行的非定居性旅行,是在游览过程中所发生的一切关系和现象的总和。

或曰:你王老汉有资格大谈旅游,那天天徜徉于街头巷尾的老人咋办?让我借花献佛:“晚年生活也平常,闲云野鹤度时光。前镇后巷旧时景,左邻右舍老街坊。黄山旅游未曾想,欧美观光不思量。家人老友常相聚,个中乐趣共品尝。”

可过就好

人们常说:"少年夫妻老来伴。"老年夫妻和睦是家庭和谐的核心,也是老年人身心健康的重要因素。这是老人都懂的道理,但在生活中不少人却难以如愿。我身边就有一些老友夫妻关系紧张,有的还想去养老院,一躲解千愁。为此,我写过也讲过如何正确处理老年夫妻关系。最近看了著名学者张中行的《婚姻》一文,又有新体会。

张中行先生曾被季羡林称为"高人、逸人、至人、超人",他对婚姻的看法独到。他说:"世间的一切事物,都可以分等级,婚姻也是这样。以当事者满意的程度为标准,我多年阅世加内省,认为可以分为四个等级:可意,可过,可忍,不可忍。"

张先生所说的可意,即觉得与自己结合之人是理想的,琴瑟和谐;可过即俗话说的在一起过日子,日复一日,年复一年,互相依靠,难以分离;可忍即虽然感到不尽如人意,也只能睁只眼、闭只眼地对付,或囿于面子、孩子、房子种种牵扯,还是忍了;不可忍则是感情破裂,双方痛苦,只好离婚。仔细想想,这世上的夫妻千千万万,日子过得千差万别,还真就摆脱不了这四种范畴。

张老先生称自己的婚姻是大部分"可过",少部分"可忍"。他说:"吃饭我不知饥饱,老妻不给添饭,必是饱了;穿衣不知冷暖,老妻不让添衣,必是暖了。"你看,这不是一对白头偕老的老来伴形象吗?

人到老年,退休在家,角色转换,难免产生失落感;与老伴朝夕相处,摩擦机会增多;生活习惯不同,年轻时好凑合,年老后个性越来越强,你怕冷,我怕热，你说东，我说西，你说“打狗”，我说“抓鸡”，两人越发合不来。怎么办？我看，上策是可过，两人在一起生活几十年了，再谈可意没什么意思了，老来为伴，互相依靠，如此最好。中策是可忍，家庭是老人们退休后唯一的归宿，失去了家庭我们还有什么？其实，很多人与老伴儿是常拌嘴，又离不开；年纪大了，性格会变得固执和倔强，老两口难免发生争执，双方都要善于妥协和让步，忍一时风平浪静，退一步海阔天空。下策才是不可忍，真到了这一步，对谁都没有好处，七老八十的人了，“出门一把锁，进门一盏灯，不论怎么喊，四壁无回声”，受得了那种孤寂吗？

荣毅仁有个座右铭：“发上等愿，结中等缘，享下等福；择高处立，就平处坐，向宽处行。”这里的“发上等愿”“择高处立”恰如张中行的“可意”，“结中等缘”“就平处坐”正是“可过”，“享下等福”“向宽处行”就是“可忍”或“不可忍”了。人世间并不是每个人都拥有“可意”的婚姻，每个人的婚姻也不会自始至终都可心可意，老年夫妻过日子，最重要的是有个可以相互依靠的伴儿，不必过分挑剔，更不能追求绝对完美。

细思之，老年生活的方方面面，“可过”都是不可或缺的，“衣服不必名牌，干净合适就行；房子不必太大，通风朝阳就行；三餐不必佳肴，营养可口就行；若要活得轻松，生活量力而行”。“结中等缘”便罢，老年“可过”就好。

实现小我梦

老汉我耄耋之年，却游兴大发，去年先赴俄罗斯，后去海南三亚；今年春天到滇西畅游，六月又登上去韩国济州岛的邮轮。老夫聊发少年狂，左提包，右牵箱，凉帽短衫，携友漂远洋。这是我有生以来第一次乘海轮，抬头是天空，俯首是海洋，使人神清气爽，心旷神怡。在大自然中，忘却了生活中所有不愉快，脑海里滋生出许多美好意念，心底也像大海一样很宽、很宽……

排水量七万五千吨的"维多利亚号"邮轮，长 250 多米，购物广场、酒吧舞厅、网球场、健身房、游泳池、大剧场、游戏厅，应有尽有，服务周到。几个餐厅 24 小时轮流开放，免费提供各色餐饮。整个邮轮宛如一个游乐城，到处是熙熙攘攘的人群。原以为我和同行的 83 岁的老友可能是游客中年龄最大的，很快碰到两位北京大学的退休教授，他们夫妻二人年龄都是 84 岁。我们用餐时还结识了一对老夫妻，整整 85 岁，但看上去精神矍铄，不过 70 来岁的样子。聊天中得知，两位是北京航空学院的退休教师，男的还是国家航空航天部的高级顾问，仍在继续工作。

我一位 68 岁的学友也在船上，最后一餐晚宴时，恰逢北大老夫妻的女方过生日，过来邀他一同庆贺。他愉快地接受了邀请，并请夫人跳了一曲"踏步舞"。这种踏步舞在国外只有年轻人才有体力跳，没想到"老头儿"和"老太太"，还能像年轻人那样大胆地站出来，在众人的注视下，翩翩起舞，自得其乐，引来四座宾客的赞叹。这些八十多岁的长者都是老知识分子，热爱生活，襟怀开阔，乐于沟通，通达乐观，像这大海一样，虽饱经沧桑，却永远充满青春的活力。

更令我惊奇的是，吃早餐时遇到一位81岁的老人，孤身一人从哈尔滨乘火车来津乘船。他没有一个伴侣，独自花5000多元住一间很小的船舱，每天与大家一样上楼下楼，吃饭娱乐。我十分钦佩他的生理自信和心理自信，人到了这把年纪，不怕身体不适，不怕远行孤独，还能够漂洋过海，挑战自我。我说您那么远道而来，就为了坐几天船呀？他说："我一辈子没离开过那片黑土地，现在身体条件还行，有这么个机会坐坐轮船，看看大海，也就心满意足了"。他比画着说自己每月有三千多退休金，80多岁的人了，存钱有啥用？又说："电视上总说实现中国梦，咱怕是等不到那一天了，把自己的小梦做好了，我看比啥都强！"言罢哈哈大笑，不失关东汉子的风采。

夜晚躺在舱室，涛声细语，梦魂神游，别有一种静美在心头。我想到了老教授，想到了哈尔滨老汉，这是些多么可敬可爱的老人啊！他们都向往美好，向往未来，都在追求健康，追求快乐。是啊！老人们为了共和国，勤奋工作，吃苦耐劳，无私地奉献了自己的一生，现在又选择多种多样的方式，安度晚年，减少家人和社会的负担，为促进社会和谐、国泰民安再尽绵薄之力。我们一个个的小梦汇聚在一起，不就是全社会共同期待的大梦吗？这正是：大梦牵小梦，小梦汇大梦；实现小我梦，成就中国梦！

贵在包容

不久前，著名经济学家常修泽送我一部他的专著《包容性改革论》。他在这部著作中提出“中国新阶段全面改革的新思维”。我认为这是一部很好的著作。我对于改革没有深入研究，却想到包容对于老年生活有重要意义！

老年人怎么做到包容呢？我想说难也很难，说容易也容易，要想做到包容，主要就是三个字——不计较。

有这样一个小故事：老张辛苦一年，年终获奖金 10000 元，当他得知同事只得 5000 元时心中不由大喜；当他得知同事也得万元时，虽然也喜但“大”字消失了；当得知同事都获 15000 元时则闷闷不乐；再得知同事都获两万时不由大怒。你看，同样数目的年终奖，在不同的环境下给人造成了截然不同的感受。很多时候，人的快乐并不在于自己有多好，而在于比别人好多少；有些痛苦并不在于自己有多不幸，而在于比别人更加不幸。这种无谓的快乐和不幸，不仅浪费了自己的精力与感情，也使自己变得卑微与渺小。

正所谓，世上本无事，庸人自扰之。有没有痛苦，源于你是不是计较；快不快乐，在于你能不能包容。生活有多少计较，就有多少痛苦，计较越多，痛苦越多。计较，总是占据了心的许多位置，堵塞了气的正常出入。平时客套话总说“您多包涵”，包涵就是包容。人生有几分包容，就有几分欢欣，包容越多，快乐越多。包容总是平息着愤怒的火焰，畅通着全身的血液，包容最好。联系晚年生活，我们需要包容什么呢？

首先是包容老伴。要看到，老伴是不断变化的，比如身体变化，过去家务事都能管，现在力不从心了，你有能力就主动承担一些。老伴有病需要照顾，你有能力当然责无旁贷。再如人到老年脾气也可能变化，在这方面你也要接受，你改变不了她（他），那就改变自己的态度。又比如兴趣爱好发生分歧，无非两种办法，一是自己随着老伴，再就是求同存异，和而不同，各自按个人的爱好活动，互不干扰。这种办法是两全其美，可能更好。

其次是包容子女。子女情况各有不同，有的因为工作繁忙，有的还要照顾自己的子女乃至第三代，没有精力顾及我们，甚至不能常回家看看，那没有办法，只能理解和包容。有的老人子女多，各自表现不一，十个手指不可能一般齐，对于表现差些的，也要包容。子女尽孝，是一种自觉，如果他们不自觉，我们老人也有独立生活能力，不必强求。当然，老人需要子女赡养而子女不尽赡养责任，按照法律规定，子女必须尽责。

第三是对于邻里关系也要包容。邻里之间一定和睦相处。比如邻居装修扰人，怎么办？忍耐吧！总有完工的时候！我理解邻里关系一定不能破裂，破裂了无法弥合。在社会上人与人之间都要包容，比如上公共汽车，对方不让座，咱就站会儿，对方让座咱说声谢谢！在街上常看到有人吵架，为什么吵架？就是因为彼此不能包容，针尖对麦芒，谁也不让步。

最重要的是学会包容自己。一个人如果连自己都容忍不了的话，谁能希望他会包容他人呢？人无完人，要原谅自己，不要后悔，不要埋怨，不要自责，接受教训以后注意就是了。

流行歌曲《包容》的歌词是讲爱情的，与我们老人无缘了，但是有一句话可否借鉴："就算你一错再错我都会包容你"！

选择与尊严

选择与尊严——这是朋友向我推荐的一个网站。打开一看,不禁被其内容深深吸引。这是国内首家倡导“尊严死”的公益网站,主旨有三:一是使更多人知道什么是“尊严死”,以及如何通过建立“生前预嘱”,按照个人意愿实现这个愿望;二是使更多人知道在生命尽头,选择不使用生命支持系统,以保持尊严是一种权利;三是通过推广使用“生前预嘱”,使遵从个人意愿的“尊严死”在中国法律环境下变成事实。

他们提出通过建立“生前预嘱”来实现个人对死亡方式的选择。所谓生前预嘱,是指成年人在健康或意识清楚时签署文件,说明自己在不可治愈的伤病末期或临终时,要或不要哪种医疗护理,包括5个要点:“我要或不要什么医疗服务”;“我希望使用或不使用支持生命医疗系统”;“我希望别人怎么对待我”;“我想让我的家人朋友知道什么”;“我希望让谁帮助我”。这是以个人为主体对临终尊严的诉求,尽管也需要社会和他人的帮助,但最终要根据自己的选择,实现临终的自由和尊严。

老汉我深有同感,十分赞同这种做法。这些年来我没少去医院探望临终的老友,最不愿意进的就是抢救室,尽管那里展示着最先进的设备,但是那种只有机器鸣响的环境令人顿生恐惧。再看病人赤条条躺在那里,身上插满管子,苟延残喘,昏迷不醒,心中更加不是滋味。每每从医院回来,晚上一闭上眼睛,便浮现出白天的一幕,心情非常不好。据说巴金最后的6年时光,都是在医院度过的,先是切开气管,后来只能靠喂食管和呼吸机维持生命。大家都希望他活着,巴金不得不强打精神配合治疗。但巨大的痛苦使巴金多次提到安乐死，还不止一次地说："我是为你们而活"，"长寿是对我的折磨。"

其实，连医生自己都承认："三成多的病治不治都好不了，三成多的病治不治都能好，只剩下三成多是给医学和医生发挥作用的。"现实生活中，无论多么高龄死亡都说"因病抢救无效"，这不仅是讣闻中的套话，更是一种社会意识。最常见的就是家属对医生说，不要怕花钱，花多少钱也要把人救活。岂不知，花钱与救命并没有必然的联系，花上不菲的一笔钱，多遭几天的罪，说来实在没有多大意义，倒不如寿终正寝，不再与那"高技术"抗争，无谓地延长自己的死亡过程。

早些年我在美国学术访问时，曾经听说 1976 年加州就通过了世界上第一个自然死亡法案，之后各州相继制定了同类法律，以保障患者的医疗自主权。去年 6 月，北京正式成立了"生前预嘱推广协会"。生前预嘱无非就是在健康清醒的时候，自主决定自己临终时的所有事务，诸如要不要心脏复苏、插气管等等。尊严死不是安乐死，预嘱不同于遗嘱。安乐死是在医生帮助下的一种自杀方式。尊严死不提前结束生命，而是在尊重个人意愿前提下，不延长临终的痛苦。

不瞒大家说，老汉我虽然刚刚知道这个网站，也没有正式立过"生前预嘱"，但是对自己人生最后一站早有打算，已经给子女留话，弥留之际，千万莫做那些上机器、插管子的事，让一个走到生命尽头的人安详离去。"生得好，活得长，病得晚，死得快"——还有什么比这活得更精彩！

老谋勿深算

有个成语叫老谋深算,形容人老练精细,很有谋略。其实,存在决定意识,活的年头长了,经历的事情多了,人生智慧自然不断增长。老年人走过了几十年风风雨雨,经过了许多坎坎坷坷,比年轻人肯定见多识广,无怪乎说“老”谋深算。不过,依在下看来,老年人“老谋”尚可,“深算”则大可不必。

退休是老年人生命的新起点,需要重新安排自己的生活,一切重新开始。要想安排好自己的退休生活,必须早做谋划,不能“坐以待毙”。有位学者为退休者提供咨询服务时说:“大多数遗憾都来自那些没有梦想、没有想法、没有规划就突然退休的人。他们没有想过什么能够让自己感到满足,采取了逃避的态度。还有的人怀着一些不现实的期望退休,结果只能失望而归。”实际上,退休之前就要对自己今后的生活有所谋划,学点什么,看点什么,做点什么,如何实现早年的梦想。凡事预则立,不预则废,老年生活也是这个道理。

至于“深算”,老年人不必过于在意。老年阶段是人生的丧失期,失去工作,失去健康,失去伴侣,直到失去生命,这是客观规律,不是你能算计出来的。有些人喜欢“深算”,实际上多是出于爱与别人进行非对称比较。你有权,我比你有钱;你有钱,我比你有闲;你有闲,我比你有趣;你有趣,我比你有乐,这是一类。你有名头,我比你有家世;你有家世,我比你有门路;你有门路,我比你有靠山;你有靠山,我比你有谋略,这是另一类。你有容貌,我比你有气质;你有气质,我比你有学问;你有学问,我比你有才华;你有才华，我比你长寿，这是第三类。这种非对称比较，比来比去，昂首威风的不多，垂头丧气的不少。山外有山，人外有人，强中更有强中手，老去算计这些，只能自讨没趣。人们的健康、收入、文化、经历、认知、交际水平参差不齐，原本没有可比性，只要个人心态不陡然崩盘，感情不猛然错位，就能够各得其所，哪里需要“深算”？俗话说“人算不如天算”，“谋事在人，成事在天”。自己的事情算得再细，天灾人祸也躲不过去；子女的前途算得再好，他们不努力也是白费。

造物主不欲使人完美，不欲使人周全，因此智者深知：性不可逞尽，气不可使尽，权不可用尽，财不可发尽，福不可享尽，必须留有回旋余地，甚至留下遗憾，活得才能安妥。有人做过统计，2008 年至 2012 年的四年间，中国有超过 20 位知名企业家因心脑血管疾病和癌症先后去世。前不久，创业大师李开复被查出淋巴癌后不久，很快又有两名身价过亿的企业家被先后查出患有癌症。医生将体检结果告诉这两名企业家，他们一夜没有睡，就坐在那里。你说，此时此刻他们心里会想什么呢？

凡人凡事终是尘，莫让深算迷心窍。生活里本没有绝对的是与非，别在是非之间劳心费神；这世上没有纯粹的得与失，保持灵魂的安静才是真正的大心境。人生最难的就是这个“放下”。放下曾经的辉煌，放下昔日的苦难，放下旧日的恋情，放下所有的包袱。放下压力，获得轻松；放下烦恼，获得快乐；放下自卑，获得自信；放下懒惰，获得充实；放下消极，获得进取；放下抱怨，获得舒坦；放下犹豫，获得潇洒；放下狭隘，获得自在。一切都放下了，一切也就都释然了。老谋勿深算，幸福度晚年！

人生如风

美国在20世纪30年代出版了一部90万字的长篇小说《飘》，拍成电影名为《乱世佳人》。过去阅读这部小说，曾联想到人生不也是随风而去吗？说来也奇巧，不久前的一场病，令我脑海又翻腾起人生随风而去了。且听我慢慢道来吧！

那天晚上，忽觉浑身发冷，是不是发烧了！果不其然，一量体温39.3℃。我赶紧去一中心医院看急诊，当时看病的人很多，医生来不及仔细检查，打了退烧针，服了退烧药，就回来了。翌日在家休息，继续服退烧药，高烧降下来，但是还有38℃。第三天浑身仍不舒服，看看左腿，有一块红肿之处。我五年前得过丹毒，心想莫不是丹毒复发了？我先去社区医院，医生让我服点中药，又敷了些金黄散，可是转天仍不见好转，反而加剧。不能再等了，再次来到一中心医院，确诊为丹毒，马上住院输液治疗。因为要分上午、下午、半夜三次输液，身边不能离人，只好请了一名护工全天护理。

当天下午，我请的女护工来了，一位看上去很腼腆的中年妇女。我正在输液，忙向她问好，她立马冲我笑了。后来我们熟了，她告诉我，患者里啥脾气的人都有，我给她第一印象是个慈祥的老人。每天输液，看着药液一滴复一滴，既无聊又无奈。女护工仿佛看出我的心思，陪我聊起天来，聊她家乡的生活，聊她自己的经历。每个人都是一个世界，都是一个传奇故事，听她娓娓道来，我完全忘却了输液的困扰。

女护工50岁，生长在本市郊县一个农民家庭。穷人的孩子早当家，从

10岁给家里做饭,12岁就挑大桶水,庄稼活拿得起放得下。家中兄弟姐妹五人,她排行老四,家里重男轻女,她只读完了初中。父亲在农场当生产队长,在家常常发脾气打骂孩子,她也没少挨父亲的巴掌。她父亲活着和老汉我同年,不幸58岁病故,直到临终,她才敢走到父亲面前,看到父亲和蔼的面容。她的婚姻更不幸,丈夫不成器,游手好闲,喝酒滋事,回家就骂她,令人不堪入耳。全家生活都靠她经营,因为土地多,她操持盖了140平方米的平房,有大院子可以种菜,鸡鸭成群,还养了两只大鹅。她精心供独生女上学,如今女儿在石家庄市当了小学教员。

她与丈夫难以相处,但离婚房产无法分割,又怕女儿单亲家庭找对象受影响。再者离婚后还要在村里居住,担心那个男人前来骚扰。百般无奈,只好躲出来当护工。她怕丈夫生活无着,每月还给丈夫500元生活费。这真是个善良的女人呀!她常说当护工一定要牢记“责任”二字。从她一周的护理中我深切感受到,她不仅有责任心,还有耐心、爱心。夜里输液,我睡着了,她盯着输液瓶从不放松。后半夜她睡着了,我起夜动作很轻,可总能被她发觉,迅速起来搀扶我……

她向我倾诉了许多许多,又笑说,提这些做啥?过去五十年像风一样吹过去了。好一个人生如风!蓦然想起一首小诗:“人生如梦亦如风,浮华烟云皆是空。胸襟坦荡逐尘世,万般无奈在其中。”是啊,生活不就是如此吗?人生就是一阵风,起了,没了;理想就是一盏灯,燃了,灭了;人情就是一阵雨,下了,干了;朋友就是一层云,聚了,散了;忧愁就是一壶酒,醉了,醒了;寂寞就是一颗星,闪了,灭了;孤独就是一轮月,升了,落了;死亡就是一场梦,累了,睡了。

再说半半哲学

2002 年，我曾经发表过《半半哲学》，写了读清代李密庵“半字歌”的感触。这首歌写道：“看破浮生过半，半之受用无边。半中岁月尽悠闲，半里乾坤宽展。半郭半乡村舍，半山半水田园。半耕半读半经廛，半仕半民姻眷。半雅半粗器具，半华半实庭轩。衾裳半素半轻鲜，肴馔半丰半俭。童仆半能半拙，妻儿半朴半贤。心情半佛半神仙，姓字半藏半显。一半还之天地，让将一半人间。半思后代与沧田，半想阎罗怎见？酒饮半酣正好，花开半吐偏妍。帆张半扇免翻颠，马放半缰稳便。半少却饶滋味，半多反厌纠缠。百年苦乐半相参，会占便宜只半。”

其时老汉我刚刚年届古稀，而今已是八十有四，早就没有了当年半佛半仙的闲情逸致。人斗不过岁月，现如今是行路半走半挪，吃饭半吞半咽，上床半睡半醒，日子半易半难；看社会半喜半忧，熬年头半苦半甜，人情事半推半就，想今后半明半暗。“半半”的意蕴变化了，其哲学道理依旧。近日看到有人从“半半”的角度解说老年生活的五个字，颇有启发。

尖——一半是小，一半是大。没有小，就没有大。人从小长大，直至老年，有大人物也有小人物。小人物别把自己看得太小，不如你的人多的是；大人物也别把自己看得太大，你不如人处也多了去了。不要老把自己当成“尖子”，做人踏踏实实最好。做事也是由小到大，大处着眼，小处着手，美满是由一个个小幸福串联起来的。

功——一半是工，一半是力。人人都想成功，都渴望成为成功人士，但成功没有捷径和坦途，要成功必须下功夫出力气。老年人一般没有什么事业成功可言了，但是安安稳稳度晚年也需要功力，比如坚持常年锻炼，养成良好的生活习惯，管理好自己的家庭，不动脑筋，不下功夫，成功是无缘与你握手的。

财——一半是钱，一半是才。钱是人生存的基础和必要条件，人人都离不开它。为了使自己的生活过得好一些，人人都想多挣钱，这无可非议。但多数老年人没有了工作机会，除了有数的养老金，挣不来什么钱了，只能算计着花好不多的“救命钱”。家庭“理财”也需才，千金散尽不复来。

富——此字是福字一半，是灾字一半。人人都希望自己一生福满多多，灾祸少少，可往往福祸相伴，谁也避免不了。古话讲：祸兮福所倚，福兮祸所伏。福祸在一定的条件下是可以转化的。福来了，不必大喜过望；碰到了祸事，也不必过于悲伤。

晃——一半是日，一半是光。人生如同开动的火车，在晃荡中走一段少一段，几十年的日子，一晃一晃就走完了。所以，岁月不等人，做人别犯傻。人生该争取到的东西抓紧努力争取到，实在争取不到的果断放弃另作选择。守住人生的底线，珍惜自己的所有，珍惜自己的亲人，珍惜每天的平常日子，好好地享受和度过自己的人生。

星云大师《一半一半》里这样说道：“人生忧喜一半一半，名利得失一半一半。财富聚散一半一半，修行佛魔一半一半。”半半的人生，半半的选择，半半的作为，半半的行程，百年苦乐半相参。

活着别端着

老汉我今年跨进了84岁的门槛,年届耄耋,摇摇晃晃,没承想却去歌厅“卡拉OK”了两把。那是不久前,我们几位老人在“东方之珠”海鲜城聚会,吃罢午饭,做东的老友提议去唱会儿歌,因为在那里就餐消费超过二百多元,可以免费到“卡拉OK”包房唱歌。这是我有生以来第一次进歌厅,看着里面出出进进的少男少女,我们一行老人很是显眼,尤其我最为年长,举手投足都感到紧张。

我们唱的大都是20世纪五六十年代的老歌,我则选了《渔光曲》、《教我如何不想她》等几首年轻时学过的歌。本人五音不全,又非文艺爱好者,但在那种欢乐的气氛下,居然跟着配乐把扔下六十多年的歌曲,从头到尾唱了下来。大家十分尽兴,我也感到非常快乐。时隔数日,我与三位老同事又在“东方之珠”聚会,再次去唱“卡拉OK”,有了上次的经验,这回我更适应音乐的节奏,也敢放开喉咙大声唱了。不知不觉三个多小时过去了,我们唱得酣畅淋漓,我也觉得似乎“吼”出了胸中的闷气,浑身说不出的舒坦。

进歌厅是我过去不曾想过的事情。说实话,我从年轻时就在党政机关工作,那里是要讲究“干部形象”的,长期的严格约束和耳濡目染,不知不觉中自己也养成了举止有度、不苟言笑的做派,及至中年更有几分老成持重的样子。离休十几年来,置身于老年群体,经常与老年朋友们在一起相处交流,敞开心扉,无拘无束,十分快活。我每天清早去游泳,和泳伴儿们开玩笑、逗闷子,无所不谈,其乐融融。但无论如何,多半辈子养成的一些习惯总是挥之不去的，就比如这去歌厅，若不是朋友们连拉带拽，我是抹不开面子的。其实，无非还是没有完全放下以往的“架子”，还是顾及在别人眼里的“样子”。

端架子、爱面子、装样子——实乃老年生活中的三块绊脚石。有人或许会说，我这辈子普通人一个，又没当过官，哪有架子可端？架子可不唯独“官架子”，你在家里唯我独尊，不尊重老伴儿，不尊重子女，听不得别人意见，固执己见，这是摆架子；在外面总觉得高人一等，凡事都要以你为中心，从不顾及他人的感受，也是摆架子；待人处事面子第一，瞻前顾后，顾虑重重，拿不起放不下，把自己“架”了起来。

我们来到世间，不过是个过客，小住数十载就要回到老家。一切一切都是过眼烟云，我们本可以如神仙一般，逍遥自在，享受一切，但是架子一端，就会错过许多幸福。一切烦恼，其实都是自寻烦恼。君不闻：计较少了，快乐多了；压力少了，轻松多了；抱怨少了，舒心多了；自卑少了，自信多了；复杂少了，简单多了。人有器量便有快乐，人有修养便有气质，人有爱心便是善良，人若淡然便能从容。随意心情才能平静，豁达生活才能幸福。

人要拿得起，也要放得下。拿得起是生存，放得下是生活；拿得起是能力，放得下是智慧。拿不起，就会一事无成；放不下，就会疲惫不堪。《座右编》曰：人生减省一分，便超脱一分。不求日减而求日增者，真桎梏此生耳。人生外在的一切，包括架子、面子、样子，最终丝毫也带不走，晚放下不如早放下，活着别端着！

老人三知

人到老年，经历了几十载风风雨雨，走过了多少道坎坎坷坷，把世上的事情基本上悟透了、看开了，所以孔夫子说七十而随心所欲，再也没有什么顾虑了。但是，还要“不逾矩”，遵守社会既成的规矩。老汉我以为，老人要做到“不逾矩”，必须知理、知趣、知足。

知理，是懂得做人的道理，把握做人的本分。我曾经说过，别把自己不当回事，也别把自己太当回事。人活一张脸，树活一张皮，自卑甚至自轻自贱是丧失人格的起点，做人做事的底线没了，输掉的不光是一个人、一件事，更是丢弃了立世之本。最近在报纸上不断看到个别老人在公交车上，为了年轻人不给让座，或恶语伤人，或拳脚相加，甚至坐到人家小姑娘的腿上，这可就是大大地为老不尊了。另外，也不要太把自己当回事，孤芳自赏，恃才傲物，把自己封闭孤立起来，这都是老年生活的大忌。天下万事万物都有“道”，这“道”就是道理，做人做事都要讲道理。

知趣，乃识时务，知进退，有自知之明。毛泽东名言：“人贵有自知之明。”这里的“明”指聪明，能够正确认识自己，才算是聪明人。船到码头车到站，退休都是一老汉，可有的人偏偏不明白这个道理。出到外面是“首长”，依旧摆着昔日的架子，回到工作单位依然“指点江山”，总是自觉高人一等；回到家里是“家长”，子女的事情大包大揽，容不得家人提一点意见。在现实生活当中，越是这种不知趣的人，往往越是惹人讨厌，自讨没趣。老年人不可“倚老卖老”，更不可倚老卖“尊”，卖“威”，卖“架势”，这样才可能与周边的人和睦相处。一位 70 多岁的老太太，星期天买了一篮子菜和肉去看儿子。一敲儿子家门，儿子与媳妇还未起床。老人毫不介意，把篮子撂在门口便走了。不用说，这么知趣的婆婆与媳妇永远打不起架来。

知足，即不为物欲迷惑，不斤斤计较个人得失。事业无须惊天动地，有成就行；金钱无须取之不尽，够花就行；朋友无须形影不离，想着就行；儿女无须多大出息，孝顺就行；寿限无须长命百岁，健康就行。人生不过三万天，成功失败均坦然，是非恩怨莫在意，健康快乐最值钱。生活对于每个人都是公平无二的，人出生时握紧了拳头，似是告诉世人，一定要抓住我想要的一切；人死去撒手西归，张开的双手又仿佛在对活着的人说纵然得到再多，最终也将是两手空空。仔细想想，得到生命是你一生最大的得，终止生命是你一生最大的失，人生最大的得失对每个人如此公平，我们又有什么得失要计较呢？人生最大的错误，是用健康换取身外之物；人生最大的悲哀，是用生命换取个人的烦恼；人生最大的浪费，是用生命解决自己制造的麻烦。

人，因无而有，因有而失，因失而痛，因痛而苦。人总是从无到有就欢欣，从有到无则悲苦。其实，“有”有何欢？一切拥有都以失去为代价；“无”有何苦？人生好比采蜜蜂，忙来忙去一场空。有无之间的更替便是人生，得失之后的心态决定苦乐。缘来不拒，境去不留，看淡了得失，才有闲心品尝幸福。有人说世界上能真正体会生活之美好的人只有两种：孩子和看透世事的老者。孩提时代天真快乐是因为他们想得简单，老年人宁静安详是因为他们站在人生的另一头参透了生活的真谛。知理、知趣、知足，做个三知老人，岂不快哉！

追求两个极限

时下，极限运动在全球颇为流行，比如蹦极、攀岩、悬崖跳水等等。极限运动能够最大限度地发挥自我身心潜能，追求跨越心理障碍时所获得的愉悦感和成就感。老汉我如今已经八十有四，自然无缘极限运动，但却依然有缘追求极限，在人生的最后阶段努力向生命和生活这两个极限攀登。

在哺乳动物中，生命最长的应该是人。现在的百岁老人越来越多，既然生命极限不止100岁，那么就有潜力可挖。老年期分为三个时期，就是健康期、带病期、伤残期。生命的极限体现在最大限度地延长健康期。这里说的健康就是能够完全自理、能够走动、能够出游。现代人的生命极限实际上已经被不断突破，解放初期人的平均寿命不到40岁，那时六、七十岁的人已是垂垂老矣，再看现在六、七十岁的老人，唱歌跳舞，上学旅游，正活在兴头上。我坚持早晨去跳水馆游泳已有20多年，至今每天还能游上几百米。前不久，我找一位老中医把脉，他听说我还能够游泳，说了一句："游来游去就游不了了。"这是大实话，我真不知还能游几年，可是能够继续追求生命的极限，是件多么令人惬意的事情啊！随着步入耄耋，不求饮食，不求衣着，不求名利，在人生的末班车上还有什么所求呢？细想想，不就是健健康康、快快乐乐吗？我去年和三位老友到俄罗斯畅游，饱览异国风情，今年再次出行，春天走遍滇西几个古城，夏天漂洋过海到韩国观光。人虽摇摇晃晃，心却青春荡漾。追求生命的极限，同样也是最大限度地发挥身心潜能，跨越心理障碍，获得成功的愉悦感和成就感。我想，即便到了带病期和伤残期，还是要坚强地活着，用顽强的意志和毅力战胜困难，生命不息，追求不止。

追求生活的极限，就是在延长生命健康期的同时，还要最大限度地发挥自己的潜力，让自己的老年生活丰富多彩，活得更加有意义。有位年近古稀仍然在老年人大学授课的老师对我说，她近两年不断添病，只有在课堂上受到学员的欢迎，方才一身轻松，自己要讲到什么时候算一站呢？我对她说，你就讲下去，讲到不能讲了为止。最大限度地发挥你生命潜力之日，也是最大限度延长你生活道路之时。老汉我也要继续写下去，何时写不了了，也走着瞧吧！这里说的发挥最大的潜力，不单是教课、写作以及上老年大学，也不单是运动锻炼，而且要自立自强，自己能走路的不要人搀扶，生活能自理的不要人照顾，自己有信心发挥生命潜力，有能力驾驭老年生活。

追求两个极限说开去，实际上就是追求时间和空间的极限。一方面，延长健康期，缩短带病期，避免伤残期，好好活，慢慢老，争取健康长寿；另一方面，积极拓展自己的生活空间，养成良好的生活方式，把日子过得更加有滋有味。人生就是一个容器，装的快乐多了，烦恼就少了；装的感恩多了，痛苦就少了；装的理解多了，矛盾就少了；装的大事多了，杂事就少了；装的阳光多了，阴云就少了；装的高远多了，偏见就少了；装的友谊多了，敌意就少了。

在人生长途跋涉中，只有走出来的美丽，没有等出来的锦绣；只有拼出来的成功，没有白来的收获；只有干出来的事业，没有想出来的辉煌。在人生最后的历程，让我们一起来追求两个极限！

再添一种生活方式

半年前，河西区马场街先进里社区成立读书会，特邀我参加。说起读书会，真是和我睽违了半个多世纪。新中国成立前在参加地下学运时，大都是以读书会的方式活动，学习革命理论，联系进步群众，发展地下组织——“民青”或中共党员。万万没有料到，在离休多年后又要参加读书会。忆当年都是风华正茂的青少年，看眼前却都是白发苍苍的老人了，不禁感慨系之。当然，如今这种读书会仅仅是读点书而已。

我们读书会平时主要靠个人阅读，每月固定交流一次。前两个月主要围绕培育和践行社会主义核心价值观，联系老年生活进行学习交流。《习近平总书记系列重要讲话读本》出版后，我们人手一册，逐章精读。通过深入钻研，受益甚多。我离休以后继续保持着天天阅读的习惯，甚至外出在机场候机时也打开平板电脑看看。如今切实感到，我的阅读大都是快餐式的浏览，过去那种“一杯香茗、一卷好书”的传统阅读少了，难有系统的阅读钻研，真正内化于心的不多。老汉我以为，只有系统地阅读，将广泛涉猎和重点钻研结合起来，才算得上读书。

当今老有所学丰富多彩，从网上看到天津市老年人大学近两年的课程，在保持原有“热门专业”——钢琴班、图像处理班、外籍教师英语班、芭蕾舞班、宝石鉴赏班等基础上，又新增43门课程，共涉及文史、外语、书法、绘画、生活艺术、健身、医学保健、舞蹈戏曲、音乐、计算机多个教学系。这适应老年人多种多样的需求，非常之好。但是，窃以为，读书才应该是老有所学的核心。

据说清代嘉庆年间礼部尚书姚文田自题书房的对联是:“世间数百年旧家无非积德,天下第一件好事还是读书”。读书的确是件一等一的好事。自己切身体会,当年如果不是参加读书会,阅读进步书籍,接受革命理论,怎么会走上革命道路?社会瞬息万变,老年人坚定理想、增长见识、调节心智,都离不开读书。诚如莎士比亚所说:生活里没有书籍,就好像没有阳光;智慧里没有书籍,就好像鸟儿没有翅膀。

或曰:有的老人两眼昏花,无法读书,咋办?记得央视一次采访一位边远农村失学的女孩子,她对答如流,颇有文化教养。记者问其故,她说读不了书,“读”电视。她说得对,“读”和“看”是有区别的。实事求是地说,广播电视除了广告和一些低俗节目,更多的还是具有知识性的节目,有选择地“读”而不是一般的听听好的节目,也不无裨益。早在20世纪80年代,我和友人曾合作出版了《生活方式》和《老年生活方式探秘》两部专著,论述了多种生活方式,唯独没有专门论述读书生活方式。而今,我深深感受到,老年生活方式要再添上读书生活方式。

清代人张潮在《幽梦影》中有一绝妙的比喻:“少年读书如隙中窥月,中年读书如庭中望月,老年读书如台上玩月,皆因阅历之深浅所得之深浅耳”。少年从命读书,为学而学,观其一二,少有悟性;中年从业读书,学以致用,略知大概,有所悟性;老年从容读书,敢疑善思,得其精髓,多有悟性。正如明代思想家吕坤所说:“进德修业在少年,道明德立在中年,精义仁熟在晚年”。这正是:似水流年身边过,老年正是读书时!

活在当下便是禅

禅是一个佛教词语,印度的佛教传到中国,与中国文化结合出现了禅宗。禅是佛教修持的方式,据说修禅伊始需修四念处,又称为四念处观。四念处是指四个安顿心念的处所,其中之一就是“活在当下”。老汉我不懂佛教,不敢妄语,只是觉得这“活在当下”不仅是一句佛语,也是一种智慧,更是一种积极向上的人生态度。

怎么就算活在当下呢?举个小事,你和老伴儿昨天拌嘴了,到了今天仍然怒气未消,二人不理不睬,这是没有活在今天,而是活在昨天。往大处说,老年人退休了,再也不去计较过去的恩恩怨怨、是非曲直,重新安排自己的退休生活,上老年大学,外出旅游,唱歌跳舞,写字作画,乐得其所,这是活在当下。简单地说“活在当下”,就是不去追忆过去的荣耀,也不悔恨过去的过错,更不去盲目地幻想未来,而是脚踏实地,珍惜现在拥有的一切,过好每一天,活出自我,活得精彩。

活在当下首先要有一个好的心态。人生不如意事常八九,要不看八九,常想一二。人生在世不要光想那些不如意的事,要想开心的事。活在当下意味着无忧无悔。对未来会发生什么不做无谓的想象与担心,所以无忧;对过去已发生的事不做无谓的留恋与计较,所以无悔。自己常给心灵洗个澡,杂七杂八的灰尘都去掉。别为小事去计较,别为钱财去烦恼,别为情绪去困扰,别和他人去比较。我们只要以平和的心态面对今天,就会发现幸福和快乐就在身边,活在当下就是禅。

活在当下还要学会简单生活。学会简单不简单,简单就是幸福,幸福就是当下我们所拥有的东西。衣服不必名牌，干净合适就行。房子不必太大，舒适能住就行。三餐不必佳肴，营养可口就行。若要活得轻松，生活量力而行。一份心境，一份坦然；一份情意，一份平和。活着，即使不精彩，也要给心灵一份自在！

有人总结出做人的三句良心话，我看也是活在当下最应该做好的三件事。其一是好好地孝敬父母，因为他们才是你的佛。世界上对你最好的人是谁？是父母。所以趁父母在，好好孝顺。人到了退休年龄，还有父母陪伴着你，这是很不容易的，对他们不光是生活上照料，还要多给精神上的安慰，陪父母聊聊天、说说话，排遣他们的孤寂。我自己在这方面做得不够，至今想起来感到愧疚，希望父母健在的朋友们别留遗憾。其二是好好地培养教育子女，因为他们才是你的希望。一个人青少年时代生活如何，要看父母；父母到晚年生活如何，要看子女。要特别重视对子女品德的教育，教会子女如何做人。好的子女尽孝，不好的子女啃老。其三是好好地与人相处，因为你食人间烟火。我们生活在人间社会里。什么是社会？社会是人与人交互作用的产物，人与人交往你不会与人相处怎么行。与人好好相处，是人生的必修课。要乐于助人，以助人为乐。

活在当下是一个人生命力的自然展现。愚昧的人活在过去，平凡的人活在未来，聪明的人活在现在，而智慧的人，却活在当下！活在当下，不仅仅是一种智慧，是一种境界，更是老年人生活的方式！

日出日落

友人郝一生先生将他的新著《日出日落》赠我，这部书的副题是“解密中日百年较量背后的资本逻辑”。这是一部剖析中国和日本百年起伏见解独到的学术著作。中国和日本120年来经历了两次此消彼长的日出日落，作者从资本投资角度，深入探究百年来中日两国经济发展此起彼落之谜。我很欣赏作者这种创新探索精神，索性借这个题目说说人生吧！

太阳缓缓从东方升起，又缓缓在西方落下，一天就这样过去了。人生也如日出日落，日复一日，年复一年。

人的青少年时代，如旭日初升，“日出江花红胜火，春来江水绿如蓝”。民谚云：“一岁出场亮相，十岁快乐时光，二十岁青春荡漾。”志学之年，桃李年华，朝气蓬勃，生机盎然，多么美妙的时光！人到中年，如红日当空，“绿树阴浓夏日长，楼台倒影入池塘”。“三十基本定向，四十拼命打闯，五十发愤图强”。克壮而立，迈入不惑，既而知命，如日中天，正是人生辉煌之时！人到老年，如夕阳西下，“六十告老还乡，七十常常健忘，八十摇摇晃晃”。虽说“山气夕阳佳”，可是“夕阳无限好，只是近黄昏”，太低沉了，故而闻一多将此句改为“但得夕阳无限好，何需惆怅近黄昏”。

当今我们提倡老有所养、老有所医、老有所教、老有所学、老有所为、老有所乐，重视老龄工作，收效很好。不过以老汉我个人切身体验，让多数特别是高龄老人都乐起来，的确很难。从生理上说，多数中青年特别是青年都有“日出心理”，就是阳光心态；而老人特别是高龄老人都有“日落心理”，就是阴暗心态。有些老人虽然表面上看不出来，但内心十分封闭。

高龄老人这种“日落心态”，首先是一种闭塞感。有些老人很少出门活动，出去也不过街头巷尾看看。有人说，如今媒体这样便捷，秀才不出门遍知天下事呀！其实感受不一样，别看对地球的另一端，一按鼠标就联系上了，可是缺少人与人面对面的交流，老友越来越少，天天“躲进单元成一统”，岂不闭塞？

其次是落伍感。过去是年轻人请教长者，“不听老人言，吃亏在眼前”。如今年轻人一上网，什么事不知道？老年人的反应越来越慢，接受新事物的能力相对较差，社会快速发展，科技突飞猛进，老年人深感跟不上时代的脚步。

最后是末日感。我的同行，比我年轻的中国社会学会会长陆学艺、郑杭生两位先生近两年不幸先后谢世，我还能在人世间逗留几年？三五年、七八年……谁知道呢？歌里唱道“太阳下山明朝依旧爬上来”，我们下山则永远永远消失了。

因此，关键是调整自己的心态，适应自身的变化和社会的变迁，变阴暗心态为阳光心态，对于一切一切要看得透、想得开。日出日落，大自然就是无数个平静的循环，人生也是生命的一次循环。日出是人生，日落同样是人生。日出，是力量，是温暖，是希望；日落，是委婉，是精彩，是浪漫。人生苦短，必须笑看。人生如日出日落，欣赏人生每一天的魅力，品味人生每一份的感动，享受人生每一个温馨的画面。

自甘示弱

“自甘示弱”是从“不甘示弱”这个成语改造而来。原以为“不甘示弱”出自古语，一查词典方知，乃是出自鲁迅《我的第一个师父》一文。翻阅原文，还有一段有趣的故事。

原来鲁迅在一岁时，父亲按照乡村的避鬼习俗，为鲁迅到寺庙拜一和尚为师。文中记载：“听说龙师父年轻时，是一个很漂亮而能干的和尚，交际很广，认识各种人。有一天，乡下做社戏了，他和戏子相识，便上台替他们去敲锣，精光的头皮，簇新的海青，真是风头十足。乡下人大抵有些顽固，以为和尚是只应该念经拜忏的，台下有人骂了起来。师父不甘示弱，也给他们一个回骂。于是战争开幕，甘蔗梢头雨点似的飞上来，有些勇士，还有进攻之势，‘彼众我寡’，他只好退走，一面退，一面一定追，逼得他又只好慌张地躲进一户人家去。而这人家，又只有一位年轻的寡妇。以后的故事，我也不甚了然了，总而言之，她后来就是我的师母。”

不瞒你说，我过去也是不甘示弱。多年前，一次骑自行车进社区，一辆外地来的汽车，拐弯进社区时很慢，我骑车绕到汽车的前面，而那汽车又连续鸣喇叭催我让路。我想本来没有百米的路程，汽车在社区既不该鸣喇叭，又不该快速行驶，所以不甘示弱，不给它让路。等我下自行车，但见那汽车开到前几个门停下来了，司机竟下车指着我。骂什么我听不清楚，但这时我没有像鲁迅写的和尚师父那样不甘示弱，没有和司机对骂，不屑于搭理他罢了。

近几年随着年龄的老化，“须眉尽白，伛偻其身，蹒跚其步”，“不甘示弱”的“不甘”早已无影无踪，只剩下“示弱”了。在公众活动场合，争先恐后是人的本能，而我则是既不争先亦不恐后，总是一步一步地稳步前进，防备跌跤。过去骑车，见绿灯一亮，蹬车便走，如今则是左顾右盼，唯恐碰上闯红灯的汽车，特别是车辆稀少的清晨。在街上走路，遇到那些雄赳赳直面而来的壮汉，我侧身避开。在游泳池水道内，女士们从身旁超过我，我这“大男子”也毫不介意……事事小心谨慎，处处自甘示弱。

在家日常生活也是如此。早上醒来，稍事活动两下再起身，在床边坐上半分钟再站起来。从沙发上起身，用双手支撑一下再起来，以减轻膝盖的用力。进餐时，遇到稍硬的食物，试着咀嚼，避免损伤残牙。举手投足，猫腰取物，都要悠着劲儿干。在电脑前坐久了，慢慢站起来，活动活动，溜达溜达。晚上睡眠，自己先在床上不慌不忙地做完肢体锻炼后，才合眼入睡。日常生活一切放慢，这也是自甘示弱。

日常生活的要诀是“慢”。有一本讲“慢生活”的书，提出有“九慢”，慢吃饭，慢睡眠，慢工作，慢运动，慢读书，慢休闲，慢音乐，慢社交，慢情爱。细想想，慢有慢的道理，慢吃饭保养胃口，慢睡眠从容入梦，慢运动不伤身体，慢读书细心领会，慢休闲体味乐趣。“马儿呀你慢些走”，才能欣赏一路的风光嘛！慢而有序，慢而求稳，慢而平安。争强好胜未必是好事，自甘示弱未必是坏事。

“天行健，君子以自强不息”。我们老者在行动上自甘示弱，但在思想上当自强不息，这与“战术上重视敌人，战略上藐视敌人”颇有共同之处。明末顾炎武有诗云：“苍龙日暮还行雨，老树春深更著花。”老年人更应该刚毅坚卓，永不停息，追求晚年美好人生！

老人三视

好友华兄以《平视美国》为题发表学术演讲，并在网络上登载了讲稿，反响颇好。我很赞成对美国采取平视的态度。记得当年抗美援朝，那时批判崇美、恐美、媚美的态度，倡导仇视、藐视、鄙视美帝，视美帝国主义为“纸老虎”，这当然是俯视了。当今时代早变了，美国成了我们最大的贸易合作国，我们要搞新型大国关系，仰视不对，俯视也不对，还是平视为好。

其实，我们看世间百态、人间万象，都离不开仰视、俯视和平视。孟子说：“仰不愧于天，俯不怍于人。”这是做人的要求。人需要仰视，就是往上看。仰视是生命寻求向上的状态，仰视巍巍高山，仰视渺渺星空。“高山仰止，景行行止。”虽不能至，心向往之。人在仰视中感到自己的渺小和宇宙的无限。人在仰视中树立雄心壮志，坚定不断攀登高峰的勇气和毅力，为实现梦想不懈地奋斗。人不仰视就没有崇高，没有理想，没有希望，乃至沉沦俗事，俗不可耐。

人也离不开俯视，就是往下看。王安石诗云：“俯视大江奔，茫茫与天平。”俯视方能低头看路，脚踏实地。“千里之行，始于足下”，俯视鼓舞着人们一步一个脚印。

俯视和仰视密不可分，仰视在瞬间就可以转换为俯视，在仰视中，精神上升到高度后就是俯视。所以无仰视者无俯视，无俯视的人也无从仰视。

人更应当平视，就是平着向前看，可以理解为平等地看，以平常心看待。平视能使我们不被物欲虚荣蒙蔽双眼，淡然处世；平视能使我们看得更细致入微，正确认识世界和自己；平视能使我们找准自己的定位，了解自己的长短，以不卑不亢的姿态面对人生；平视能使我们平等对待众生万物，尊重每一个生命……人到老年，要仰视，要有追求，有梦想；也要俯视，开阔眼界，脚踏实地。但更主要的是平视。回顾自己的经历，我深深感受到这一点。幼年时仰视父母，仰视师长，仰视比自己成熟的人。青年投身革命后，仰视革命，仰视革命领袖，仰视革命领导干部，乃至自己成了虔诚的“工具”；另一方面却又俯视与革命对立的一切，俯视与个人信仰相悖的思想。随着“文革”的结束，破除了个人笃信神明、敬畏权威的迷信，改革开放后我曾走出国门，借鉴世界人类文明的成果，从而解放思想，认识上出现又一次超越。

如今离休多年，平静度日，不仰视，不俯视，早已经习惯于平视一切。我平视世界，认为各国都应该走适合自己的道路，没有放之四海而皆准的发展模式，也没有完美无缺的普世制度，只有我们自己的道路自信、理论自信、制度自信。

我平视自己，不自卑，不自鄙，不自亢，不自傲。我就是我，一个平头百姓，一介凡夫俗子。我既不仰慕崇高，也不鄙视卑微。这世上有我不多，没有我不少。自己就是平常心、平常人，过平常日子。

我平视友人。我的朋友中，有高官，有百姓，一律视为挚友。对于前者，我不高看他；对于后者，我不小瞧他。

我平视一切人，包括医护人员乃至保安、清洁工、护工以及自行车修理工。他们直接施惠于我，故对他们心存感激，唯独对卖假药的不敢恭维。

我也争取做到平视死亡。自思有幸活这把年纪足矣，有一天彻底睡着了，永远消失了，也无怨无悔，因为死亡的地平线上不会再有仰视和俯视——

周岁虚岁迎新岁

春节将至,又到了“一夜连双岁,五更分两年”的时候。遵农历,大年夜一过,就又长了一岁,是为虚岁。虚岁是中国古代的记龄方式(当时并没有虚岁这种叫法),在民间沿用至今。周岁是国际通用的计龄方法,又叫实岁,来自西方。它传入我国后,年龄才有虚实之别。上年纪的老人一般爱讲虚岁,中青年人则喜欢说周岁。前些年《今晚报》曾经刊登过一篇文章,专门讲述周岁虚岁的问题,作者说虚岁是“过年”,周岁是“过生日”,并从生日观论及生命观,读来很有趣味。

老汉我虽然原籍是河北农村,但生在天津长在天津,打小过的是周岁,不太习惯说自己的虚岁。近些年,喜欢说自己虚岁的人似乎越来越少了,谁都想让自己年轻一些,据说还有了另类“虚岁”——为了升职、升学千方百计改户口改档案,减小自己的年龄。其实,人们大可不必把年龄看得那么重要。我们的生命长不过百年,但是生命所能表达的,远远不是一个时间的概念。

羊年春节,我虚岁八十六了,回首走过的岁月,经历了多少虚虚实实呀!当年的崇高变成了如今的漠然,昔日的神圣演化为现在的平凡。不过,在这虚实之间,我悟出几分道理——

年龄看虚些,日子过实些。陆游曾写道:“春盘春酒年年好,试戴银幡盼醉倒。今朝一岁大家添,不是人间偏我老。”年龄不过是生命的刻度,无关乎人生成败,更不能决定生命质量,没有必要把它看得那么重要。如我这把年纪的老人,生命薄如蝉翼,存在就应该满足。既然来日无多,应该更加珍惜生命、爱护生命，快乐幸福地生活，把晚年的日子过得实实在在。无病第一利，知足第一乐，平和第一善，心诚第一亲，无忧第一福。钱多钱少，常有就好；人丑人俊，顺眼就好；人老人少，健康就好；家穷家富，和气就好；谁对谁错，理解就好；老年生活，平安就好。

困难看虚些，心情夯实些。人人都有老来难，老年人生理机能衰退，思维行动迟缓，“扶杖难行二三里，上炕如同登泰山。”老来难是谁也无法改变的客观现实，怎么办？只有改变自己的心情。老年阶段生命的辉煌就在于加强保健与锻炼，健康身体，宁静心灵，老有所乐。快乐是心的愉悦，幸福是心的满足，不和别人比较，不和自己计较，做人不必刻意，做事不求完美。“自此光阴归己有，从前日月属官家”。有了清闲的时光，早可一壶清茶，读半日闲书；午可一阕舒曲，赏漫空闲云；夜可一烛残火，吟几句闲诗。过好每一天，就是过好了一辈子。

生死看虚些，快乐看实些。人生天地间，生命是短暂的。对于生，我们无法选择；对于死，我们也不必恐惧。得失看淡，尽心随缘，放下过去，珍惜现在，希望未来。逆境时忍耐，顺境时收敛，得意时看淡，失意时随缘。看人间冷暖，赏天高云淡。人生本来就不易，生命本来就不长，何必用无谓的烦恼，作践自己，伤害岁月。从容达观一些，轻松自在一些，豁达随意一些。人生的确很累，看你如何品味；每天多寻欢乐，烦恼别去理会；短短数十寒暑，管他周岁虚岁！

衰年变法

衰年即指衰老之年，杜甫有诗云："若逢岑与范，为报各衰年。"变法在这里是说改变原有的标准模式和方法办法。衰年变法源于这样一个故事：话说国画大师齐白石早年在湖南故乡作画，特别注意对现实的精细入微的观察和描绘，充满现实主义风格。但齐白石自己却逐渐认识到这种一味形似并非优点，也曾刻意改变自己的画风，尝试着变工笔为写意，可一直不得要领。1917 年，齐白石为避家乡匪患，被迫离开本想在此养老的故乡到了北京。齐白石到京后，在琉璃厂南纸店卖画谋生，不料却出现了"冷逸如雪个，游燕不值钱"的窘况。他的画低于一般画家一半的售价仍无人问津，这种状况触发了齐白石对自己艺术的反思。齐白石在北京结识了学贯中西誉满画坛的国画大家陈师曾，两人成为莫逆之交。陈师曾力劝齐白石变通画法，自出新意，自创风格。年近花甲的齐白石决心"衰年变法"，自称："余作画数十年，未称已意，从此决定大变"。"扫除凡格总难能，十载关门始变更。老把精神苦抛掷，功夫深浅自心明。"齐白石潜心变法十年，终于大功告成，脱却了一身匠气，达到了外师造化、中得心源的自由之境。齐白石的衰年变法如蛹化蝶，变出了一个前无古人的新天地，从而奠定了他在近代绘画史上的泰斗地位。

无独有偶，据说张大千、黄宾虹等书画艺术大师也都有过衰年变法的经历。南开大学著名学者来新夏先生，晚年彻底变革自己的学术观念和文章风格，用随笔形式，把知识化艰深为平易，将毕生积累的信息还给民众。老汉我常想，一个人要衰年变法，拆掉自己多年营建而成的八宝楼台，有再建华宇的胆气和心劲，这不是一般人可以做到的。

与衰年变法的大师相比，我们不过是些最普通平凡的老人，事业基本都画上了句号，“老有所为”实际上非常有限。但这并不是说我们就一无所为。人到老年，人生进入一个全新的阶段，必然面临许多需要改变的事情，我们也有自己的“法”可变——

我们可以改变自己的想法。俗话说“人生不如意事，十常八九”。老年人要常思一二，不思八九。不再沉溺于以往的烦恼，多想想自己的养老问题，以积极向上的态度，安排好老年生活，个人少受罪，家人少受累，社会少累赘。要多想快乐，不想烦恼，多想好事，不想坏事。

我们可以改变自己的看法。把事情看开些，把困难看淡些，把日子看远些。计较少了，快乐多了；压力少了，轻松多了；抱怨少了，舒心多了；自卑少了，自信多了；复杂少了，简单多了。生活没有绝望，只有想不通；人生没有尽头，只有看不透。

最重要的是改变自己的活法。人生窄的不是路，深的不是苦，累的不是身，而是思想、是感受、是心情。路边有路，悲中有欢，用一颗平常心，平凡地活着，梦自己所梦，想自己所想，爱自己所爱。珍惜身边的幸福，欣赏自己的拥有，背不动的就放下，伤不起的就看淡，想不通的就丢开，恨不过的就抚平。

古人云：“世变无穷，则圣人御变之道亦与之无穷。”想得开，看得透，过得好，乃吾辈衰年变法也！

老年生活“新常态”

新常态是2014年年度流行语。我理解，新常态就是不同以往的、相对稳定的状态。老汉我突发奇想，老年生活是不是也可以有个“新常态”呢？根据老年生活的特点，寻找出一种相对稳定的生活状态。恰巧我在电台与老年朋友交流时谈到老年生活要“四平八稳”，权作老年生活的新常态可否？

首先是四平。一是吃平常饭。眼下关于饮食保健的说法太多了，听不过来也吃不过来。关键要掌握一条，什么都吃，适可而止。每个人的身体情况和生活习惯不同，吃饭没有统一标准。高龄老人吃得下最重要，限制老人不能吃这吃那，未必是好事情。我吃早点，一般都是清淡的健康食品，偶尔也吃上一次油条。因为我爱吃油条，偶尔吃一次也无妨。所谓平常饭就是粗茶淡饭，加上细嚼慢咽就可以了。在膳食保健方面不刻意、不随意，但是要注意。

二是过平常日子。平常日子平常过，平平淡淡才是真。平常日子就是每天有规律地生活，按时睡，按时起，每天坚持适量运动，要有充足的睡眠。人到老年，真的需要这样平平静静地生活，平平安安地做事，平平淡淡地做人，以出世之心，做入世之事，于平静、平安、平淡中过好平常日子。

三是有一颗平常心。什么是平常心呢？古人讲：“饥来食，困则眠，热取凉，寒向火。”平常心即是自自然然，一无虚伪造作，了无是非取舍，只管行住坐卧、应机接物的心态。平常心虽是简单的三个字，但在生活中，却是人人都难超越的一道坎，因为这世间的诱惑委实太多了。不以物喜，不以己悲，宠辱不惊，去留无意，以平常心观不平常事，则事事平常。

四是平和地待人。平和地对待老伴，要互相谦让，互相关心。什么是夫妻？相爱一辈子，争吵一辈子，忍耐一辈子，这就是夫妻。平和地对待晚辈，对于儿孙的事，耳朵可以听，眼睛可以看，但嘴巴不要多说。儿孙独立是你的福气。平和地对待朋友、邻居，对邻里一定和睦相处。水低成海，人低成王。才高不自诩，位高不自傲。路径窄处，留一步让人走；滋味浓时，减三分请人尝。

其次是八稳。这八稳可分为两类，一类是行动上，要稳起稳坐，稳站稳行。起床前，先睁睁眼，醒醒盹，不要急于起身，尤其是年老体弱者，起猛了可能出问题。稳坐也很重要，去年和朋友外出旅游，我坐在床尾边上找东西，因为是软床，一坐一滑，蹾在地上，幸亏没有骨折，想起来很后怕。稳站也很重要，人老了平衡机能减弱，特别是高龄老人一定要当心，万万不可大意。稳行就是走路要稳，莫慌莫抢，上下楼梯一定小心。一失足虽不至于成千古恨，但是十分危险。

还有一类是思想上，要稳定稳重，稳妥稳便。自己经过深思熟虑决定的事项，要稳定不变，轻易不能动摇，比如遗产的处理，最好是公平分配，有位老人因为孙子考上好学校，一时高兴要分一大部分遗产给他，这种做法是欠考虑的。做人办事要稳重，尊重别人，尊重集体，尊重社会，自觉地遵规守矩，才能受到他人尊重。稳妥是说不要冒险，现在有些理财产品的利息很高，非常诱惑人，但是风险很大，我们承担不起。稳便是便利、方便的意思，减去奢侈的欲望，减去心灵的负担。人生看轻看淡多少，烦恼就离开你多少。

人生于世，无非是面对两个世界，身外的大千世界和自己的内心世界。美好的生活应该是时时拥有一颗轻松自在的心，不管外在的世界如何变化，自己都能有一片清静的天地。老年生活“新常态”，四平八稳度晚年！

宽窄人生

1952 年 6 月天津市南开区召开群众大会时，发生过一起拥挤踩踏事故，4 人当场丧命。当年我作为区委办公室负责人参与处理此事，至今刻骨铭心。所以对不久前上海外滩陈毅广场拥挤踩踏导致 36 人死亡的重大事故格外关注。上海公布的事故原因包括信息宣传不到位、预防准备严重缺失、应对处置失当等。依老汉愚见，现场人群对此处地形宽窄不辨，也是发生事故的重要因素。我曾到过上海外滩，那里又名中山东一路，全长约 1.5 公里，这地方足够宽了吧？可是通往观景平台的 17 级台阶却只有十余米窄，几十万人在这里上下，互不相让，焉能不发生悲剧？

我特别留意了一下，事故的死伤者多为青少年学生，其中没有发现老年人。这不得不说还是老年人经得多，见识广，明宽窄，知进退。老人在那个场合，别说往江边挤了，避之都唯恐不及。由此，我不禁想到人这一辈子不知道要碰到多少宽窄之事呀！

有人把人生之路比喻为一个正三角形，起点宽宽，越往前面越窄，最后结束于顶点。这个比喻有一定道理，人打从出生到青少年时代，无牵无挂，无忧无虑，看天天宽，看地地阔，踌躇满志，任意恣行。长大以后，踏入社会，才知前途崎岖坎坷，人生道路宽窄并存。年长些的老人，当年都是"革命一块砖"，谁还去想宽不宽？就业、岗位、薪水、住房，统由组织分配，虽说日子过得窄巴，可也没有现如今职称、职位、文凭、钱财等诸多烦恼。年轻些的老人，当年一股脑去了"广阔天地"，激情之后，却是生活艰辛，历经磨难。到了中老年的分水岭上，回首来路，有谁走的是一马平川，有谁过的是一帆风顺？

其实，人生宽窄都是路，无论我们经历过什么，都是生命的真实体验，那多姿多彩的人生阅历，都是人生道路上一处处风景。宽处见舒美，窄处显峻拔；宽处看壮阔，窄处示秀丽。酸甜苦辣纵百般，宽宽窄窄两自在。如今我们退休了，实际上到达了事业的顶点，接着而来的应该是另一个倒三角，以此为起点，把老年生活的道路越走越宽广。

一定要想得宽。人到老年，活着很难，却是一种期盼；活着很苦，却是一种幸福；活着很累，却是一种无怨无悔。一件事，想通了是天堂，想不通就是地狱。既然活着，就要活好。真正能够解脱你的，只能是你自己。人，只怕心老，不怕路长。人放松，心放平，让生活轻松，让生命丰厚。人活着要的就是一种心情。人生，不求活得完美，但求活得实在！

一定要看得宽。眼中有事三界窄，心头无事一床宽。世界太大，事情太多，人生有限，眼光要放远一点。有些事，可遇而不可求；有些情，可期而不可弃；有时候，生活就是要把自己变得逆来顺受，宠辱不惊。“日出东海落西山，愁也一天喜也一天；遇事不钻牛角尖，人也舒坦心也舒坦。”人，都是逼出来的坚强，忍出来的性格。内在生命有了宽度，整个世界都会为你让路。

一定要活得宽。今年春节我给一位老友打电话拜年，他说自己现在带病养老，平安是福。另一位老友半带调侃地说，经历了坎坷一生，看到了祖国振兴，踏遍青山人未死，感到十分庆幸。现在每天做三件事，第一要笑，第二要微笑，第三要哈哈大笑。这是何等的洒脱！老年生活里依旧会有不少“窄处”，生老病死，三灾八难，五劳七伤，谁也逃脱不了。行至窄处，要放下心中的纠缠，尽快走出逆境，活得轻松，活得从容，活得潇洒，活得优雅。

老年是生命的顶峰，人生的全景尽在眼底，理应更加豁达睿智，以平和的态度去迎接生命的全过程。宽处窄处，皆是自在人生。

别样幸福

春节过后,我和3位老同事相聚,说起刚刚过去的一年,都感到非常幸福愉快。其实,我们4个人的境遇各不相同,先来说说两个“新老人”——

其中一位是不到60岁的女士,退休才两年多。她现在是“上有老下有小”,老父亲和婆婆都80多岁了,需要人照料。她的儿子大学毕业在外地工作,单位业务繁忙经常出差,她还要时不时去儿子那里帮助操持一下家务。她有时也无奈地说,现在比过去上班时还累,但是再想一想,家有老人意味着最宝贵的亲情还在,自己不管年龄多大,只要父母健在,总觉得自己还是孩子,能充分感知家的温馨和踏实。过年的时候,全家老少三代欢聚一堂,其乐融融,无比幸福。

另外一位是位64岁的“小老汉”。他在家里是独生子,两个妹妹家都在外地,他独自把二老双亲侍奉到老。父母去世后,他的独子到国外留学,毕业后留在那里工作,后来娶妻生子,定居海外。现在“小老汉”成了标准的“空巢家庭”。但是,“小老汉”把自己的退休生活安排得丰富充实,除了有社会兼职活动,还经常帮助报社和电台撰写稿件。每天上午读书写作,下午锻炼身体,游泳跑步,不亦乐乎!他说,年三十晚上,老夫妻俩几碟小菜,一壶老酒,与小孙女一番视频,何有孤独之说?

再说说我们二位耄耋老人。老友小我一岁,今年已经84岁了,身体还行,头脑清晰,思维活跃。他的老伴前些年去世,也没有再婚,与女儿女婿一起生活。老友有时到在国外的儿子那里小住,扎进图书馆,查资料写文章,甚至完成一部书稿,出版后受到好评。他是个闲不住的人,除了偶尔应邀讲学，还经常约上三五好友，走南闯北，四处旅游，乐享天年。

相比3位同事，我的境况也不错。父母早已仙逝，女儿们长大成人，孙子女学业有成，不再让人操心受累，了无牵挂。老伴虽然患病，可毕竟还能相依为命。所请护工护理得非常周到，女儿们也十分关心照顾，老窝老底，衣食无忧，可谓天伦之乐也！

人们常说生活像个万花筒，角度一变看到的完全不同。我想，假如从另外的角度来看，我们4个人的幸福就变成了痛苦——负担、孤独、寂寞、垂暮。不是吗？自己成了老人还要继续操心受累，亲人们天各一方常怀思念，丧偶阴影挥之不去，老态龙钟混吃等死……

果然是人生由我不由天，幸福由心不由境。人生就像半杯水，很难有完满的时候。同样的半杯水，有的人看到的是缺少的那一半，有的人看到的是拥有的那一半。如果只看到缺少的那一半，那就是在扼杀快乐，就是在自我折磨。幸福与快乐的秘诀在于：要看到拥有的那一半，并享受已有的那一半。快乐是心的愉悦，幸福是心的满足。人生有得有失，聪明的人懂得放弃，幸福的人懂得超脱。能安于真实拥有，超脱得失苦乐，乃至上的人生境界。

人生几十年，酸甜苦辣咸，心存正能量，晚年乐无边。多一点快乐，少一点烦恼。饿了就吃饭，累了就睡觉，醒了就微笑，生活啥滋味，自己放调料。品百味人生，享别样幸福！

乐在“弃”中

老汉我前半生在党政机关供职，后半生侧身学界，参加过数不清的会议。记忆中会议时间最长的，是1966年5月21日至7月23日的华北局工作会议。会议在北京整整开了64天，一开始先学文件，就是中共中央发动“文化大革命”的“五・一六”通知。文件中“破字当头，立在其中”八个大字令人惊心动魄，紧接着一连串可怕的“破”字在现实生活中发生了……

如今告别那个时代几十年了，自己也年过耄耋，仍免不了回忆当年“破字当头”那些荒诞不经的事，胡思乱想，忽萌一念：把这“破”字改为“弃”字如何？人到老年，有很多事情需要做出选择，许多东西要求我们首先要学会舍弃。“弃”字当头，可以让人轻装上路，潇洒地度过晚年。回首这些年来自己的老年生活，真切地感到乐在“弃”中。

弃字当头，放弃“位子”，一身轻松。以老汉我为例，在工作岗位时，有办公室的座位，有参加会议的座位，偶尔前排就座乃至主席台就座。自己从离职那一天起，彻底离开了办公室的位子，告别了会议室的位子，只剩下家里的座位和睡觉的床位，如释重负，好不快哉！一位老同学，在中央某部任要职，离休后仍保留办公室，年逾古稀仍每周去办公室看文件，前些年病故了。他没有子女，身后只有老伴孤身住在很大的空房中。我想，在家多陪陪老伴，岂不强于再进那已经跟你无甚关系的办公室？

弃字当头，舍弃名誉，丢掉虚名。有一定行政地位或学术地位的人离退休之后，常常要兼任若干荣誉职务。其实，种种虚名有啥用？佛家有云：“今人每务虚名，不修实行，此是学道之一大障碍。若不作假，则一滴雨，一滴湿。作假，则如梦中吃饭，无益枵腹。”几句《轱辘体》诗讲得甚妙：“不务虚名不务仙，肩挑日月踏峰巅。逍遥自在游诗海，放浪形骸梦九天。”我们老人辛苦一辈子，不论在什么岗位上，都为社会尽了一份责任，如今离退休了，还用虚名捆绑着自己，偶尔在公众面前亮亮相、出出风头不觉得无聊吗？

弃字当头，放弃过多的欲望，平安是福。人不能没有欲望，否则就不思进取，就没有追求，没有生活的动力。但是不得有贪欲，那些贪污腐败分子就是贪欲过大而走上犯罪的道路。有的贪污上亿元的金钱几辈子花不完，究竟为了什么？就像巴尔扎克描写的葛朗台那样，对金钱的渴望和占有欲几乎达到了病态的程度。我们老人离退休在家，事业终止，靠退休金度日，自然不会有追求金钱的奢望，但是难免有这样那样的欲望，例如希望改善居住条件，希望家庭幸福，希望子女事业有成，希望孙子女进入重点学校……当现实不能满足欲望时，便产生烦恼。人为什么痛苦？就在于有过多的欲望，就在于追求错误的东西。不要用别人的生活对照自己，也不要以自己的标准去衡量别人，而应冷静地看待自己，哪些东西是自己不需要的，是需要舍弃的，又有哪些欲望是不应该有的，是应该克服和打消的。把自己的欲望降低到最低点，追求内心的平静，这样才会快乐和幸福。

人的一生就是不断获取和舍弃的过程。少年时舍弃玩耍获取知识，中青年时舍弃休闲获取创业的收获。人到老年，主要是舍弃，再舍弃，获取幸福晚年。正是：红尘看破，乐在“弃”中！

老人的“四个全面”

习近平总书记提出了“四个全面”的新时期治国理政总方略，这“四个全面”每一面都有重大战略意义，“四个全面”相辅相成、相互促进、相得益彰。我们老人虽然离退休在家，同样关心国家大事，关心国家和党的战略目标和战略举措。这“四个全面”和老年生活息息相关，一位文友提出，老人也要“四个全面”，按照他的提示，老汉我加以诠释。

首先是全面健康。一说健康，人们常常想到的是身体健康，其实健康不单是生理健康，更要包含心理健康和道德健康。心理健康是非常重要的，一份科普资料表明，由于大脑功能的退化和离退休前后生活的急剧变化，老年人中8.5％的人或多或少存在着不同程度的心理问题，关注老年人心理健康已成为社会各界需要提上日程的事情。俗话说老小老小，越老越小。有些老人真像这句话所说，变得像小孩一样任性、固执、暴怒和健忘，甚至引起子女对他们的不理解乃至厌烦。这些老人在心理医生眼里就可能是心理疾病患者，老年人的心理健康不应该成为被遗忘的角落。与心理健康密切联系的是道德健康，老年人是道德的传承者，也是社会主义核心价值观的践行者，理应做道德建设的模范。我们就是要力争生理、心理、道德的全面健康。

其次，老人要全面发展。记得新中国成立初期对农民进行社会主义、共产主义教育时，说什么“楼上楼下，电灯电话”，现在想来是多么幼稚可笑呀！共产主义主要是实现人的自由全面发展，这在马克思主义整个理论体系中占有极其重要的地位。众所周知，在过去的岁月里，老人们都服从国家建设的需要，当“螺丝钉”，哪里来的“自由而全面”的发展？只有到了老年，才有可能做我们自己想做的事情。我到国内外旅游，身边多是白发老者。在老年大学看看，种种课程怕是连正规大学都没有。这些都是老人自由而全面发展的缩影。

第三，老人要全面进步。我们都是退休老人，事业已经终止，怎么进步呢？不久前，天津市养老院开展“每人一小步，社会一大步”大讨论，给人以启发。每个人都是社会的一个分子，如果人人在节约资源、爱护环境、文明行为上前进一小步，社会教化就会前进一大步。老年人在“关注家庭、关注家教、关注家风”方面，在社会建设各个方面都可能再前进一小步。“不积跬步，无以至千里；不积小流，无以成江海。”老人的全面进步，是社会全面进步的重要组成部分。

第四，老人要全面丰收。春播、夏种、秋收、冬藏，老年人是人生的秋季和冬季，正是收获季节。人步入老年，走过鼎盛时期，个人的荣辱盛衰，名利追逐，恩恩怨怨，都成为过去。人生的价值就在于经历，老年是人生经历的大丰收，是精神、思想、文化、创造、贡献的全面丰收。面对人生的丰收，无怨无悔，了无牵挂。要正确看待以往的岁月，莫让愁云遮望眼，莫把遗憾带晚年。人到老年，不可能忘记过去，但更该珍惜现在。老年是生命的顶峰，人生的全景尽在眼底，理应更加豁达睿智，在沉浮人世中获取一种安详，于平平常常之间保持宁静。

勿忘初心

佛家有箴言:“勿忘初心,方得终始。”意思是不要忘记人之初那一颗与生俱来的善良、真诚、无邪、进取、宽容、博爱之心。人之初,性本善,初心是发自内心的感觉,是判断事物的可靠依据。人生在世要尊重自己那份原始的感受,时刻提醒自己勿忘初心,唯其如此,才能发长远心,善始善终,做个好人。人生就是一场修行,修的就是一颗心,不断使初心得到完善。

要勿忘平常心和随缘心。平常心是待人处事的一种正常心态。人生充满各种难以摆脱的哀乐悲欢,杂事萦心,心为物役,求名求利,这山又望那山高,终其一生,必受牵累。为人处世既不要高估或低估自己的能力,凡事又需积极主动,尽力而为,顺其自然。最平常的事物往往蕴含着丰富的哲理,怀平常心,做平常人,过平常生活,就是最不平常的事情。“心无增减”还要“万事随缘”,顺应机缘,随顺因缘,缘起缘落,成就现实的人生。有位叫吴砚华的老人给我写过“有缘是福”的话,他说:“笑口常开,快乐每天;有缘是福,泽惠人间;健康长寿,牢记心田;吉祥如意,一生平安。”

要勿忘感恩心和慈悲心。人要常怀感恩之心,感谢父母养育之恩,感谢老师教诲之恩,感谢朋友关怀之恩,感谢邻里照看之恩。我请了一个护工护理患病的老伴,我感谢她的护理之恩。我感谢医护人员,没有他们我能活到现在吗?我有一个老同事罗立言,他遇到好事就写信表扬,经常写表扬信鼓励别人。他也常打电话鼓励我。这本身就是发挥正能量。有一颗感恩之心,你的心态才是阳光的、快乐的。慈悲心是一种关怀之心,关心别人的困难与痛苦。不只是关心家人与朋友,还要关心所有的人,进而善待一切众生，是为大慈大悲也。

要勿忘因果心和忍让心。俗话说："自造福田得福缘，自种恶果获恶报。"这世上之事，没有一件不是互为因果的。前些年人们不注重环境保护，生态系统遭到破坏，城市"三废"遍布，农村污染严重，我们受到惩罚，这就是一种因果关系，是大自然的因果报应。有首"因果"歌唱道："三世因果说不尽，皇天不亏善心人。"自造福田，自得福缘，凡事三思，不可胡为。忍让心对老年人更为重要，出门乘公交车，人家给咱让座那是情分，不让也不必大动肝火，为了小事发脾气，气出病来无人替。老年人饱经沧桑，是最有定力的人，正应忍人之所不能忍，容人之所不能容，处人之所不能处。

要勿忘超脱心和质朴心。人生有得有失，聪明的人懂得放弃，幸福的人懂得超脱。有道是官大官小没完没了，钱多钱少都有烦恼，能安于真实拥有，超脱得失苦乐，是一种至上的人生境界。该得的就得，不该得的不必勉强。来的偶然，去的必然。该来的来，该去的去。来去之间，能留下多少就算多少。超凡方能脱俗，胸无块垒，心如日月，闲看庭前花开花落，漫随天上云卷云舒，心灵自由无碍，生命饱满充实。质朴心也可称为真诚心，没有丝毫虚伪，没有丝毫欺骗，不自欺，不欺人。社会主义核心价值观提出"爱国、敬业、诚信、友善"的公民个人层面的价值准则，与真诚心是相通的。

一颗平常心，你会更从容；一颗随缘心，你会更洒脱；一颗感恩心，你会更幸福；一颗慈悲心，你会更善良；一颗因果心，你会更明理；一颗忍让心，你会更逢缘；一颗超脱心，你会更纯粹；一颗真诚心，你会更开心！

再拼搏一程

年届耄耋，常疏于与老友联系了。那天给北京的一位老大姐打电话，我知道她晚年以学画丹顶鹤为乐。之后，她给我寄来自己刻制的画作光盘，并附有语重心长的短信，在信的最后她热情地鼓励我："你比我年轻，希望你再拼搏一程。祝你获得更幸福的晚年！"

啊，老大姐鼓励我"再拼搏一程"！我还能够再拼搏吗？我再拼搏什么？

再为金钱拼搏吗？当然不需要。记得有段人生八张纸的调侃："出生一张纸，开始一辈子；毕业一张纸，奋斗一辈子；结婚一张纸，折腾一辈子；金钱一张纸，辛苦一辈子；当官一张纸，斗争一辈子；荣誉一张纸，虚名一辈子；病历一张纸，痛苦一辈子；悼词一张纸，了结一辈子。"老人无法再去拼搏赚钱，只能拼命攒点钱，有限的退休金又能攒多少？多余的钱最后不是你的，最后是人在天堂，钱在银行。

再为子女拼搏吗？当然也不需要。我的女儿早已成人，各有各的家庭和事业，无须我再为她们操心了。有些老人则以照顾儿女为中心，天天替子女看护第三代，直到升学、择业，操心受累，自不待言。这里关键是要自己认头，从中感受天伦之乐。反之，你不认头，不得已而为之，就成了天伦之"苦"了，一旦成为生活的负担，还是设法摆脱为好。

再为荣誉拼搏吗？当然更不需要。多年来，我曾经获得许多各式各样、大大小小的奖状、证书，放没处放，扔没处扔，不知如何处理。如今到了这把年纪，要荣誉干什么？"荣也罢，誉也罢，一张薄纸算个啥？"仰不愧于天，俯不怍于人，安身立命足矣！

但我还是要拼搏，拼搏什么呢？中老年时报约我写专栏，我写；其他报刊约我写文章，我写；天津广播电台约我讲讲，我讲；有单位和社区约我讲讲，我也讲。这样拼搏是为了什么？为了能再给大家做点事情，同时也为了能继续开动脑筋，愉悦身心。归根到底，为了好好活着，为了生命健康！

其实，老年人都在为生命健康安度晚年而拼搏。有位老友喜欢摄影，多年来他走遍津门大地，四处捕捉美景，拍摄天津美丽风光，印成画册送给亲友欣赏，这也是拼搏。有位老友喜欢唱歌，十几年来在她住处附近组织歌友会，引吭高歌，愉悦心灵，这也是一种拼搏。一位年近古稀的老友在老年大学任教多年，继续发挥自己的专长，更是一种拼搏。

那些常年患病的朋友实际上也在拼搏。一位比我年长的老大姐，因心脏病几次住院，当她出院后还写信鼓励我，她的拼搏精神感人至深。一位老同学脊椎患病，要坐轮椅，可是头脑清醒；老伴患老年痴呆，但是体力还正常。他们午饭和晚饭请人来做，每天早晨老伴推他出来买早点和午饭晚饭所需食材，这是夫妻二人在合力拼搏。

“路漫漫其修远兮，吾将上下而求索。”人生难得几回搏！我们将要抵达人生的终点站了，“路漫漫其不远兮，吾将奋力再拼搏”，即使有一天我们离开这个世界，留下的依然是一个搏击者的背影！

半争半随度晚年

有人说，人这一辈子，一半是争，一半是随。细想想，的确是这么个理儿。回想改革开放前三十年，一切都由组织安排，个人基本上没什么可争的。即便那少有的几次评级晋级，有些人虽也提出和他人相比，但没人敢公然伸手要，总的说来在个人利益面前还是争少随多。改革开放之后，市场竞争的功利性不但浸染社会生活，而且侵入政治领域，沽名钓誉歪风兴起，跑官要官大有人在。民谣调侃道："不跑不送，原地不动；光跑不送，平级调动；又跑又送，提拔重用。"这些年是争多随少了，岂止是争，买官卖官、权钱交易、贪污受贿、巧取豪夺等犯罪现象也屡见不鲜。

我们老年人已经远离名利场，不存在争名夺利的问题了。但是对个人来说，依然一半是争，一半是随。这里说的争是争取，而不是争夺。

首先争取与老伴携手安度晚年。少年夫妻老来伴，相伴一生的夫妻，到老才是最重要的。家常饭，粗布衣，知冷知热老夫妻。家务事不要老去争长论短，两人都随和一些，没有什么解决不了的问题。

其次是争取维护好自己的老窝。现实生活是，父母的家永远是子女的家，而子女的家永远不是父母的家。老汉我的老窝多年冬季供暖不达标，因为是设计的缺陷，争取多次无效，多穿些衣服，随遇而安吧！近两年解决了，更是知足常乐了。

第三是争取保护好自己的老底。老年人手中总要有点积蓄。金钱不是万能的，没有金钱是万万不能的。有的已经让子女掏走，怎么办？吃了的吐不出来，只有事随他去，走哪儿说哪儿吧！

第四是争取多读点书。古人云:“少年读书,如庭中窥月;中年读书,如庭中望月;老年读书,如台上玩月,皆以阅历之浅深,为所得之浅深也。”年轻时刻苦读书是升学、就业、工作的需要,而老人读书没有任何功利目的,只是为增长知识,开阔眼界。我们以读书为乐,大可不争所成,随心所欲。

第五是争取多交朋友。人是社会人。行万里路,读万卷书,阅万个人。这个“阅”就是要和人交往。人到老年要更加随缘,争取多交朋友,才能排遣孤独之苦。

归根到底,就是争取活得好一些,活得更随意一些。人生必须学会权衡,学会取舍。人生无须过于执着,尽人事安天命而已。选择了,努力了,争取了,走过了,问心无愧就好。人间三千事,学会一笑了之。人生最大的幸福莫过于:白天可以有说有笑,晚上还能睡个好觉……

人生的争,不是与他人争,而是与困苦争,与自己的内心争。人生的随,不是随波逐流,更不是随俗浮沉。争,量力而行,不留遗憾;随,知足常乐,随缘而止。最怕是该争时不争,该止时不止,总在纠结中痛苦。

晚年更要半争半随。争取最大限度地延长自己的健康期,争取做一点有价值而又能够做的事情。何时“上苍”召唤我们,就心无遗憾地随它而去,永远安息了。不过如此,岂有他哉!

坚强生存

今年春节,我给一位多年的老友打电话拜年。他告诉我,这些年来尽管疾病缠身,但是遵照医嘱吃药保养,保持乐观心情,病情已经基本稳定,争取再带病生存几年,这段话使人听了很受鼓舞。随着寿命的延长,老年人的发病率和伤残率上升。有统计说,中国60岁以上老年人中,有将近一半患有高血压、心脑血管病、糖尿病、肿瘤等慢性病。老年人带病生存与药为伴的不在少数。现在带病生存、带病养生已成为许多人的常态。

带病生存是一种适合老年人的新观念。带病生存的主张是:健康也好,多病或残疾也罢,在每一种状态下,都不能失去积极的努力,要拥有坚定的信念,在这种信念的支撑下,让自己的生存状况变得好起来。从这个意义上说,带病生存就是坚强生存。咱们天津有位叫施健行的抗癌明星,1986年她60岁的时候,被确诊为晚期结肠癌,手术之后她保持良好的心态,每天坚持骑车锻炼,还参加了夕阳红骑行队。2010年,施健行老大姐又和队友一起骑车参观上海世博会。她的事迹被收录到《大世界基尼斯之最》中,同时入编《世界名人录》。在宣布生命只有3到5个月的期限下,她已神奇地健康生活了近30年。

人活一辈子,从强壮到衰老是必须经历的过程,不管你是否乐意接受这一过程,光阴荏苒,衰老和病痛都将悄然而至,如影随形,成为我们后半生的另类"伴侣"。老汉我也一样,这些年来身体总闹点小毛病,也是带病生存者之一。我的体会是"四要四不要":第一要预防疾病而不要恐惧疾病。衰老是谁也不能改变的,病痛往往是衰老的前奏,害怕是没有用的,唯有积极面对。特别是坚持定期查体，不要嫌麻烦，我的好几位朋友就是查体发现了大病，治疗及时方得痊愈。老年人要千方百计延长健康期，缩短带病期，避免伤残期。

第二要相信医学而不要迷信医学。带病生存必然要经常和医院打交道，医生的妙手仁心是战胜疾病的首要条件，但医学也不是万能的，按目前医学水平还存在许多不治之症，对有些疾病不能根治甚至束手无策。所以，我们不能要求医生包治百病，但可以充分利用现在良好的医疗资源，多方咨询诊治疾病。我前些年查体发现脾大，做了两次骨髓穿刺，医生建议切除脾脏。我又找北京和天津血液病医院的专家进行咨询，最后让我口服一种抗癌的药，每日一片，连续服用到现在，一切平安无事。

第三要积极治疗但是不要过度。有的医生说，能不服药的不服药，能服药的不打针，能打针的不输液。现在一有病就输液，没有必要。另外，不要乱吃那些所谓的保健品，不能听信虚假的广告宣传，合理膳食、坚持锻炼、科学养生才是带病生存的正道。

第四要持之以恒不要半途而废。带病生存要有恒心和耐心，在任何情况下不轻言放弃。一个人能活到老年，本身就是一种福气，即便是带病生存，也不过是有恙在身。再多的磨难，再多的艰辛，再多的眼泪，都耗不过一句坚强；再多的绝望，再多的抱怨，再多的惆怅，也媲不过一次振作。强者之所以是强者，就是因为具有一种弱者所不具备的能力，那就是在逆境中崛起的坚韧毅力。

多苦少乐是人生的必然，能苦会乐是人生的坦然，化苦为乐是智者的超然。坚强生存——老年人的无悔选择！

闲言碎语话真谛

几位耄耋老人相聚，少不了忆旧，说起青少年时代，说起那时满腔热情投身革命，为了建设新中国，为了实现共产主义而奋斗。有的说当年在基层还宣传共产主义是“楼上楼下，电灯电话”，列宁说的苏维埃政权加电气化，各尽所能，各取所需等。可是共产主义在哪里？我们这一代乃至下一代不过是社会主义初级阶段，看来今生今世与共产主义无缘了。

如今冷静想想，到底什么是共产主义呢？马克思、恩格斯认为，共产主义社会将是一个无商品、无市场、无货币的社会。那这样的社会如何运行？如何治理？简直是无法想象。这不过和古人说的大同世界一样，只是人们的理想。其实，我们忽略了所熟知的马克思、恩格斯在《共产党宣言》中讲的，取代资产阶级社会的，“将是这样一个联合体，在那里，每个人的自由发展是一切人的自由发展的条件。”随后，马克思在《资本论》中又指出，社会生产力的发展，将为未来的社会奠定现实的基础，未来社会将是“一个把每一个人都有完全的自由发展作为根本原则的高级社会形态”。同样的，他们在《德意志意识形态》里也讲到这个问题。由此可见，建立物质财富极大丰富，人民精神境界极大提高，实现每个人的自由而全面发展，才是实现共产主义的真谛。

当然，每个人自由而全面发展，绝不意味着人们可以超越历史和现实的条件，游离于社会及群体之外随心所欲地行动。人们只能在特定的历史与现实所允许的范围内发展自己，获得那个时代所允许的自由。面对现实，不论从物质方面或是从精神方面，我们离这个要求不知有多么遥远。

这里，老汉我突发奇想，我们老人是不是可以率先实现自由而全面地发展？但是要有若干前提。一是有一个安全的老窝。这个老窝不论大小、好坏，总是自己安身立命的地方，在什么情况下都要保留。有的老人居无定所，和孩子挤在一起，谈何自由？二是有一笔可靠的退休金。有的老人资产由子女代管，工资卡由子女掌控，自己没有自主权了，谈何发展？三是有和睦的家庭，这是人生最后的归属。老伴走了，子女不孝，如何安居？四是有几位知心朋友。平时常联系，谈谈心，有事情商量商量，这样就可以排遣孤独，不感到寂寞。五是有个基本健康的身体，就是没有大病，生活能够自理。如果只能躺在病床上，自由什么的则无从谈起。六是有一个好心态。豁达乐观，活一天乐一天。七是过极简单的生活，不受日常繁文缛节所累。万物之始，大道至简。简单能使人淡然、自然、从容，使人轻松、快乐、幸福。八是最重要的一点，就是不断完善自己的追求，在晚年实现自由而全面的发展。

实现自由而全面发展，谈何容易？每个人的行为不仅受到外界的强制，而且要接受内在的必然。叔本华说："人虽然能够做他所想做的，但不能要他所要的。"

平庸的人只有一条命，叫性命；优秀的人有两条命，即性命和生命；卓越的人则有三条命，性命、生命和使命。它们分别代表着生存、生活和责任！我们要不为名所累，不为利所扰，不为钱所迷，不为情所误，不为官所惑。工作勤奋，娱乐有度；对待朋友，不玩心术；处理事务，不躁不怒；生活讲究，量入为出；知足常乐，一生幸福！老汉我就是这样，不知诸公如何？

顺应衰老

“别来憔悴久，他人怪容色。只有匣中镜，还持自相识。”这是梁代只活了53岁便遭幽禁至死的简文帝萧纲的诗作。老人们常说不愿意照镜子，目睹自己日渐衰老的形象。但人总是要衰老的，这是无法逆转的趋势。

“你这么大年纪千万不要天天骑自行车去游泳呀!”一些挚友常常这样告诫我。我虽答应着，但是没有接受。因为每个人的情况不同，老人要适度锻炼，水上运动对我是适度的，自我感觉尚好。听一位泳友说，水上公园有一位89岁的老人，步履矫健，上午下湖游泳几百米，下午可以游一千米。听后令我咂舌，我近几年只去游泳馆，不再下湖游泳，不是不能，而是要顺应衰老，不愿再冒风险。老汉我进入耄耋之后，正在一步一步地顺应衰老。

首先我在饮食上，品种多点，营养全点，食量少点，所谓三点主义。其次在运动量上，逐步减少，行动上逐步放缓。过去可以跑着下楼，现在注视着楼梯，一步一步地下。猫腰拾物，慢慢地悠着劲，一切都是慢镜头。在游泳馆换衣服，我是最慢的一个，既不争先，又不恐后。运动锻炼就是减少点，放缓点，当心点，也是三点主义。我觉得更重要的是心态要顺应衰老，如何做到这一点？我从网上看到一个心疗处方，可以参考：

一曰笑是营养素。研究证实，笑能降血压；笑一分钟可以起到划船10分钟的效果；笑还能释放压力，减轻沮丧感；笑可以刺激人体分泌多巴胺，使人产生欣快感。中老年人应多与有幽默感的人接触，多看喜剧、漫画，多听相声。我清晨游泳，每天提前到场，与泳友们开开玩笑，大笑一场。

二曰“话疗”是特效药。美国白宫的保健医生曾给布什开过一个健康秘方:话疗,每星期至少与家人交流 15 个小时以上。我不多出门,也常用电话聊天。

三曰朋友是“不老丹”。老人长期独处会造成巨大的社会心理压力,甚至有可能引起内分泌紊乱和免疫功能下降。澳大利亚研究人员发现,朋友圈广的人平均延寿 7 年。我们退休后不要总憋在家里,要努力扩大生活圈子,联系老朋友,结交新朋友。在我的电话本上,不断地减员,但也不断地增员。

四曰宽容是调节阀。人在社会交往中,吃亏、被误解、受委屈的事总不可避免。面对这些,最明智的选择是学会宽容。一个不会宽容,只知苛求别人的人,很容易导致神经兴奋、血管收缩、血压升高,使心理、生理进入恶性循环,而学会宽容就等于给自己的心理安上了调节阀。

五曰淡泊是免疫剂。做到小事糊涂,大事清楚。整天计较一些鸡毛蒜皮的事,心会很累。遇事不妨潇洒、大度一点,保持愉悦的心情和内心满足感,有利于延年益寿。据中国老年学会调查,在百岁老人的长寿原因中,遗传基因占 15%,社会因素占 10%,医疗条件改善占 8%,气候条件占 7%,其余 60%则取决于老人自己,其中排在第一位的秘诀就是心态。西方有一句谚语,叫“不烦恼,不生气,不用血压计”。可见,小心眼、爱生气是长寿的一大心理障碍。

或曰:人们提出抗衰老,你却提出顺应衰老,不是唱反调吗?答曰:非也。抗衰老无非是延缓衰老,因为衰老终究是无法逆转的,顺应衰老就是顺应自然。老子讲的“道法自然”,庄子讲的“天与人不相胜”,都是主张顺应自然的。我们顺应衰老,疾病减少,活得更好!仅此而已,岂有他哉!

活着真好

从微信上看到一个民谚，大意是:“十岁想长大真好，二十岁想升学真好，三十岁想创业真好，四十岁想升职真好，五十岁想钱多真好，六十岁想休闲真好，七十岁想没病真好，八十岁想活着真好!”

啊！我八十有五了，是活着真好吗？不少老朋友发牢骚，年老多病，每况愈下，没有什么乐趣，活着没有啥意思，不如早点走人。我说，想什么时候走人，由不得自己，只有凑合活着吧！这是从负面想的，从正面想，活着真好！好从何来？

活着可安享观察思考之乐。我国社会变迁的广度、深度、速度、难度，古今中外所罕见。你活在第一个三十年，不知第二个三十年的巨变；你现在走人，就不知今后三十年的巨变。“世界太奇妙，长寿才知道”。我们不过是个看客，可是你不活着，连看客的座位也没有了，永远什么也不知道了。静观世界社会之变化，不亦乐乎！

活着可安享健康长寿之乐。人生在世一辈子，万事看透，临近晚年，健康第一重要。疾病带来痛苦，健康才能快乐，探索与实践健身之道、养生之道，争取做个高龄幸存者，不亦乐乎！

活着可安享天伦亲情之乐。人到老年，最需要感情慰藉。感情万种，莫过于天伦亲情。我们是最后一代的大家庭，儿女、孙子女虽然不在身边，得悉他们的成长发展，也倍感欣慰。老人健在，一家人方能有机会全家团聚，目睹生命血脉之延续，不亦乐乎！

活着可安享学习之乐。老年人主要追求的是精神生活。当今信息爆炸，学不胜学，老年人更要学习，跟上时代的步伐。活到老、学到老，是人类至高无上的追求。遨游于学问之海，执着于新知之求，不亦乐乎！

活着可享受广交朋友之乐。人到老年，不可无友，老朋友不可少，忘年交也不可无。“朋友是风，朋友是雨，有了朋友可以呼风唤雨。”与忘年交交友，保持自己头脑青春常在，增添轻松、愉快、乐观、向上的情绪，跟上前进的队伍，不亦乐乎！

活着可安享帮助他人之乐。老年人常常受到他人照顾，反之也有可能为他人做点事，多行善事。当年我们天津一中一些老校友协助校友会创办校刊，至今每每看到新出的校刊，愈发亲切。最近我把已故老领导的日记整理发表，为亡人尽点心力，不啻一桩快事。帮助别人则有体现自我价值之感，不亦乐乎！

活着可安享与世无争之乐。老年人远离名利场，清心寡欲，贫富安然，视清静无为、宁静致远为无上境界，不骄不躁，不亢不卑，如行云流水，任意而行，不亦乐乎！

活着可安享游历天下之乐。在岗时忙于工作，难以他顾；老年人时间充裕，只要有条件，即可游历天下，细品天地之精华，不亦乐乎！

人生如旅，如西游记，万水千山相隔，魑魅魍魉相阻，而今功德即将圆满，“极乐世界”在望，不由喜曰：活着真好！其实活着就是一种幸福，因为人生只有一回呀！

生命自省

哲学界以四个境界划分人生——欲求境界、求知境界、道德境界和审美境界，构成了一个由低到高的人生境界。人生境界的提升关键在于自我意识之上的情操的陶冶和内心的教养，这就需要不断地自我反省，认清人生意义和自我价值。自省是一种自我道德培养的重要方法，苏格拉底说："未经自省的生命不值得存在。"自省也是通过自我意识来省察自己言行的过程，其目的正如朱熹所说："日省其身，有则改之，无则加勉。"老年是生命的最后一个阶段，我们应该如何自省，圆满人生呢？

生命自省的初级层次是为了生存。老年面临人生的病、死阶段，六十岁还感触不深，七八十岁特别是进入耄耋之年，越发感到一天一天逼近生命的尽头。人到老年，意识到房屋、财物最终都不是自己的，只有身体、生命是自己的。于是乎恍然大悟，想方设法地珍爱自己，看到流传的保健偏方就想尝试，看到宣传吃什么食品好立马就吃，看到吃什么食品有害，想吃又不敢吃。吃饭时一、二、三地数着——不是说要咀嚼三十下吗？活得好累呀！就以锻炼来说，有的说散步好，有的说快走好，到底听谁的呢？

这是一种消极的生命观念，把维持和延长生命作为最终目的。这样活得消沉、黯淡、无聊、无奈、悲哀。我有个老同学，从十年前就不出门参加一切活动，天天静养。闭门十年，最后得了脑梗，成了植物人。活着虽然是硬道理，但不能一切为了保命。

生命自省第二个层次是享受生活。对于老年人来说，物质欲望降低了，生活束缚变小了，更多的是寻求精神快乐。比如读书、书法、绘画、摄影、旅游、舞蹈等，各种能给老年生活带来快乐的事情都值得重视。老人读书没有任何功利目的，完全是寻觅乐趣，比如北辰区普东街万科新城社区就有个“乐龄读书社”，平均年龄75岁的十几位老人聚在一起，谈古论今。老人不奢求华屋美厦，不垂涎山珍海味，不追名逐利，不杞人忧天，不扮贵人相，不操庸人心，过简朴素净的生活，享身心健康的快乐。真正能够解脱你的，只能是你自己，既然活着，就要活好。人，只怕心老，不怕路长。

生命自省的最高层次是自由而全面地发展。人的自由而全面的发展，是马克思主义的最高命题。联系到我们老人的人生经历，大半生过着身不由己的生活：计划经济年代一切听从安排，而走向市场经济后，又为住房、就医和子女累心，何来自由而全面发展？生命自省就是一种人生观。它要求我们用积极的态度对待生命，保持生活的勇气与活力，让有生之年过得更加丰富、充实。归根结底，我们追求晚年幸福，就是追求生命的自由。

生命本来是随机现象，是苦乐参半的。人不能主宰生命，但可以在生命的主宰下生活得更好！老年人更能理解生命的过程和实质，把握生活的方向和方式。视身已老，珍爱生命；视心不老，永远向上；视死如归，安详面对！

生命的再挑战

记得1992年我在《今晚报》开“异域人生”专栏，第一篇题为“冲刺”，记述我年逾花甲只身访问大洋彼岸进行学术交流——彼情彼景犹然在目。如今跨越古稀进入耄耋之年后，早与学术界“拜拜”了。然而，有悖于“八十摇摇晃晃，九十躺在床上”的常态，我这个85岁的老汉与84岁的老友同60岁上下的两位年轻好友结伴，继前年俄国行和去年滇西行之后，今年9月又一次贵州行。旅游乎？挑战乎？我自己也说不太清楚，似乎是潜藏在内心深处不安于静居的情愫，不断地在胸中涌动。正所谓：走出家门看世界，关在家里叹自己。

贵州的确是个名副其实的“山国”，山地和丘陵占全省面积的92.5%，是我国唯一一个没有平原的多山之省。此处遍地绿色植被，顿时感到秋风怡人，呼吸格外清新。但是贵阳市区，却是喧嚣的闹市，到处高楼林立，摩肩接踵的人流，全然没有了先前的自然美感。

翌日晨，我们乘车赴黔南200多公里外的小七孔自然风景区。当夜听得一场沙沙秋雨，早上坐在旅馆空荡荡的大堂里，一位女友人说，你到外面看看，多么空灵！说着，她两个眸子竟也闪动着空灵。果然，外面层层薄雾中，山水草木相映，透着一股秀气。人说空灵是佛的境界，我不懂，可我只觉得仿佛身处空灵的仙境。

随后，又奔赴精彩的万峰林，又转赴闻名遐迩的黄果树瀑布。黄果树瀑布享有“中华第一瀑”之盛誉，其流水从壁岩上直泻而下，如雷声轰鸣，气势非凡。同行老友喜曰，我们耄耋老人能来得这里，真是幸运的。我更有同感。

最后，又去了青岩古镇。这个石巷石墙的小镇，据说是李克农家人和王明的夫人居住过的地方，周恩来的父亲也在这里居住过。当我们漫步其中，故人故事在脑海中穿梭、交融，时光奇异地被弯曲了。

我们乘汽车 1000 多公里，不仅享受醉美之旅，而且又一次尝试生命极限的挑战。进入花甲之年以后，我只身一人五访北美，两渡扶桑，北上韩国，进入陌生世界，迎接生命的挑战，回忆起来格外欣慰。一位同龄的老同学，十几年前就不敢出门了，整天在家静养，老同学聚会也不敢参加，如今躺在病榻上，靠鼻饲度日。这样将自己置于凄苦境地，直叫人悲悯伤怀，欲诉无凭寄，甚至找不到自己。我真为他叹惋！

我以为，人的真正胜利，实质在于精神。人们不会对富可敌国的土豪顶礼膜拜，而披荆斩棘的征人能赢得崇高的敬意。其根本原因是那战胜困境，征服自我，超越极限的争斗精神。我自知年老体衰，但还要量力尽力而为，能写就继续写，不辜负尺素；能讲就继续讲，不错过交流；能出去转转就出去转转，不虚枉大好风光……我兀自珍重，此生与文字、与讲台、与风景，都有不解的缘，将对这份缘善始善终地善待。没有接受过挑战的人，永远不能体味赢得挑战过后所拥有的惬意。所以，我要接受生命的挑战，挑战，再挑战，直到生命的终点，此生使命若尽，无一憾也！

且将暮年当玩年

春花秋月，花开花谢，不经意间我们已经走向暮年。从快乐的童年到羸弱的老年，岁月的行囊里装满了酸甜苦辣，回首往事不由感慨万千。一路奔波追求，忙忙碌碌；相聚分离，过客匆匆；偶遇邂逅，进进出出；时光轮回，喜喜忧忧。我想，处在人生的老、病、死的暮年，何不将暮年当玩年呢？

老年人跳出迟暮的晚年，步入快乐的玩年，这是养生的新理念。中国人养老应该达到三种境界——健康、快乐、自主。能老有所为的，尽力尽兴所为，而老来会玩儿，培养爱好与追求，则是其中重要的一条。这里首先要摆脱为子女操持家务的负担，如果把自己累得筋疲力尽，何谈玩的自由？只有自己解脱自己，才能步入玩年。

老年人终究是老了，不是“老顽童”，还能玩什么呢？我以为首推旅游玩。我们在工作岗位时，也许到过不少地方，但都是匆匆过往。退休后，趁身体允许，不妨偕友外出走走。出游要根据个人身体条件和经济力量来定，有个民谚调侃道：“一等人大洋欧美，二等人一衣带水，三等人游山逛水，四等人街头巷尾。”旅游不是满足于“到此一游”，而是用心欣赏大自然的美景，领悟不同地域文化的底蕴。同样都是登上高山，你只看到深不可测的山谷，他却感受到“云无心以出岫，鸟倦飞而知还”。这里要看你有没有情趣。

不单是旅游，老人只要有心情，可玩者多多。例如摄影，有几位朋友爱好摄影，几年来在津门抓拍好风景，编辑成电子版，发给朋友。又如，练习书法、绘画，北京一位老大姐学绘画，专门画丹顶鹤，配上央视有关丹顶鹤的画面，自己加上解说，制成光盘，赠送亲朋好友欣赏，离休生活以此为乐。一位老同事，在老年大学学了许多门课，学书法、学摄影、学瑜伽，又学英语，又学中医，学了这门学那门。我说你学这么多学得过来吗？她笑说，品尝品尝，学着玩儿呗！有位资深高龄的老同志，深居简出，偶有所感，写几首诗，直抒胸臆；与此同时，养只鸟儿，养个蝈蝈，为沉寂的房间平添一丝情趣。

过去那个年代在岗时，喜欢花鸟鱼虫，叫作玩物丧志，革命意志衰退；而今时代变了，人老了，生活需要抒发个人情趣。你看看老年大学那多种多样的课程，人们不仅为了求知，同时也是为了玩乐。老年生活需要平静，需要安宁，但不死寂，需要情趣，需要玩性。

老年时期是生命的最后时光，在这一阶段，人的生埋机能衰退，行动、思维相对迟缓，或者身体染病，行动不便，还玩得了吗？答案是肯定的，只是玩法不同罢了。有人把老人叫老小孩，其实在生命的两头，小孩和老人都需要玩。老年人的“玩”，是人生的一种境界，是天马行空的洒脱，是心情的高度放松，是无名无欲的放纵，是一种高层次休闲，是生命风采的展现，是人生快乐的源泉，是保证健康的秘诀。

哈哈，说得不错，可是我们已经太老，有心无力了。须知现在过的每一天，都有可能是我们余下生命中最后的一天。保持微笑，停止抱怨那些改变不了的事。把所有的不快给昨天，把所有的希望给明天，把所有的快乐给今天。保持玩心，能玩什么就玩什么，且将暮年当玩年！

规矩老人

习近平总书记曾在十八届中央纪委第五次全会上十余次提及“规矩”，要求做好“破”和“立”两篇文章，并对反腐倡廉建章立制的制度建设列出着重抓好的四方面工作——党内监督要讲规矩，选人用人要懂规矩，权力行使要守规矩，国企监督要立规矩。

从社会学的视角看，规矩是人类生存与活动的前提与基础，人们总是要在规与矩所成形的范围内活动。社会的稳定离不开规矩，有了规矩社会才能正常运转，只有按总书记说的讲规矩、懂规矩、守规矩、立规矩，才能加强制度建设。

我们老人早已退休在家，所有这些与我们没有直接关系。老汉我忽萌生一奇念：何不以“讲规矩、懂规矩、守规矩、立规矩”来思考思考老年生活呢？

老年退休生活要讲规矩。人的一生中面临种种社会角色的变化，老年退休面临重要角色转换，这时要重新安排自己的生活，也就是说你每天干什么，要有打算，久而久之，形成习惯，成为规矩，也就是退休生活方式。比如你按时睡、按时起，读书、锻炼身体。何时睡？何时起？何时读书？何时锻炼？何时做家务？要形成规矩，自己自觉地守规矩，生活规律。这对于促进身体健康、提高老年生活质量大有裨益。

老年养生保健要懂规矩。老年人都知道健康没病最好，养生保健重要。但是养生保健也有规矩，不能盲目听信广告宣传，不能过分小心什么也不敢吃，不能一有小病就跑医院输液。要懂得合理膳食、适量运动、改善习惯、心理平衡。每个人的情况不同，要因人而异，不要刻意，不要随意，要注意。如何合理膳食？人类食用了几千年的食品，一般都是可以食用的，应该是“什么都吃，适可而止”，“饭留七分口”。要懂规矩，要“管住嘴，迈开腿”。

老年社会生活要守规矩。老年人在社会生活中是比较守规矩的，比如骑自行车骑飞车，想骑也力不从心。遵守交通规则，排队遵守秩序，都是毫无疑问的，自己的一举一动都要遵守社会公德。那天我收到一封邮件：“今天，一起为环卫工发一条：由于盛夏高温，很多环卫工人因中暑入院。他们很多还是60岁以上的老人，体谅他们，我们至少可以做到：杂物不乱扔；嚼过的口香糖，用纸巾包起再丢；拒绝车窗抛物；开车遇到他们，减速慢行；街边店铺可能的话请允许他们纳凉避暑。请大家理解下吧！我们不比他们高尚，我们唯一需要做的，就是爱护环境，从自己做起。”我立即将这个邮件转发了，我们无法过问权力行使是否信守规矩，却能为社会生活守规矩尽那么一点心。

老年家庭生活要立规矩。老人带头言传身教，树立好规矩、好家风。子女生活有困难，老人可以给予帮助，但对于一味啃老，甚至掌握老人退休金，从中克扣的，老年人决不能退让！

讲规矩，懂规矩，守规矩，立规矩，做个规矩老人，善莫大焉！

好汉不逞当年勇

有道是，好汉不提当年勇。因为有的老人总是生活在过去——“遥想公瑾当年”，自己如何过五关斩六将——别人听得耳朵都起茧了，他还是喋喋不休，甚至要重现当年的手脚。

请理解，老年人絮叨是难免的，人老话多嘛。在这里，我觉得最值得重视的是老年勿逞当年勇。人进入老年期以后，身体不断衰老，体能日渐衰退，从 60 岁开始，年事越高，衰老速度越快。如果我们的思想跟不上身体衰老的进程，还逞当年勇，就容易发生意外伤害。

老汉对此深有体会，“身似漏船难补贴，齿如败屐久凋零”。几年前我拾床，伸腰去叠被，用膝盖骨顶了一下床沿，当时有点酸痛，没太在意。可是几天后不经意间又一次重复这个动作，结果膝盖骨出现了游离骨，不得不到医院做微创手术取出游离骨。

真正做到“不逞当年勇”，首先是步步惊心，唯恐一“失足”成千古恨。现在我每次上下楼梯，都给自己心理暗示：注意，踩稳每一步！最近几次外出旅行时，每逢步行，比我年轻几岁的朋友都前“护”后拥，一次不留神差点绊倒，幸亏朋友扶了一把，并无大碍。每次下楼梯，都是扶着栏杆。朋友说栏杆太脏，我说安全第一、卫生第二了。前不久去贵州黄果树乘 100 多米高的扶梯上下顶端时，两位朋友前后保驾，平安无事。朋友们都在悠闲地欣赏良辰美景，而老汉我则时时低头看路，不知者以为我在找钱包呢！说来也怪，习惯成自然，我的脑海中仿佛装有“处处留心”的软件，出门走路甚至在家中灯黑时走几步，脑海中立马蹦出这个神效“软件”，能够确保平安无事。

其次是事事当心。天津最近在几条小路口也安装了信号灯，“红灯停绿灯行”，建议老友们“红灯立即停，绿灯慢慢行”，谨小慎微，量力而行，给自己留有余地。以我为例，由于我膝盖骨半月板有问题，不宜多走路，所以锻炼选择骑自行车和游泳。骑自行车上路可能有风险，但考虑到我有七十多年的脚踏车龄，技术娴熟，如今耳聪目明，应变能力还有，所以一直安车代步，只不过格外当心。比如清晨眼看绿灯亮了，按说赶紧过去。不！我也要左顾右盼，如有飞速开来的汽车，没有放缓的意思，估计那可能是趁清晨人少要闯红灯，切不可与它较量。

再次是小心翼翼。年老体衰是不可逆转的自然规律，千万别与岁月博弈。服老示弱是大智慧，比好战逞强更需要勇气。如果为了面子而与年轻人去争强好胜，最后由于体力过度透支无法收手，铩羽而归，岂不更羞煞老脸，要是伤及自身就更不值得了。胸中自有定盘星，莫让浮云遮望眼。最好不要爱戴“宝刀不老”“风韵犹存”“神采依旧”之类的高帽子！君不见，历史上的恋栈老人，往往因为晚年的糊涂行事，毁掉了一世英名。

韩愈有句诗：“岁老岂能充上驷，力微当自慎前程。”上岁数的人，不要愣充能顶四匹马去拉车，而是小心谨慎，打理好剩下该走的路、该干的活、该做的事。人到老年，可以体衰心不衰，精神上不要萎靡不振，保持一定的自信心；身体上则万万不可不服老，过高评估自身的“能动力”。服老，是阅尽人间春色的淡泊，是历尽沧海桑田的练达，是堪破荣辱成败的熟稔，更是宁静才能致远的潇洒。服老，也是宽宥待人、谨慎处世的一种风度与修养，更是立身保健的上上策。

老了就是老了，不逞当年勇，唯求平安度晚年！

老年人与五大发展理念

党的十八届五中全会强调,实现“十三五”时期发展目标,破解发展难题,厚植发展优势,必须牢固树立并切实贯彻创新、协调、绿色、开放、共享的发展理念。发展是第一要务,理念是行动的先导,深刻理解树立五大发展理念的重要意义,才能把思想和行动统一到中央精神上来。

与以前的老人相比,现在物质条件有了很大改善。老人的幸福指数也上了台阶,更需要精神层面的满足。退休在家,是做无所事事的三饱一倒老人,还是做跟上时代的有为老人。我想,多数人是选择后者。那么就说说老年人与五大发展理念的关系。

首先是创新发展。一般说来,对于“创新”有两种理解,一是从经济学角度来理解,二是根据日常含义来理解。简单说来,就是“创造和发现新东西”。单说老年大学的兴办,就是我国的创新,而且创新出为数众多的普通大学所没有的专业学科,老学员们在充电输血中焕发了青春,更新了内存。再从老年生活看:晨练、跳广场舞、旅游、养生、开聚会,这同传统的老年生活有多么大创新!

其次是协调发展,就是协同、调整,配合得适当。具体到老人来说,就是处理好膳食、运动、心理等平衡关系;处理好人与自然的关系,顺应自然衰老的客观现实。切忌倚老卖老一言九鼎,将家庭关系搞砸,代际关系搞僵。协调好和原工作单位的关系,因为退休时间久了,新人不相识不理会是正常的,常言道“铁打的营盘流水的兵”嘛。更要协调好社区的关系。这一亩三分地才是自己的“归宿”,不论原来职务高低,现在都是普通居民,尽量参加社区活动，才能不落伍、不“痴呆”。

第三是绿色发展。这涉及生态文明建设问题。语云：“生态兴衰，匹夫有责，保护环境，有你有我。”这与老人息息相关。体质衰老，抵御疾病的能力就差了。如果生态方面实行最严格的环境保护战略，享受更绿色的生活会使老人受益匪浅。努力营造一个有氧生活的良好生态环境，小则为自己、为后代；大则为人类、为全球生态安全做出全力的贡献。

第四是开放发展，着力实现合作共赢。马尔科夫说得好：“任何进步的体系都是开放的，不然就会丧失其发展的可能性，因而也就会丧失其进步性的特点。”老年人只有思想开放，才能跟上时代发展的潮流。现在是网络时代，不少老年人学习上网，用微信，对于开拓思路，充实精神生活，联系老朋友，结交新朋友，排遣孤寂，大有裨益。老年人可以向年轻人学学，我们带领后辈人成长，后辈人带领我们接轨信息化时代，这也是抚育与反哺的合理规律。

最后是共享发展，为未来经济发展指明了方向。我们老人大半辈子都在为国家做贡献，晚年理应共享发展成果。我认为“共享发展”对于矫正仇富笑贫心理、消除贫富两极差距，实现共同富裕的目标，有着极其重要的现实意义。只有打破弱肉强食的丛林规则，树立助老扶贫的社会法则，才能“唤起工农千百万，同心干”，促进社会稳步前进。

我们老人衣食无忧，深知健康是最高的利益，满足是最好的财富，心安是最大的幸福。有一份余热就发一分光，我们已经不是放射强光的太阳了，那就做流洒清辉的月亮吧。我欣赏《老人与海》中的一句话：“他身上的一切都已衰老，除了眼睛。他的眼睛像海水一样蓝，流露出快乐和不言败的神情。”这是释放正能量的磁场，辐射着永远进取、老而不衰的精神，能对社会进步发挥最大的助推作用。

挺过苦难

有位老同志对我说，你写的大都是针对健康老人的，当然比较阳光，讲起来也很轻松，然而，对于体弱多病的老人也该讲讲。是的，老年之苦，耳闻眼见颇多，老汉我深有体会：一是八十过半，二是大病初愈。

一位20世纪50年代初相识的女士，多年从未联系，近年她通过媒体联系到我，经常给我打电话报告她的痛苦。她说不是向我求助，而是向我述说，这是对我的信任。她已86岁，一生很不幸，年老后多病，生活不能自理，女儿也有病照看不了她，她只得住进养老院。尽管养老院服务得很好，但是她不适应。我从她一连串的电话中，真切地感受到老年苦，人到老年真苦！

首先是老苦。有人说六七十岁是老年的黄金时期，但是到了八十岁以后一般就每况愈下了。“二小儿过年，一年不如一年。”年事越高越衰老——耳聋眼花，腿脚不便，老态龙钟，头脑健忘。“无心气，记性完，常拿初二当初三。想起前事忘了后，颠三倒四惹人烦。”

其次是病苦。我不久前的一次住院中，目睹了各种疑难杂症的患者苦不堪言，呻吟充耳。“侧身卧，翻身难，浑身疼痛苦难言。盼明不明睡不着，一夜小便七八遍。”身体痛苦，精神上的压力也很大，一位老大姐给我写信说：“带病生存，与药为伴，顺应衰老，面对一切不应该发生的烦心事，做到坚强地活着，好难，好难！我心好累，好累！”

第三是丧亲苦。我的两位老友，一位丧夫，一位丧妻，一两年的时间他们仍然接受不了天天厮守的丈夫或妻子离去，沉重的心情难以扭转。老两口相依为命，一个走了，另一个悲痛伤身几年后也走了，一个家庭消失了——我有几位老友都是这样，令我分外失落。这也是佛教讲的“爱别离苦”。人们的年事越高，失去的老朋旧友越多，宋人陆游感叹：“年来亲友凋零尽，唯有江山是旧知。”

第四是孤独苦。岁月添加孤独的厚度，年迈力衰会加深孤独的深度。孤独主要是无人为伴，白居易诗云：“池晚莲芳谢，窗秋竹意深。更无人做伴，空对一张琴。”“不愁吃，不愁喝，只愁有话无处说。”家母谢世后，家父与胞弟一家住在一起，开始为了帮助孙女学英文，选择最常用的英语词汇清清楚楚地抄了一小本，日子还算有滋味。可到了耄耋之年，便无所事事，天天一人坐在屋里，内心十分孤独，还不愿意说，直至 86 岁谢世。我想多去看看他，多和他聊聊，却未能实现，至今想来感到愧疚。

第五是死苦。每个人的情况不同，有些人心脑血管病猝死，未经受什么痛苦；有些长期躺在病床上，不仅经受疾病的煎熬，而且经受医疗的痛苦。有的人提出反对过度治疗，以减少过度痛苦，然而死亡的痛苦是任何人都得承担的。“荣华总是三更梦，贫富还同九月霜。老病死生谁替我，酸咸苦辣自承当。”

人老体健者当然要发挥余热，量力而为做公益，令人敬羡。而面对老人特别是高龄老人苦这一严酷的事实，没有必要望梅止渴地高标什么生命指数，老骥伏枥是卧巢养息，纵然志在千里也是心有余矣。说这话不是消极的倚老卖老，而是正视现实。衰老是不可逆的，因衰老而体弱多病是自然的通识，需要社会各方的具体关怀、关爱，更需要老人自己横下心来，通过日积月累的抗压能力而挺过这些苦难。

尽管人类无法拒绝衰老，但在人生最后的修行中，接受痛苦，忍受痛苦，苦中求乐，才可以充分地享受生命，享受时光，安详地走完人生的最后一程。

做个博雅老人吧

年届耄耋之后，与友人少有走动。听说一位同龄好友生活已经完全不能自理了，甚有同“龄”相怜之感。他家离我家不太远，便骑自行车去看看。当我骑车过马路要穿行供自行车和行人通过的小栏杆时，一个男子汉迎面走来。我怕撞着他，情不自禁喊了两声“哎！哎！”然后稳住车把从他身旁骑过去了。没承想，他在我身后大喊大叫起来：“你哎什么！这不是有很宽的路可以走吗？”接着是粗鲁的话了。本想下车和他解释几句，可又想到这种没有教养的人不可理喻，为免是非，加快蹬几下逃之夭夭，反正他再喊什么我也听不见了。

看到一篇谈大学教育改革的网文，说大学教育的目标是进行博雅教育，培养博雅人才，说得太对了。晚上躺在床上，不由得想到“路怒”之遇，更觉得博雅教育普及的重要。

何谓博雅教育？最早是古罗马倡导的以人文为核心的教育，后来衍化为包括文法、修辞、逻辑、算术、几何、音乐、天文等七个科目的七艺。古代儒家的教育，则有礼、乐、射、御、书、数六艺。在我国大陆通常称为“素质教育”，台湾称为“通识教育”，香港则称为“博雅教育”。古希腊倡导博雅教育，旨在培养具有广博知识和优雅气质的人，让学生摆脱庸俗、唤醒卓异。其所成就的，不是没有灵魂的专门家，而是有文化的人。无论是古罗马人的七艺还是中国儒家的六艺，都体现一种使人性臻于完善的教育理想。其目的不是给学生一种职业训练或专业训练，而是通过几种基本知识和技能，培养身心全面发展的理想人格，或者说发展丰富健康的人性。我们的大学在传授专业知识的同时，应该注重通识教育，提供人文训练，培育人文素质。

然而，博雅并不是年轻人的专利。试看离退休老人，多数过着文化养老的生活。有的老有所为，自学或到老年人大学学习，充实精神生活；有的热心公益，参与社区服务或各种社会活动；有的热心组织各种文化体育活动团体，丰富老年生活；有的结伴旅游，充分享受社会回馈给我们的美好生活，找回失去的青春。张允和曾说："人得多情人不老，多情到老情更好。"满而不溢，亏而不损，老人贵在老练不惑，有一大把经验。

或曰：我们没有什么学历，何来博雅？答曰：英国思想家约翰·密尔对博雅教育的总结最为精辟："每件事都知道一点，有一件事知道得多一些。"也就是说，不必满腹经纶学富五车，而是历经沧桑后能够盘点一些收获。按这个要求，我们很多老人冠以博雅当之无愧。正像《周国平演讲录》里所说：心灵是一个奇特的账本，只有收入，没有支出。老人的账本必然厚重些。

做博雅老人，必备长者风度。首先要优雅地活着，优雅要靠气质的表现、要靠资历的支撑、要靠文化的沉淀，珍惜当下的那份轻抚岁月琴弦、素吟时光物语的达观。其次从容地老去，从容是境界，不恋栈尘世浮华，轻拂去名缰利锁，达则兼济天下，穷则独善其身，最后安详地走人，总算在世界潇洒走一回。生命的质量、灵魂的安稳是主要的，不苦求无尊严无意义的长寿。

总之，自我安排，自我实现，做自己愿意做的事，做有益于自己身心健康、家庭和睦、社会和谐的事。这样看来，我们多数老人是博雅老人。做个博雅老人，岂不快哉！

老养老的难题

记得读鲁迅《朝花夕拾》中有一篇《二十四孝图》，其中批评了“老莱娱亲”一事。说的是行年七十的老莱子，为博得父母的欢欣，自己躺在地上，一手拿着“摇咕咚”摇起来。鲁迅说：“然而这东西是不该拿在老莱子手里的，他应该扶一支拐杖。现在这模样，简直是装佯……”

我当时想象这种场景，也觉得很离谱，但未细想。二十年前，我访问两位百岁老人，一位老妪盘腿坐在床上和我说话时，但见一位耄耋老翁颤巍巍地进门看望他老娘来了。我心想这把年纪如何照看父母？访问的另一位百岁老翁，住在一家简陋的社区养老院，一间小房间两边各有一张单人床，一边躺着百岁老翁，一边躺着他 70 岁的女儿。事后我了解到，百岁老翁的女儿从未结过婚。看来这也不是幸福的结局。

如今我已八十有六。和一位同龄老友相聚，谈及养老问题，他说：“十几年前老伴去世了，儿子把我接到他家，一方面是照顾我，一方面是我替他们看家。那时因为孙子还在上学，就请了一位钟点工做顿饭，如今情况变化了，孙子毕业到外地工作，儿子夫妇都已退休，不需要我看家了。他们外出旅游或去看儿子怎么办，我不成为包袱了吗？可我怎么办？搬走另起炉灶也不容易，儿子也不答应。是不是考虑住养老院？”

这位朋友提出一个很现实的难题，我们老人活到八九十岁，子女大都退休了，也成了老人。这样由年轻的老人赡养年老的老人有没有问题？或许他们的子女需要照料？或许他们需要欢度自己的晚年，难以照料自己的老人？

老人养老人，这是我国人口老龄化遇到的一个难题。面对无法改变的现实，我想到的对策有四条：

首先是老人独自生活，不要搬到子女家里住。子女都上班，老人独自在家，矛盾不突出。待子女退休了，老人和退休的子女天天厮守在一起，不同时代成长起来的人，存在的代沟无法弥合，生活方式的差异无法协调。如果搬到子女家里，自己的老窝没有了，如果感到不舒服就没了退路，是不可取的。当然与子女多年住在一起，已经习惯了的，则随遇而安为宜。

其次，老人与子女的居住地点应力求缩短距离。从研究家庭社会学来说，最理想的父母和子女居住地点，是保持端一碗汤不冷的距离。我赴美演讲时谈到这一点，引起西方人很大的兴趣。一位患病多年的老友去世了，我问他的遗孀生活上怎么办，她说主要是靠近女儿居住，又不住进女儿家里。女儿搬家了，她就在女儿新家附近租房子住，有事便于照料。

第三，老人与子女在精神上保持距离。子女已成老人，不可能“娇儿不离膝”。一位老友的老母活到百岁，与在西南的胞弟住在一起。老母在世时，他每年去看望一次。老母与胞弟分住两个单元，有人护理；胞弟每晚陪老母看一次央视新闻后离开。去年老母离去，这真是个幸福的结局。

最后，我认为老人依靠机构养老，住养老院是重要保障，应依靠社会化养老。有些老人还依偎在“养儿防老”的观念里，而现代子女多是独生子女，婚后上面有四个老人，如果把这些老人的养老问题都压在子女身上，会让子女喘不过气来。按照社会的发展规律，未来需要年轻人去创造，而老人也需要安度晚年，去养老院养老则是上上策。

李白诗云：“达亦不足贵，穷亦不足悲。”我们说“老亦不足惧”，或跟随子女就近居住，或个人独居，或请人照料，或入住养老院，择其善者而从之可也。

贵生知死

近来有的读者真情流露，说自己年老多病，还给子女添麻烦，觉得活着没什么意思，真是希望早点死。这种说法往往会遭到“呸呸，乌鸦嘴”之类言语的反驳，我则以为，其实不说不等于不想。老汉我年过八旬以后，时而也想到死的问题，因为人的出生是偶然的，死亡是必然的。

人生是一场无剧本的旅行，每一步的前方都是未知难卜。尤其到老年，对于“死”是绕不过的话题。任何一种生物都有从生到死的过程。像庄子说的生死如日夜之常，是自然规律。恩格斯在《自然辩证法·生与死》中讲过一大段话，最后补充一句：“生就意味着死。”生死相依，这是人所共知的常识。

人生只有一次，值得我们格外珍惜。孙思邈说得好：“人命至重，贵比千金。”其实，多少钱也不抵一个生命。人到老年，倍加珍爱性命。“五十岁想钱多真好，六十岁想休闲真好，七十岁想没病真好，八十岁想活着真好！”永生的渴望与终死的必然，是命运的有机组合。只有意识到死亡的必然，为能够战胜和超越肉体之死，才能建构起生存信念，体现其价值和意义。

老年人患病，是一次次生命的闯关——因此就有了死里逃生、九死一生、死而后生等说法。泰戈尔就说：“我曾体会过死亡，于是我以我复活在这个世界上而无比快乐。”如果为儿女着想，那就永远给他们一张笑脸，让他们看到战胜病魔的老爸老妈是勇敢坚强的；不要用病恹恹的苦瓜脸，加重他们的心理负担。

从近代历史看，我国已六十多年没发生国内战争，是历史上最好的时期，我们晚年欣逢国泰民安的盛世，何不尽情享受余年？只有活着，才能看到世界的巨变，看到祖国的富强、民族的复兴、人民生活的改善。只有活到2020年，才能看到全面建成小康社会。

我们活着可安享天伦、亲情之乐。儿女、孙辈即使不在身边，远方的一个电话，得悉他们的成长、发展，自己也得到慰藉。我们活着可享受广交朋友之乐，人到老年，不可无友，联系老朋友，结交新朋友。老朋友不可少，忘年交也不可无。与忘年交交友，保持头脑青春常在，增添轻松、愉快、乐观、向上的情绪，从而有益于身心健康，跟上前进的队伍。

我们活着可安享读书学习之乐。老年人主要追求的是精神生活，当今世界日新月异，网络知识铺天盖地，学不胜学，老年人更要学习，跟上时代的步伐，体味“坐拥书城，何暇南面称王”的惬意。活到老、学到老，是人类至高无上的追求。

我觉得活着可以让生命步入人生最高境界，就是享受宁静之美。眼下社会过于浮躁、喧嚣，功名利禄、金钱美色、荣耀恩宠、权势奢靡……利益驱动超越一切，物质的诱惑淹没了精神的愉悦，破坏了社会生态环境。而我们老人生活在自己的净土，享受宁静，体味孤独。我们静坐在属于自己的小天地里，一杯清茶，或读书看报，或听广播看电视，或与知己谈心，保持宁静、平和、恬淡的心态，宠辱不动，世俗不染，追求心灵的自由，乃人生佳境。

老人年事越高，离死亡越近。一位老友说，他的态度是“三不”：不想死（自觅生趣）、不等死（求医问药）、不怕死（视死如归）。在死亡日益逼近之时，且“听到那温柔的呼唤……离开尘世到那天上的乐园”（《老黑奴》歌词）。莎士比亚用诗的语言说死亡是“让生活走向永久的宁静”。守心如初，静语光阴，任时光流转，年华向晚，回眸处绕指成香！贵生知死，善莫大焉。

幸福:积极心理学

老汉我自离休伊始,二十多年一直坚持清晨游泳,总有朋友惊叹:“你真有毅力啊!”说实在话,我真不是自制力强大的人。这两年脾脏有些毛病,虽知道要限酒,但好友相聚推杯换盏,总是要二三两入肚,还好从没越过底线,但还是没限制住。不过在游泳这件事上,我确乎表现出了一点自制力。这二十多年来,无论春夏秋冬、风霜雨雪,我每天黎明即起,蹬上自行车,到水上北路的跳水馆游泳。当然,雾霾天气例外。

其实,刚开始有段时间我也曾三天打鱼两天晒网。昨天睡得太晚起不来,不去;今天身体不舒服,不去;天气阴沉刮风下雨,不去……只要“不想游泳”几个字稍一闪念,立刻就原谅了自己,继续睡起“回笼觉”。这样游得磕磕绊绊,痛苦无趣,有时一想到清早还要去游泳,心里直打怵。就在此时,朋友推荐我看了网上的一篇文章,乃哈佛大学行为心理学博士泰勒教授的公开课讲稿,题为《幸福:积极心理学》。

哈佛大学是我学术交流曾经去过的地方,《幸福:积极心理学》在哈佛相当受欢迎,是选课人数最多的课程之一。泰勒博士提出,获得幸福必须有积极进取的心理,而积极进取一定要养成良好的习惯。一种行为,多次重复,变成习惯性动作后,依靠惯性就能轻松完成。泰勒博士提到,培养习惯有章可循,即“以植入心底的价值观为驱动力,并在特定的时间完成细节明确的具体行动”。

我理解以植入心底为动力养成习惯,必须做到三点:冲动要强烈,时间要特定,行为要具体。

冲动要强烈，说的是要养成习惯，首先内心要有把行为变成习惯的强烈欲望。只有真心实意去做一件事，才会投入全部的专注和热情。我游泳的初衷是为了健康，为了延长老年阶段的健康期，缩短疾病期，避免伤残期，因此必须持之以恒，坚持锻炼。“人不为己，谁肯早起”，正因为有强烈的欲望做支撑，我才坚持游到了今天。

时间要特定，是说必须在固定的时间内完成这个行为。老年人退休后，生活往往比较随意，时间观念不那么强了，如果不计划好专门的时间，随心所欲，拖拖拉拉，很可能过几天，连养成习惯这件事都给忘记了。培养良好的习惯需要像个机器人，一旦定时启动，则按设定程序运行，雷打不动。我每天清晨五点前起床，五点一刻准时骑车出发，一旦成为习惯，整个生活都有了规律，个人受益无穷。

行为要具体，是说一定要有自己的行为方式。我的行为方式是游泳，其实老年人还有许多对身心健康有益的活动方式，比如跑步、打球、跳舞、踢毽、读书、写作、书画等，各种各样多了去了。老年人要根据身体条件和兴趣爱好，选择自己的活动方式，不必单一也不可贪多，用过去的老话讲，“坚持数年，必有好处”。

说来说去，老年人一定要有植入心底的价值观，有积极向上的健康心理，养成良好的生活习惯。什么都可以不好，心情不能不好；什么都可以缺乏，自信不能缺乏；什么都可以不要，快乐不能不要；什么都可以忘掉，健康不能忘掉。夕阳有限须珍惜，体魄康健度百年。

“四放”哲学

一位同龄老友丧偶多年，后来与儿子搬在一层，儿子住个偏单，他自己住个独单。中午订了餐，早餐、晚餐由儿子提供。按说这种安排也不错，可他给我打电话说，自己是“无能、无力、无助、无奈”。我说，愿闻其详。他说，自己不能动手、动脑，拄着拐杖走不了几步，还能干什么？儿子儿媳都去上班了，自己独自在家里，只是吃饭、睡觉。老汉我感同身受，偶尔也有叹老悲秋的负面情绪，不过让负面情绪占主导就不好了。

在人生的长跑中，孩童时期是起步，耄耋老人自然是界临终点了。常听孩子们说，不要输在起跑线上。我以为，我们老年人也不要输在终点线上。我们应该控制情绪，调顺情绪，让积极、向上、乐观的正面情绪主宰晚年生活，做个讨人喜欢、受人尊敬的好老人。

首先是放松，这是调顺情绪首要一条。医生做手术时，病人精神放松，就能大大减轻疼痛。我在新年元旦时，家人多，心乱起来，突然失眠了。服了安眠药，夜里也睡不好，白天只觉得头昏沉沉的，却没有一点睡意。之后我让心情放松、再放松，又加了一次安眠药，睡了一夜好觉，这样才调顺过来。春节期间，我极力控制自己的情绪，平静心态，安然过年。

前面这位老友有丰富的水利工作的经验，何不回忆思考个人丰富的经历，记述些经验留下？况且一个人无忧无虑，难得自在。“神闲无万虑，壁冷有残灯”（唐·齐已），“独酌三杯妙，高眠一枕安”（宋·戴复古）。一个人有一个人的乐趣，自己可以独欢，体味沉静之味、孤雅之趣，只有在心灵不被打扰中，才能觅得大自在大快活。

其次是放下。我们现在的生活本不苦，苦的是顾及过多；身心本无累，累的是负荷太多。所谓负荷，就是放不下身边事。那位老友对子女的生活“看不惯，说不得，管不了”，其实由于我国社会变迁太快，这比鲁迅笔下“九斤老太”时代变化要快得多，两代人甚至三代人之间的代沟无法调和，所以我们老人只有学会放下，对于不能苟同的子孙生活，尽量“不去看，不必说，不要管”。老人好回忆，对过去的事不后悔，对未来事不忧虑，活在当下。“一双手握不住流沙，两只眼留不住落花……”放下是一种智慧，是解脱自己最好的办法。让心里波澜不惊，稳当是福。

第三是放开。人老了，最明白的是，没必要和生活过于计较，有些事弄不懂，就不用费力地弄懂；有些人猜不透，就不用费劲地猜透；有些理儿想不通，就不用费脑地想通。自己虽然整天憋屈在小单元里，却可以放开心胸和眼界，随意找找乐子。会电脑上网的最好，不会电脑的可以通过电波和报刊与外界交流；听听广播和看看电视，遥控器在手，那一百来个频道可任意选择；订一两份报刊，每天浏览一遍，有选择地细看，必有所得。自己寂寞，给老友打个电话，交流交流……放开是自我解放，让心不再受羁绊。

第四是放弃。人的一生就是不断获取和舍弃的过程：取，是一种本事；舍，是一种智慧。童少年时期放弃玩耍获取知识，中青年时期放弃休闲获取创业的收获。人到老年，主要是放弃各种欲求，丢弃多余的杂物，使自己一身轻松，心理轻松，过极简单的生活，安度晚年。为人，哪能事事如意，样样顺心；做事，哪能件件圆满，桩桩无憾。该放弃的决不强留，懂得放弃，才能轻松。适时放弃就是学会清零，使自己身心清空，才会有更多余地承载日后的人生。

放松，放下，放开，放弃，作为老年生活哲学如何？

“四铁”老人

习近平讲话指出:培养造就一支具有铁一般信仰、铁一般信念、铁一般纪律、铁一般担当的干部队伍。这话多么铿锵有力,掷地有声。

老汉我感慨系之,联想到我们老人的“四铁”。或曰:我们老人已是退休的弱势群体,何谈“四铁”?其实,老人与“四铁”关系实在源远流长。

信仰是人的精神支柱,是人们生活的动力和行为准则。新中国成立后的前二十年,我国社会主流信仰是社会主义、共产主义。然而前苏联的解体,多数社会主义国家的易帜,尤有“文革”的动乱混淆了泾渭,混乱了社会,让人们信仰动摇。正是老一辈革命家力挽狂澜,使国家走上正轨,人民重建信仰。那时的我们可谓人到中年,难忘那激情燃烧的岁月。

但是后来拜金主义、极端个人主义、享乐主义泛滥,出现了信仰的缺失。让我们感到高兴的是,新一代领导人在披坚执锐端正党风直杀腐败,一系列的新政策正是向着人民共享、世界大同的方向努力。看一看我们国家日益富强,国际地位空前提高,人们生活大大改善。放眼全球,北欧一些国家的社会主义因素很多。例如丹麦,就有共产主义因素,人民共同富裕,贫富差距很小。一位友人到那里访问,眼见为实的确如此。我们又何必较真于姓资姓社的认识呢?我们同西方发达的国家相比,正如费孝通讲的“各美其美,美人之美,美美与共,世界大同”。

其次是老人的信念。信念是人们坚定不移的观念与坚决执行的态度,是人的主心骨。老人历经磨砺,饱尝风霜雨雪,“踏遍青山人未老”,那是豪迈的语言,“踏遍青山人不倒”才是生活,就是信念不能倒,老朽铁骨信心永存。

我们要牢固树立正确的祖国观、历史观、民族观，要有“道路自信，理论自信，制度自信”。我们老人对于自己的晚年也要有生活的自信。最使人痛苦的往往不是生活的不幸，而是自信的丧失。罗曼·罗兰曾说过，人生最可怕的敌人，就是没有坚强的信念。坚定信念，成就未来。

说到纪律，“没有规矩，不成方圆”。老年人都受过理想主义教育，都会唱《三大纪律八项注意》，纪律可是我们这代人的强项。从社会学理论讲，纪律是社会控制的手段之一。我们知道“七十从心所欲不逾矩”，这是对于老年人的信任，因为经过几十年的修为，自律已成习惯；到了七十，思想和行动的配合，已达到最自然的状态，不需要刻意做作。自律的人经年以后，不会有悔不当初的遗憾。作为家长，更不能倚老卖老，应该尽力为后代树立遵纪守法的良好家风。

担当是种强烈的责任感，是种生活目标。要想赢得别人的敬重与认同，不是年龄的叠加，而是担当责任的勇气。英雄因为担当而伟大，君子因为担当而崇高。老年人的担当是什么？首先是为家庭担当，根据个人的体力、能力，照顾老伴，照顾确有困难的子女。同时尽自己所能，做些为社区服务和助人为乐的事。其实老年人只要心理健康，勇于担当，在精神上仍然是强者。

医学早就发现，人退休后，因生活目标突然消失，身体健康和精神健康均会急剧下降。“目标”可以激发生命活力，战胜疾病。墨西哥一位老人患了癌症，来日无多。但当他的儿子儿媳出车祸去世之后，他的病突然好了，因为老人有了新的生活动机、新的目标——他得抚养无依无靠的孙子。

信仰、信念、纪律、担当就是力量，“比铁还硬，比钢还强”！它最终支撑我们老人安抵“帝乡”。

晚年遭遇滑铁卢

二十年前，我赴加拿大访问讲学，从多伦多乘灰狗巴士赴滑铁卢大学。滑铁卢是拿破仑当年在比利时遭遇惨烈失败的地方，而我的去处与此处毫不相干，是加拿大的拿破仑市。奋斗了一生，似乎也一路凯歌，熟料，我在晚年由于年老多病和家人患病，竟遭遇了“滑铁卢”。惺惺相惜，一位老友的遭遇比我还严重：

这位老友八十七岁高龄是离休干部，参加过朝鲜战争，后来转业到地方，在企业工作。现在腰脊骨出了问题，不能站直，出门得坐轮椅；他老伴原是从事小学教育，对老友体贴照顾，言听计从。现在则患阿尔茨海默病，态度完全变了，管他叫“老爹”，管儿子叫“大兄弟”，向她解释也没有用。老友白天请位保姆做饭和处理家务，情况尚好；令老友不好过的是，每天下午五点多吃完晚饭后，老伴要求他上床睡觉，晚上不准看电视，连新闻联播都不让看。老友睡不着觉也得躺着，辗转难眠！身处这种境遇，老友无可奈何。

像老友这样晚年遭遇滑铁卢的不少。有一位比我大的老友在家里照料病妻多年，精神被绑架，无行动自由。有两位耄耋夫妇，前些年男方身体健康一些，照顾女方；后来男方也患病，自顾不暇。人到老年最后一个阶段，遭遇滑铁卢往往是难以避免的。怎么办呢？米兰·昆德拉说：“面对生命那无可挽回的溃败，我们唯一能做到的事就是理解它。”我以为，让别人理解，不如自我化解。

首先是面对它，保持平常心态。在荷兰首都阿姆斯特丹一座15世纪的教堂废墟上留有一行字:“事情是这样的,就不会那样。”精辟!天有不测风云,人有旦夕祸福,尤其是到了高龄阶段,三灾八难,五病七伤,我们都要面对它。不惊、不慌,不怕,坦然面对。诺贝尔生物学奖得主伊丽莎白等,总结长寿之道:膳食占25%,其他占25%,而心理平衡占50%!

其次是应对它。或雇人居家养老,或入住养老院,自己尽量多克服一些,不要过多依赖子女,不给他们心理、生理包括经济上增加过重的负担。嗨,我们这一代人可谓饱经沧桑,怨而不怒,哀而不伤。得志不得意,失败不失态,自强才是智慧的抉择。

第三是接受它。采取应对措施,矛盾仍存,那只能接受它。我们有不少老年病是无法根治的,对待难以医治的老年病,也只有接受它,顺势而为。一位老友住进养老院,感到不适应,天天给我打电话述说,可是她最后还是说,有什么办法呢?只有接受吧!“做一个懂得岁月的人吧,把它捧在手里,放在心上,慢慢地读,慢慢地解其中的苦涩滋味……”

第四是忍受它。许多事情是难以接受的,无可奈何只有忍受,忍耐。忍字心上一把刀,过后方知忍为高。学会忍是人生的一种必修课程,懂得忍才是成熟的表现。正如一位哲人所说:“我输了,因为我懂了。”那位老友每天早早地躺在床上,睡不着也只能默默地忍受。而这样的忍受,才能与伴侣相依相靠,携手走向人生的终点。

古罗马的西塞罗介绍了一位活到107岁老人的话:“我并没有觉得老年有什么不好。”这样可以检验生命的弹性,让人更真切地感受生命的硬度和精神的韧性。我们生命的最大值正是在这种承受和忍耐中求得的,而不是以他人的喝彩为砝码去度量的。

老年朋友,晚年遭遇滑铁卢是很正常的,当我们遭遇滑铁卢时,只有保持平常心,面对,应对,接受,忍受,仅此而已,岂有他哉!

为自己的生命做主宰

一位老友来电话告诉我，他家要大装修，要迁居几个月。我说你那房子不是挺好吗？他说自己并不想装修，但与儿子的住房挨着，他们要统一装修，有什么办法？他的工资本在儿子手中，儿子对他生活上的照顾无可挑剔，可一切得由儿子做主，从不同他商量，照他的说法是“孝而不顺”。

哲学家西塞罗在《论老年》中说：老年人不仅要保重身体，还应注意理智与心灵的健康。这就需要尊重老人的意志，不能剥夺他们的话语权。“孝”如果只是吃喝穿戴，就太狭义了；把“不顺”理解为“独裁垄断”，客观上成了一种精神虐待，等于让老人在花团锦簇中顾影自怜。

且不论儿女的“孝道”，只谈谈我们老年人如何主宰自己的生活。我觉得西方老人要求独立自主的生活远胜过我国的老人。说到这里，在我的记忆库里蓦然闪现出两个画面：

1997年，在加拿大访问期间，一位教授带我去访问他住在养老院的83岁老母。见到老人，我的两眼倏然一亮：好一个美丽的老太太！我惊叹于老人经过岁月的磨洗，两眼依然清澈明亮，笑容依然灿烂如霞，仪态万方。她为什么不与儿子同住呢？原来老人住的是一所私立老人院，收费较高，医护条件较好，生活自由。住在这里的必须是生活上能自理的老人。我看到老人的书桌上放着一部打开的法文书。老人愿意在这里独住，不是无奈，而是享受独欢，享受静谧。

2008年，我最后一次访美。友人邀我去他的别墅做客，并约我去拜访他的“邻居”。我们在荒无人烟、崎岖不平的丘陵上足足走了好几百米才看到前面小山头上闪闪的灯光，到达“邻居”的住处。

这里住着一对老年夫妇，男主人以前经营木材运输生意，因机械事故两腿折断，整天坐在电瓶轮椅上。老人热情地接待我们，并拿出子女照片给我们看。他说尽管自己儿孙满堂，还是乐于独自住在这黄土丘陵上，甭看身患这样重的残疾，照样可以上下汽车。他边说边给我们做了示范表演，但见他把电瓶车开出屋门，来到汽车跟前，手按轮椅上的遥控电门，汽车门自动开启。待车门的滑铁板自动落下，老人乘电瓶轮椅徐徐登上汽车，一切都是那样从容不迫……

这两个故事告诉我们，西方老人追求的是独立自主的生活，也就是为自己的生命做主宰。美国著名的医生阿图·葛文德的著作被译成中文，译名为《最好的告别》，这部书讲述了一个个伤感而发人深省的故事。书中讲了一个美式老年偶像的故事：83 岁的哈里·杜鲁门上屋顶铲雪掉了下来，医生说他是“该死的傻瓜。”老人回击道，“我都 80 岁了，我有权做我想做的事情。”我们姑且不论孰对孰错，但老人捍卫生命自主权的气势无可厚非，是值得敬佩的。

联系我国的实际情况也是这样，子女想给老人的是安全，进而剥夺了老人的自主权。当子女年幼时，子女是被控制者；当父母进入高龄后，父母又成为被控制者。“控制”与“反控制”成为子女与老人的主要矛盾。

老汉我就喜欢单独生活，不愿意成为被控制者。因而窃以为，只要老人头脑清醒，都应该按照自己的意愿生活；只要能够自理，就不要有依赖子女奉养终老的心理需求。没有期待就没有失望，就不可能出让自己的主权。无论子女是“孝而不顺”，还是“忤逆不孝”，都不会影响到老人为自己活着，把生命掌握在自己手中。这正是老汉我之憧憬！

希望孝敬父母的子女们，关心老父老母健康的同时，一定要尊重他们最后的生命自主权啊，使落霞灿烂，晚景更美。拜托拜托！

对自己狠一点

生活在网络时代，大量的信息通过电子邮件和微信迎面扑来，使人看不胜看，看过了也如烟雾一样散失了。唯有一个视频，过目后久不能忘，老汉我至今还能记述下来。

那是一位成功的女企业家，36 岁去当业务员，业绩卓越，一级级擢升，最后当了著名大企业的董事长。她在视频中讲到一个体会，就是“对自己狠一点”。她说，狠下心来，为建立规章制度。

她哥哥受一家企业之托，向她的企业订货，从中可以得到点好处。她得知后直接与那家企业联系，不惜得罪哥哥。按照规章制度，她处罚几名工人，得知其中一人家庭困难，她等下班后个人掏腰包补贴那位工人，并说罚款是应该的，这是补助你家庭生活的。她一次驱车路过见儿子下学，即便顺路也不接儿子，说对儿子狠是为了培养他的艰苦奋斗精神。她说，狠不是为难别人，而是为难自己……

“对自己狠一点”，从宏观上讲，就是不久前习近平总书记对各级领导干部提出“严以修身、严以用权、严以律己，谋事要实、创业要实、做人要实”的要求，“三严三实”就是“对自己要狠一点”。这是加强领导干部作风建设一系列重要论断的最新凝练和提升。

老汉我三句话不离老人。联想我们退休在家养老的老人，没有了工作规则的约束，也没有了单位章程的管理；不用像女企业家那样为难自己，也不用像在职的领导干部那样尊奉为官之道。但是在晚年生活的某些方面也是要对自己狠一些的。这种“狠”，是不能随心所欲的心理约束，更是对自身优质高标的自我管理。

老年人保健要“管住嘴，迈开腿”。管住嘴就是对自己狠一点，多想吃的东西也不能吃，尤其是患上糖尿病的，更要狠控食欲。迈开腿也是对自己狠一点，狠控惰性。我清晨坚持游泳多年，每天骑自行车去，如今成为游泳馆里“自行车族”年龄最大的。说实在的，五时前起床，并不舒服，如果对自己没有一点狠劲，是坚持不下来的。我的膝盖骨有毛病，由于坚持游泳和骑自行车，至今仍能维持下来。

人到老年，难免添病。如今看病很麻烦，我的办法是大病求医，小病自理。前些年，我因确诊慢性淋巴细胞增生，先后做了三次骨髓穿刺。第一次没有确诊，第二次要骨髓穿刺取出活检。那天，年轻的医生有点犹豫，做时几次问我可以吗？我当然不好受，只能狠心说，没有事。做完后她又犹豫起来，说怕抽的活检不够，问我再扎一次行吗？我只能再狠心说可以。老人面对病、死的威胁，不对自己狠一点行吗？

“胜人者有力，自胜者强”(《老子》语)。老人作为自胜者，还要严控心态，对不顺眼的事态需要“狠一点”的“制怒”，做到三不管：一不管晚辈不节俭，现代的消费方式变了，不可能“新三年旧三年缝缝补补又三年”；二不管子女不孝顺，家庭向小型化发展，他们不可能天天厮守在老人身边；三不管社会不公平，要学会全面、客观地看问题，生活中就会多一些阳光，内心少一些不必要的困扰。

提倡老人对自己狠一点，其实是希望老人以生活的智慧和平静的心态自成章法，从而能够得到与时俱进的晚年幸福。除非，你自己真的想不要。

享受独欢

最近收到北京一位老大姐梅泉发来的邮件，是她写的一篇《找乐》短文，这样的自得其乐，击响了我心底的回声：找～乐！我不避“文抄公”之嫌，照抄如后：

“一年又一年，年年不一样，赶呀赶过九十多岁，哦！怎么返老还童啰！白发变黑发，走路要人扶，不能自己出家门，只能在家里磨蹭。厕所成了运动场，每小时都要出场竞走，想冲刺，又怕摔伤，小步快赶；有时，半身湿透，重换衣衫。

“屋里满满的，桌桌椅椅、电视电脑，墙上是画，地上是花草，乱啊乱！看墙上丹顶鹤飞翔，看地上丛丛绿叶中小红花向我微笑。和它们相处，可随心所欲，真爽！

“看电脑，眼昏花，走到窗前眺望，层层松柏槐杨直指蓝天；笑对太阳，谢谢它送来温暖。许久许久，看鸟儿飞过飞过，在窗前为鸟儿摆设了饭桌。一日三餐，二三两小米杂粮，若忘了放饭，小鸟站着不走吱吱叫。

“我坐在窗前转椅上，看灰鸽、喜鹊、麻雀三五成群轮番来就餐，不斗不争，两啄三喙，停一会晒晒太阳，昂头四周看看，展翅飞了。”

这位老大姐的处境何尝不是我们老人的“通病”呢？她离休后学国画，专攻画丹顶鹤，还外出考察过；将绘画作品集中起来，自做说明，制成光盘，寄送亲朋好友共享。如今自己不能走出房门，却独自找乐，享受独欢，正是一桩趣事。

无独有偶。最近接到本市 98 岁的秀岩老大哥来电话，说他年老出不了门，天天以书法写作为乐……

记得我在花甲之年时，多次独自访问北美、东瀛。闯进陌生的世界，我深深体味到，只有在独处中，才能把迷失在喧嚣世界中的自己找回来，才能感悟生命的葳蕤与蓬勃。记得1992年除夕夜，在加州大学招待所中，我拉开大窗帘，但见清柔得如水似波的月辉几乎洒满卧室。“床前明月光，疑是地上霜……”是乡愁？是追求？此刻便更深邃地理解了李白的月下独舞：“对影成三人”的丰盛精神盛筵，与不羁的灵魂对酌畅饮，与徒自的身影把盏言欢。

耄耋之人终归是要独处的，亲人相继故去，朋友“访旧半为鬼”，身体不能完全自理……怎一个“独”字了得？老汉以为，独，就独他个独特；欢，就欢他个寡欢。故此独欢，便有了沉静之情和孤雅之趣，有了独自觅得大自在大快活。

如何享受独欢？被公认为“美国生态文学批评始祖”的梭罗说：“我有自己的太阳、月亮和星星，还有一个属于自己的小小世界。”我们每个人都是孤独地来到人间，最后又孤独地离开人间，无人幸免。孤独是沉寂的，是冷漠的，然而孤独却能启迪心智，净化心灵。老年人要耐得住孤独，在孤独中可以品味人生的悲欢离合，可以咀嚼人生的酸甜苦辣，可以浮想联翩，可以砥砺意志，可以缜密思索，调节身心，享受宁静的自由。若能具有这种成熟的恬静，就能在人生的栖居中寻求独自的静穆。

享受独欢，首要是保持平和的心态。如果患得患失，就会把每一天都变成小心翼翼地苟且偷安，哪里寻得独自快乐？若是孤独求败，已是没有对手，何来有败之说？还是学学梅泉大姐的对花解语，与鸟找乐；学学秀岩老哥的挥毫潇洒，作文抒情吧。

丰子恺所说：“既然无处可逃，不如喜悦。既然没有净土，不如静心。既然没有如愿，不如释然。”既然独自生活，不如独寻其欢，仰天大笑，俯地开怀！

夕阳中的春风杨柳

我有幸当选为全国老有所为楷模，于5月11日赴京参加全国老龄办召开的学习“老有所为”典型人物座谈会。

会上，十位2015年度“全国老有所为楷模”分别做了发言。我听了外省、市先进典型的发言和全国老龄办常务副主任王建军的讲话，深深感到，老有所为不仅是一般“所为”，而是大有可为。你看，这里有退而不休，出版专著《快乐老年》并创作电视动画片等，荣获中宣部“五个一工程”奖的光明日报原总编辑袁志发；有扎根祖国边陲，科技致富后不忘家乡人的新疆建设兵团退休牧工克力木·依莫拉洪；有创办爱心大姐工作室，推动社区志愿服务和创新基层社会管理发展的大庆市的苏秀琴；有在调解矛盾、引导居民学法用法等方面发挥了重要作用的扬州市卜桥社区的王培华；有为老年体育文化事业和关心下一代奔走的淄博市周村区老年体协的李勤田；有为农业科技、现代农业培育新型农民做出突出贡献的江西省新余市老科协的徐振邦；有致富不忘父老乡亲，积极促进家乡经济发展和社会治安秩序好转，得到国家领导人肯定的重庆市黔江区的刘运清；有持之以恒做好事的南阳市社区志愿者协会会长李相芩；有积极开展“银铃行动”为农村老人脱贫致富开辟新路子的四川省乐山市老科协。

我国两亿老人中蕴藏着巨大潜力，纵观以上几位老人，都是将自己的潜力发挥到了极致，益及社会尽瘁已，苟利国家生死以。大力弘扬老有所为的行为，既促进参与者老有所学，又使参与者获得满足感，实现老有所乐。充分挖掘老年人的潜力，发动更多的老人自己教育自己，“达则兼济天下，穷则独善其身”。也就是说，即使不能达到像以上几位老人那样“大为”，也要尽量有“自为”，自己服务自己，自己料理自己，不变成社会的累赘。这也是为应对我国人口老龄化值得高度重视的问题。

我的情况感到乏善可陈，只不过老有所悟，把自己所悟不断地写出来，和广大读者和听众交流交流，何足挂齿？大半生平庸度过，年届耄耋，继获得全国第二次老年学代表大会杰出贡献奖、在日本翻译出版的书籍获图书大奖之后，而今又获老有所为楷模的殊荣，是我万万想不到的。

然而，盛名之下如何副实？很是烧脑。百思而终得其解：人生就是一场马拉松，要坚持在跑道上不退场，一是需要魄力，二是需要耐力。我可能是耐力使然，从 15 岁参加革命算起，至 68 岁退休，我的工龄 53 年，应该算是不短的。可是我退休 18 年来，并没有休息，而是继续在跑道上慢慢地奔跑。人曰：能到达金字塔顶的，只有两种动物——蜗牛和雄鹰，我晚年主观上希望淡出，自知没有雄鹰的魄力，而客观上却声望鹊起，所以我就要像蜗牛那样继续爬行。我深信：老人要自理、自立，要有追求，就会有所作为。看夕阳中的杨柳舞春风，别有一番风绰！

回顾过去从政的跌宕起伏，转入学界后的边缘化，不由抚髀兴叹，遂口占一律，聊表老汉心迹耳。诗曰：

宦海沉浮四十年，茫茫学海未着沿。
谁知老汉难言苦，我道青春易谕鲜。
徒馈桂冠诚可贵，奈何皓首自依然。
逢春枯木无长喜，化作青烟上九天。

马克思主义和老人

“领导我们事业的核心力量是中国共产党。指导我们思想理论基础是马克思主义。”我们老人对于这一名言可能都耳熟能详。过去在工作岗位上，长期以来，我们接受的马克思主义，是辩证唯物论和历史唯物主义的世界观，是阶级、阶级斗争的理论，资本主义和社会主义社会形态等等。如今经过 30 多年的改革开放，我们国家正沿着建设中国特色社会主义道路阔步前进，而我们老人需要的是养生学，那马克思主义能够给予我们什么呢?

首先，马克思主义可以提供正确观察世界和社会发展变化的方法。我们这一代老人一生的经历太丰富、太复杂、太曲折了。战争烽火的考验，中华人民共和国成立以来艰苦奋斗的拼搏，历次政治运动的冲击，改革开放以来拜金主义的泛滥，乃至世界形势诡谲多变。在 20 世纪 80 年代末 90 年代初，东欧剧变、苏联解体，世界社会主义出现巨大挫折，令人迷茫。

孟子曰:“贤者以其昭昭使人昭昭。”老人的思想意识活动并没有休止，作为长者应是以其昭昭才能使人昭昭。正如马克思所说:“有意识的生命活动直接把人同动物的生命活动区别开来。”借助马克思主义给予我们观察世界和社会发展的思维与方法，学习习近平总书记系列重要讲话精神，认识到走中国特色社会主义道路，实现中华民族伟大复兴，是历史和人民的选择，是中华民族近代以来最伟大的梦想。“以其昭昭”就是要活得明白，把个人的梦想融入伟大的中国梦中，心灵有所属，有信仰、信念的支撑，晚年会得到慰藉。

其次，马克思主义可以提供我们生活的智慧，充实我们的精神世界。

人的本质是什么？人不单是个生物人，更重要的是社会人，如同马克思指出的人的本质由“一切社会关系的总和”所决定。马克思、恩格斯把人的生活归纳为物质生活、社会生活、政治生活、精神生活四个领域。《共产党宣言》指出：“代替那存在着阶级对立的资产阶级旧社会的，将是这样一个联合体，在那里，每个人的自由发展是一切人的自由发展的条件。”在马克思、恩格斯看来，精神活动是人的重要活动领域，是人的全面发展的一个主要方面。

在现实生活中，人生从事各种职业常常是不由自主的，只有到了晚年才有可能干自己喜欢干的事情。追求“人的自由全面发展”，为我们老人晚年生活提供了重要的价值取向。马克思主义关于人的价值论还告诉我们：实现人的价值的最高境界就是修为。最近一位作家发来“清晨小语”云：“古稀过半，来日无多，无非要怎样生活就怎样生活，要怎样写作就怎样写作，不负我心，珍惜自我，捍卫自我。”

我还要加上一句“建设自我、丰富自我”。这才是健康的自由发展！

再次，马克思主义还揭示了人的生活方式问题。马克思、恩格斯著作中多次提到生活方式，是马克思、恩格斯用于综合考虑和分析作为主体的人们的具体存在形式和生活状况的历史唯物主义范畴。通过对资本主义生活方式的科学考察和分析，肯定了资本主义生活方式的进步意义，但也尖锐地指出了其历史的局限性。在此基础上，对未来社会主义生活方式进行了科学预见。我们老人衣食无忧，最有可能选择最佳的文明、健康、科学的生活方式。按照国际卫生组织的说法，生活方式影响人体健康占60%，对于我们老人晚年生活是至关重要的。

从微信上看到这样一种说法：年轻时学儒家，中年时学道家，年老时学佛家。我看都好，可也别丢掉了科学的马克思主义呀！

老人要有梦想

说到梦想，首先想到中国梦。对中国梦，习总书记表示“一定能实现”。“中国梦”的核心目标也可概括为“两个一百年”。到2021年还有五年，如果“上苍”不召唤我，我有可能看到一个100年的中国梦实现。这是我的一个梦想，而梦想是人生长存的美物，给人以希望，给人以鼓励。

自古以来，叹人生如梦者若过江之鲫，李白的“浮生若梦，为欢几何”和曹操的“对酒当歌，人生几何”，都是感叹人生的短暂，而及时行乐。李白活了61岁，曹操活了65岁，俱往矣，现代老人都长寿了，生活质量应当比古人更精准。人生是个梦，生活靠颗心，只要心态不老，只要信念不消，脚步就不会停滞。往自己心里感到踏实的地方走，静下来听自己的心声。即使我们因年老追不到“太阳”，也会像夸父留下一片桃林，供后人乘凉。

人生如果没有梦想，就注定会碌碌无为而终老一生，所以我们要敢于去梦想。萧伯纳鼓励人们要积极“梦想从未有过的事物，并问自己为什么不能呢?”我也很欣赏一个电视节目的口号——你的能量超乎你想象!

我们老人各有不同的情况，自然有不同的梦想，归纳起来，有五个共同的梦：

一是“健康梦”。我们老人都希望健康活着。我的体会是这样几条：一条是合理膳食。现在讲饮食的文章太多了，这怎么办呢？我自己掌握就是两句话：一句是果蔬为主，蛋白充足；一句是什么都吃，适可而止。再一条是适当锻炼。量力而行，持之以恒，以适合自己身体状况为宜。第三条是定期体检，有病早求医。最重要的一条是保持健康心态。科学研究证明，老人健心比健身更为重要。

二是“学习梦”。就是在身体允许的情况下，做个终生学习的老人。生命不息，学习不止，天天“充电”，与时俱进。即使我们已无能力去参与建设，也会与时代同步，为筑梦的建设者助威呐喊，为促进中国梦实现而加油鼓劲。

三是“和谐梦”。家和万事兴。一家人越和谐幸福越多。如何和谐，靠的是相互包容。一家人，包容越多幸福越多；夫妻间，包容越多感情越浓；邻里间，包容越多相处越好，朋友间，包容越多友谊越长。生活不是战场，无须一较高下。人与人之间，多一分理解就会少一些误会；心与心之间，多一份包容就会少一些纷争。

四是“有为梦”。就是在有生之年要有所作为，力所能及地为家庭、为社区、为人民做点儿贡献。善小而为积跬步，活得充实。以自己之长，有一分热，发一分光。老汉我只能为中老年朋友写点什么，讲点什么，于我来说是最实际的了。

五是“快乐梦”。诗云：“天下不如意，恒十居七八。”因此我们要难中找乐、苦中取笑、穷中开心。北京有一位年过 90 的老大姐梅泉，她的丈夫早故去了，她前一时期学国画，画丹顶鹤，每年还回云南的故乡看看。现在身体不行了，自己出不了门，她每天拿一个碟子放些五谷杂粮，引来鸟儿飞来啄食，独自以养鸟为乐。我去年住院，输液一天，晚上总算可以睡大觉了，太解乏了感到惬意，其乐足矣！

中华儿女历经沧桑，如今重大国策空前怒放了我们生命的梦想——一个民族复兴的美梦！这归根到底是中国人民的梦，老人们把“个人梦”融入“中国梦”之中，才能实现其价值。追逐梦想出发，充满希望起航……圆梦指日可待！

守住安详

不久前,一位老友住进了养老院。我和这位老友在新中国成立初期相识,但后来从未联系。如今她从报上了解到我,和我有了电话联系。近一个时期,每天都不止一次地给我打电话:自己身体如何不舒服,夜里睡不好觉,养老院的饭菜如何不对胃口,养老院遇到什么人,同屋的老人出去只剩下她一个……偶尔也说说看文章、听广播的体会,但大都报忧。她说,不是向我求助,只是诉说。

我知道这位老友一生坎坷,如今 87 岁高龄,生活不能自理,女儿也有病,无法照料她,进养老院是唯一的选择。其实子女还常去看望,缺乏的不是照料,而是内心不安详。何谓安详?就是淡定从容。可是人到老年,年事越高,生活不能自理,如何淡定?如何从容?

首先,要有随遇而安的心态。随遇而安,亦作"随寓而安",是指在任何环境都能适应并感到满足。孟子云:"若将终身焉。"朱熹集注:"言圣人之心,不以贫贱而有慕于外,不以富贵而有动于中,随遇而安。"养老院和自己的家庭环境完全不同,自然要逐步适应,不能也不可能让养老院适应自己。上次我因高烧住院,开始没有单间,与另一病友合住,身旁只有一个护工照料。我听着看着同屋病友的老伴、几个女儿和女婿昼夜轮流"作业",觉得挺有意思。我独自躺在病床输液,眼看滴滴液下,频率如击乐点,也就随遇而安了。

其次,要有处变不惊的心态。人到老年,一步一步进入"应变时期"。查体结果,好多器官都需要治疗。我的态度是,出现问题要高度重视,如不是致命的，就静观其变；大病求医，小病自理。没有必要天天跑医院，折腾得医生烦了，自己“熟”了。在人际关系方面，“访旧半为鬼”“生前友好”越来越少。所以处变不惊，对影邀月，倾觞独酌，自持一份淡然。

第三是要有安享宁静的心态。记得我看过一幅国画，上面题了唐代诗人柳宗元写的名诗《江雪》：“千山鸟飞绝，万径人踪灭，孤舟蓑笠翁，独钓寒江雪。”这位“蓑笠翁”竟能一个人一条船在飞鸟绝迹、行人灭踪的冰天雪地中垂钓，此间沉静的氛围展示一种风范，蕴含一种气质，折射一种心态，这就是至高无上的安详。在20世纪90年代，我只身一人多次出国，多次处于个人独处的环境。独步异域面对高山流水，海潮汹涌，湖光如镜，花开花落，月亏月盈、白昼黑夜，繁星满天，万物静观皆自得，世事动观也相宜，只身天涯，凄清又何妨？别有一番“美景”在心头。

老了，需要内心安详。一个人活在世上，最大的目标是追求幸福，参加革命也是追求长远的幸福。幸福是什么？人们常常想到名誉、地位、财富，其实只不过是点点滴滴的心灵感受。人，不管物质生活充实或贫乏，只要心里非常安详，就是在过着幸福的生活。相反，不管多么富有，过着什么样的生活，如果内心焦虑不安，这种生活无异是对生命的一种煎熬。看来老人们想要在晚年过得幸福快乐，就要内心安详。当你有了安详的感受，才是生命真正的享受。正如王蒙所说：内心安详，从不荒凉。

安详，是一种优良的生命质地，是崇高的生命境界，也是历经沧桑的生命成熟。老年朋友们，让我们的内心都守住安详吧！

老人怕和不怕

老人从社会中心移位到社会边缘，心理脆弱了；不少器官都过了保质期，身体也脆弱了；自己要小心翼翼地防范，就会有所忌惮。但是经过岁月的磨砺，人生的阅历，心理上则会更为坚强。老汉我归纳出来人老有“五怕”和“五不怕”，也是“战术”“战略”的晚年生活两点论。

说怕，就是战术问题，必须重视。首先，老年人最怕跌倒卧床。跌倒是我国老人伤害死亡的第四位原因，进入老年期后，由于身体功能减退或疾病等原因，老人极易跌倒，从而导致活动能力下降，还会造成许多“次生”伤害。因此行动要格外谨慎，不便时要立即变成“三条腿”——依靠辅助器械。

第二最怕认知障碍。老年认知障碍患病率很高，且每增加5岁，患病率会增加一倍，80岁以上高龄者有五分之一都是患者，医学上叫阿尔茨海默症。因此进入老年时期，要特别注意精神状态的平衡，主动用脑丰富文化生活，并多摄食各种坚果类食品、黑芝麻、黑豆、燕麦等。

三是最怕失眠早醒。人的一生有1/3是在睡眠中度过的，但在老年人群体中，失眠的患病率高达50%，因此有“不觅仙方觅睡方”的说法。

第四最怕营养不良。人到了老年，由于牙齿松动，咀嚼困难，内脏器官萎缩，肠胃消化吸收能力衰退等，特别容易因营养不良而导致身体衰竭。因此要注意食用易消化的均衡营养，及时镶牙，努力做到“牙好胃口就好，吃嘛嘛香，身体倍儿棒。”

五是最怕得不治之症，长期卧床，不可能痊愈。因此最好事先留下遗嘱，不要过度治疗，以免自己受罪，家人受累，求生无路，求死不得。

说不怕，就是战略问题，应该轻视。

一不怕被人遗忘。一位老领导人到原单位，受到传达室的盘问，感到人走茶凉，心中不是滋味。其实要知道自己的角色早已变化，不管曾经多么了不起，头上的光环都会成为“过去式”。君不闻“知人者智，自知者明”(老子语)，“明莫大乎自见，听莫大乎自闻”(《论语》)。被人遗忘了怕什么？自己不是活得更从容吗？

二不怕时间苦短。有些人想做一些事情，可又觉得自己老了，悔之晚矣。其实这是大错特错，老有追求，心存希望，就有奔头。七老八十有追求，也会生机勃勃；四五十岁希望泯灭，也会垂垂老矣。“古人贵朝闻夕死，况君前途尚可。”(刘义庆《世说新语·自新》)因此要人生唱晚，要壮心向未来。

三不怕子女不常回家看看。子女各自有家庭和事业，他们上有老下有小，“老”是“夕阳”，“小”是“朝阳”，“朝阳”更值得关注和期望，动物繁衍生息的法则也是如此，这是人性使然。因此想念子女时，不妨打个电话聊以自慰。

四不怕孤独。夫妻也好，子女也罢，不管如何水乳交融，心心相印，也不可能天天厮守在一起，总有个人独处的时候。上海一项调查结果表明，60 岁至 70 岁的人群中，有孤独感者约占 1/3，80 岁以上者高达 3/5。因此如不能享受独处，就要试着从其他活动中寻求感情寄托，排遣孤独。

五不怕衰老。老是自然规律，谁也躲不掉。怕老就会觉得日薄西山，风烛残年，万事皆休矣！因此老人要顺应衰老，面对老，不怕老，不想老，“望人群如蝼蚁般奔忙，见车辆如过江之鲫穿行，更觉一个人的闲适之乐……步入晚年之后的一种境界。”(从维熙语)快快乐乐地活着，活一天，赚一天，乐一天！

莫做“老小孩”

不久前，看到时报记者一篇题为《老小孩缘何“人老脾气长”》的报道。记者曾征询我的意见，我觉得言犹未尽，故补写此文。

“老小孩”之说，由来已久。老汉我年幼时，就听大人说某某老人是“老小孩”。本来人越老越成熟，老骥伏枥，怎么成了“老小孩”呢？这是因为，有些老人随着生理功能的下降，其心理、脾气、行为变得越来越像小孩子，尤其是社会变迁加速，老人往往不能与时俱进。但假如人们像对待小孩一样去管束他，不但适得其反，甚至还会损害他们的心理健康。

真小孩和老小孩的区别在于，前者没有任何生活技能，从零开始；后者则是因为衰老而技能弱化，力不从心。如果把老人当作老小孩，岂不是一种歧视，尽管有的出发点是翼护，结果却会被老人认为自身的价值被否定，有“越老越无用”的伤害。对待两个不同生理阶段产生的相似心理现象，人们应该慎重地区别对待。

英国《每日邮报》称，美国耶鲁大学的一项研究显示，经常像跟小孩一样对老人说话，会让老人折寿 8 年。研究人员对美国俄亥俄州某镇 660 名年过 50 岁的人进行长期调查后发现，把“乖乖”等常用于孩子的词用在老人身上，会让老人感觉心情沉重、自尊受损，进而影响健康。耶鲁大学公众健康研究院教授贝卡·利维博士的结论是：就影响长寿的因素而言，人们对老人的态度比胆固醇含量、抽烟或运动的影响更大。

现代社会，年轻人固然有年轻人的优势，但老人有着丰富的阅历和社会经验，子女切不可把父母当作“老小孩”。一位同龄老友，丧偶后和孩子住在一起。孩子要进行大装修，都安排好了，事先并不和他商量，实际上也把他当成“老小孩”。他说在饮食方面对他的照料无可挑剔，但给他的感受是“难以容忍的无语”。

其次两代人要相互关爱。子女不仅要关爱父母，竭尽孝道；父母在子女需要帮助时助一臂之力也是必要的，但是在这方面也要量力而行，把老年黄金时期都献给子女，等到年事已高，需要子女照料时，子女又把父母当成“老小孩”，接受管束，甚至“教育”，老人当然不愉快。此时，老人不要生气，正确的做法是主动告诉子女自己的诉求。

更重要的是，我们老人不要把自己当成老小孩，任性而胡为。前年我去京看望一位住院的老友，他的儿子迎出来诉苦，说父亲一住院就给保姆放假，让他和老伴昼夜轮流值班，他的家里也有事，感到负担很重，希望我劝劝老人。我以身说法对老友说，我几次住院都是请的护工，我们离休干部有条件，还是找个护工好。我的劝说不知起了作用没有，不过老人在接受子女的赡养的同时，确实也要关爱自己的子女。这是双方互动关系。

最后，两代人相互沟通是非常必要的。中国老年学学会老年心理专业委员会秘书长杨萍说，与老人沟通并不需要什么花哨的技巧，只要怀着尊重、平等的心态去沟通，老人都会乐于接受。儿女说话时，要多关注老人的情绪变化，且记住这 18 个字：多倾听、少反驳；慢语速、柔语气；聊过去、问近况。如果跟老人意见不统一，子女沟通时更要注意方法。

“老小孩”比真小孩还容易被人蒙骗，现实中很多老年人陷入骗局。父母盲目迷信某种保健品，如果直接像教育孩子那样的方式对待老人，老人会想：儿女是不是觉得自己不中用了，没有判断力了？是不是儿女不舍得给自己花钱？这时，理性的开导、平等的姿态、敬意的说服会更有效。

“欢乐极兮哀情多，少壮几时兮奈老何”（汉 · 刘彻）我们老人应当保持平和心态，控制情绪，与子女和睦相处，莫做“老小孩”。

“三心二意”度晚年

读者看了这个题目会疑惑，按常理“三心二意”是形容小猫钓鱼不专心的贬义词，而我是取其谐音，另辟新章。且听老汉我慢慢道来。

所谓“三心”：即开心、静心、善心。

首先是开心。人到老年，衣食无忧，你怎么开心就怎么过，没人能烦恼你，除非你拿别人的言行来烦恼自己；没有放不下的事情，除非你自己不愿意放下；没有过不去的火焰山，除非你自己不想过或不敢过。我有两位老友，都是 87 岁的老大姐，参加工作初期各自都在区委工作过，两人一生的命运都很坎坷，前者甚于后者。可是前者自寻开心，上老年大学，学绘画，练书法，写回忆文章，生活丰富多彩，其乐融融。后者却耿耿于个人的不幸，念念不忘已故的老友，生活痛苦，难以自拔。其实，人人都有烦恼事，老汉我也不例外。但是要自己找乐。我每天清晨游泳，与泳友相聚，互相开开玩笑，开怀大笑，自得其乐。

其次是静心。我们老人可能都有这种感受，不是身累，主要是心累。解决的办法就是静下心来。心静，这是中国传统文化推崇的大智慧。《道德经》中说：“致虚极，守静笃。万物并作，吾以观其复，夫物芸芸，复归其根。归根曰静，是谓复命。”大意是，这世间一切原本都是空虚而宁静的，万物也因而能够在其中生长。因此要追寻万物的本质，必须恢复其最原始的虚静状态。万物的生长虽蓬勃而复杂，其实生命都是由无到有，由有再到无，最后总会回复到根源。根源都是最虚静的，虚静是生命的本质，这种生命的本质也是自然的常道。老有所养，要害是养心，养心主要靠静心。人一闹腾，六神无主；人一静谧，风度俱来。自己颇有感悟。

第三是善心。据说一位哲学家有一次问他的许多学生："人生在世，最需要的是哪一件事？"答案有许多。但最后有一位学生说："一颗善心。"那位哲学家说正是，"你在这善心两字中，包括了别人所说的一切，因为有着善心的人，对于自己，则能心安理得，能去做一切与自己适宜的事；对他人，则是一个良好的伴侣、可亲的朋友；对社会，则是一个有益的人。"我们老人，历经沧桑，炼就一颗善心，有利于自己健康，有利于家人，有益于社会。

所谓"二意"，就是一不刻意，二别介意。

人到老年，最重要的是保健康能自理，在养生方面有很多要求，我们应当注意，但是不要刻意，不要处处小心翼翼，处处循规蹈矩，丧失自我。比如咀嚼一口食物也要数着 30 下等，这些完全没有必要。再者，进入老年期，三灾八难、五劳七伤降临到你头上的机会会增多，因此不管出现什么问题，都要别介意，"别把令人不高兴的事放在心上"。凡事安然面对，泰然处之。不仅是保健，老年在社会关系上也是"应变"时期，丧失亲人，好友离去，生离死别，这些也要冷静应对，一不刻意，二别介意。保持坚强的心态，是至关重要的。

总而言之，我们晚年要开心、静心，更要有善心，处事不刻意、不介意，这样"三心二意"度余年，不亦乐乎！

做个随和老人

亲友们都说我挺随和的。有人说，随和就是性格温顺，不固执；也有人说，随和就是不坚持原则，老好人。也有人认为，随和是没有主见，很窝囊。可能都有一定道理。过去我在历次政治运动中，写个人缺点就常写，待人和平共处，一团和气，原则性不强，斗争性不强。检讨总归检讨，其实本性难移，我在工作中与人相处，极少发脾气，绝不唯我独尊。在领导班子里，也没有闹过不团结。

过去讲“与天斗、与地斗、与人斗”，天斗、地斗是躲不开的，像老天爷刮龙卷风、下瓢泼雨，我会去抗天灾；1976 年的大地震，我得去抗震灾。可是和自己的同志们斗，总是差劲儿。

朋友一起吃饭，从来都请朋友代劳点菜，我吃得满意；和朋友出门游逛，都是随着朋友走，我从无不可。老伴生活不能自理，请位护工照料和帮助做饭，可每天吃什么，倒成了我的负担，后来索性把此事托给护工。我说，你看着办，想买什么就买什么，你做什么我们就吃什么，她安排得挺好。结果，她也说我随和。

其实，我也有过“地下斗敌顽”的锐气，也有过“对付造反派”的决绝，更有过“追求真理”的执拗。不过，那都是过去的事了，现在相处的对象不同了，就该学学蔺相如的屈尊柔性。我觉得人到老年，从创业者成为退休者，从生活的强者变成弱者，特别是高龄老人，我们没有能力照顾他人，而需要他人照顾我们，更要随和了。进出门，年轻者让我们先行，我们一定要道谢。在公共场所，我们安然站着，不嗔怪人；有人让座，也要道谢。我们个人尽力自立、自强，对大众则要心怀感恩，随和、礼让。

进一步想想，随和是一种处世哲学——懂得欣赏、理解别人，是胸襟开阔的素养，也是为人沉敛的表现，是不争名夺利的一种超然，是不患得患失的淡然，是曾经沧海后的坦然，也是一种平等待人的必然。

同老伴的关系，过去是各忙各的工作，生活中的矛盾不多；如今退休在家，天天厮守在一起，难免意见分歧，“牙齿碰舌头”。面临谁听谁的冲突，自己随和一些，忍让一些，就能夫妻和谐、天下太平，“家庭不是论是非之地”。

同子女的关系也是如此，他们幼小时一切依赖我们，处处受我们的护理；可是等到长大成人，处处比我们强，掌握现代科学技术，我们老人相形见绌。我们可以采取无为而治，适当让一些事由他们自己做主，不要实行家长制。两代人认识不同，各行其道，我们不要改变他们，当然他们也不要改变我们，和而不同。《礼记》说得好：“父子笃，兄弟睦，夫妇和，家之肥也。”

朋友之间更要随和，有不同意见就“疑义相与析”嘛！“友谊是人生的调味品，也是人生的止痛药”（爱默生语），我以为人人都有优点也有缺点。既要发现朋友的优点，又要包容朋友的缺点，这样的随和是必要的。

孔子曰：“君子有九思：视思明，听思聪，色思温，貌思恭，言思忠，事思敬，疑思问，忿思难，见得思义。”常有这九思，就会胸有成竹，不会与人斤斤计较，事事叫阵。

在日常工作、生活中，只有随和的人才能发现周围的真善美，才可以真正享受生活赐予的快乐。在随和中，我们可以拥有宽广的胸怀、高瞻远瞩的目光和大智若愚的智慧。

当然，随和不是没有原则的将就，不是没有底线的胡为。与他人共餐，不能为了面子忽视自己的健康，过量的饭一口不多吃，过量的酒一口不多喝。与家人、友人相处，绝对不触犯道德、良俗、法律的底线。

罗曼·罗兰说：“人生就是一连串的死亡与复活。”我们耄耋老人已过了这“一连串”，而今只希望随和点、轻松点、快乐点、健康点！

老人不忘初心

习近平在重要讲话中多次提到“不忘初心”，他告诫全党：“我们党已经走过了95年的历程，但我们要永远保持建党时中国共产党人的奋斗精神，永远保持对人民的赤子之心。一切向前走，都不能忘记走过的路；走得再远、走到再光辉的未来，也不能忘记走过的过去，不能忘记为什么出发。”不忘初心，就是不要忘记我们党的理想、信念、宗旨。

有人会问：总书记这是对共产党人讲的，我们老人“乱弹”什么？我想，老人也有不忘初心的问题。从战争年代成长起来的老人，当然多数人的初心是期盼和平。参加革命的老人，初心是解放全中国，实现社会主义、共产主义的理想。他们对社会主义、共产主义社会是个什么样子的社会，还很模糊，无非是以苏联为榜样。

对于大多数人来说，不忘“初心”是指的什么呢？我给一位同龄老友打电话征求他的意见，他很坦率地告诉我说：当年就是求学、求职，成家立业，并没有什么远大的理想。我点头称是，他说得不错，这的确反映了当年大多数人的“初心”：过上好日子。其实，不论当年共产党人怀抱的为实现社会主义、共产主义的“初心”，还是普通寻常百姓为了“求学、求职”过好日子的“初心”，最终都是为了追求幸福，都是经过努力使大多数人早点过上好日子好生活。

那么，什么是“好日子”呢？我记得一位古代希腊哲学家苏格拉底说过：我比任何人都生活得愉快而恬静。难道你不知道，到目前为止，我不承认有任何人生活得比我更好或更幸福吗？因为我认为，生活得最好的人，是那些最好地努力研究如何能生活得最好的人;最幸福的人是那些最意识到自己是在越来越好的人。

我们研究如何过上好生活、自己越来越好,与这位希腊哲人有所不同,我们不是只想着使自己过得愉快而恬静,而是把这一想法和愿望扩大到全中国的人民,甚至扩大到全人类范围。这个梦想,就是我们的“中国梦”。老人把追求晚年幸福梦融入中国梦中,这也是实现自己的“初心”。

老人不忘初心,就是要努力去实现平生之梦。老年是人生最美好也是最后的时期,趁身体还好,那就多做些当年因为工作忙而没时间做的事,多做有益于自己,也有益于子孙后代的事。多去自己想去的地方,多见自己想见的人,多圆自己想圆的梦。生命只有一次,我们自然需要百倍珍惜“最后时光”,让自己的一生活出最后的意义。

老人不忘初心,就是要老有少年为。南怀瑾说过,少年如溪,青年如河,中年如湖,老年如海。海纳百川,有容乃大。当我们步入老年,有了完全自主地支配的时间,我们就可以或美膳,煎炒烹炸;或美文,埋头写作;或美事,广交朋友,公益助人。这样的生活,有利于个人身心健康,有利于家庭幸福,有利于社会和谐。

老人不忘初心,就是要乐老之所乐。使自己快乐是一门生活的大艺术,我们一辈子不容易,谁也不是一马平川,都经历了蹉跎和坎坷,但我们问心无愧,睡得舒坦。我们没有丰功伟绩,但也曾在岗位上为社会增砖添瓦。所以我们要追求“四活”:活得洒脱,活得坦然,活得轻松,活得快乐。只有摆脱了烦恼,才能享受快乐。

变养老为享老

最近我收到古稀作家苏连硕发来的“散步”小诗。其中第一段是:“我把自己融进阳光里,晒尽我身上的霉尘。雨天我喜欢不打伞出去,孩子似的沐浴身心。”第二段为:“每天都要出去散散步,听一场鸟儿音乐会,追逐个性花儿自由白云,激活僵老筋骨诗魂。”

我不是评论这段小诗,而是说像这样最平淡养老生活,连硕却赋予了诗意,这种在生活中的诗意地栖居,唤起老年朋友们要学会享受——享受在打拼事业后,变养老为享老。

不久前,中国老龄科学研究中心和清华大学建筑学院发布的《中国老年宜居环境发展报告(2015)》指出,“在市场需求及政策支持的双重作用下,老年宜居环境建设进入纵深发展阶段。过去,安居才能乐业;今天宜居才可享老……”窃以为,从人口老龄化发展的角度看,这种说法十分必要。但是从现实生活看,有些高龄老人的情况并不尽如人意,譬如住在没有电梯的高楼,居高难下,不宜居就不能享老了吗?

其实,宜居需要的物质环境,更需要有良好的心态。同样是散步,如果心事重重,难释重负,那么情绪黯然,看什么都不顺眼,何来闲情逸致?相反,你即使不下楼,若是居高望远,一定会别有一番宁静而致远:碧空如洗、白云如絮、清风吹拂、阳光灿烂。即使是阴天、雨天,看乌云滚动,千变万化;密雨细织,清洗万物,不也是很美好的吗?记得前两年我住医院高楼病房时,一天晚上输完液,那护工打开她的手机,把拍的照片给我看,说,“您看多么美丽的蓝天白云呀!那天我恰好发现了。”她的两眼闪烁着幸运的神采。我钦佩这位护工，她每天面对的是病人、手术、抢救、死亡，可是她仍不忘捕捉大自然的美景。

如何变养老为享老？首先要有审美的心态。人既是感性的又是理性的动物。人依靠自己的感性，才能对自然有一种认同感、亲和感；而依靠自己的理性，才有了超越感、美妙感，实际上是对美的神圣感。有了这种心态，才能享受快乐——一种是通过感官接受的快乐，也就是“耳目之娱”，另一种是通过感悟体验的快乐，所谓“心神之美”。

要对老年生活保持审美心态，不单是要有文学、艺术的修养，关键是有一个积极的阳光心态。如果心态不好，“感时花溅泪，恨别鸟惊心”，如何欣赏那良辰美景？我们每个人都希望晚年生活幸福快乐，可是在现实生活中，总有这样那样不如愿的事情，让人失去了阳光心态，失去幸福感。其实，幸福不会敲门来找你，快乐也不能从天而降，幸福要靠我们自己营造，快乐要靠我们细心去寻找。

荷尔德林说：“人生充满劳绩，然而人，诗意地栖居在这片大地上。”我们老人大半辈子为事业、为父母、为家庭、为子女而忙忙碌碌，活得很累。现在退休在家，何必无聊、无奈地待着，何必天天为营养保健小心翼翼地活着，这也不敢吃，那也不敢玩。蹲在家里苦苦养老，实际上是熬日子。人生苦短，

“过了这个村，没有这个店”，余年显然不多了，该为自己好好活一把啦！人生漫漫旅途中，让我们在奋斗之后学会欣赏沿途的风景，在奔跑之后学会安享晚年的憩息。做自己开心的事情，展示自己的个性、风采，展现自我的绚丽生活。活出自己的精彩，变养老为享老，且歌且行岂不妙哉！

老人走好“长征路”

今年是红军长征胜利80周年。习近平总书记在宁夏考察时说,“伟大的长征精神是中国共产党人革命风范的生动反映,我们每代人都要走好自己的长征路。”人的一生就是一场长途跋涉,也是人生的长征,我们老人也要走好最后的长征路。

英国工效学专家提问:一个人一生大约能走多少路?专家们经过不太复杂的研究和计算,得出一个确定的结论:居住在现代城市中的欧洲人一生中(按平均寿命计算)大约步行80500公里。这乍看起来似乎很远,其实不然。我们不妨回忆一下,刨除婴幼儿期不算,人的平均寿命是70多年,一年365天,70年共有25550天。这样一算,我们每人每天才平均步行3公里多一点儿的路,每小时(即使在健康状况良好的条件下)还步行不到200米。

我们走了一辈子的“长征路”,谁知走了多少公里?不单是走路,还大都有负重或肩负着任务。有人把人生百年划分为五个20年。第一个20年,求学为主,功课至上。第二个20年,成家立业,事业为主,踏上高速,少了自由。第三个20年是人生最忙碌最艰难的时期,单位、家庭、老人、子女、社会、工作,无不需要兼顾。唯有第四个20年退休还家,无忧无虑,无牵无挂,享受人生的黄金时期。

享受生活的三大条件为金钱、时间和健康。对大多数人而言,第一个20年缺乏的是金钱,第二第三个20年缺乏的是时间,唯有第四个20年中三大条件基本具备,第五个20年缺乏的可能是健康。

如此说来，老年的长征路，一般是人生最好的路，是幸福路呀！可在这个年龄段的老人，并非人人都能享受人生，还有不少人过得很不如意，不能走好最后时光的长征路。除了前面说的健康，有的人还缺少另一个重要条件，就是良好的心态。人退休了，长征路快走完了，应该适应角色的变化，保持着愉悦的心理，轻松的心理，幸福的心理。有的人总忘不了一生的不幸，耿耿于怀，一回想起来就心不平气不和。还有的人大大操心儿孙事，前脚从工作岗位上下来，后脚就在照看第三代上又上了岗。有人笑说自己做子女的厨子、成了孙子的孙子。我要说一句，要是等到在照看第三代上再下了岗，那时恐怕黄金时期已逝，病魔也许就要前来光顾你了。

记得在20年前，我访问美国时参观一家养老院，但见门前挂着一条很大的横幅，英文书写着一行字，中文大意是："你能够做你愿意做的事，不做你不得不做的事。"如今想来，做自己愿意做的事，这可能正是老年人生活的最佳境界。因为在工作岗位上，为了谋生，有太多不得不做的事呀。

马克思恩格斯在《共产党宣言》中指出，取代资本主义社会的"将是这样一个联合体，在那里，每个人的自由发展是一切人的自由发展的条件"。马克思在《资本论》第一卷中指出：未来社会将是"一个更高级的、以每个人的全面而自由的发展为基本原则的社会形式"。目前，我们还看不到马克思描绘的共产主义社会，但联想老年生活的实际，没有经济压身，没有家庭之累，这第四个20年时期，不恰好就是实现自由全面发展的时期吗？有的在老年大学学了这门学那门，启迪智慧；有的写回忆录，传之后人；还有的周游世界，大开眼界……

陶渊明诗云："盛年不重来，一日难再晨。及时当勉励，岁月不待人。"尊敬的朋友，机不可失，时不再来，切莫虚度自己老年的黄金时期呀！

且把迟暮当晚霞

近日，北京一位同龄老友发来邮件云："偶摔一跤，幸而无事，成自嘲一首，一笑。诗曰：年老耳背眼又花，摇摇晃晃腰背塌。每到吃饭嫌牙软，全身好像豆腐渣。老友聚会来讨教，想得开来放得下。自然规律难违背，且把迟暮当晚霞。"

何谓"迟暮"？此语出自屈原的《离骚》："唯草木之零落兮，恐美人之迟暮。"看到草木飘零凋落，不禁担忧美人的日益衰老。诗人感叹岁月无情，来日无多，一声慨叹，几多情怀。

我辈对岁月尤其敏感，套用朱自清的话说："去的尽管去了，来的尽管来着；去来的中间，又是怎样的岁月呢？"老友的诗作也正是指这个"去日悠长"和"来日不多"中间阶段。故我们不敢奢侈度日，而是更注重时间的经营。依我之见，可以把迟暮概括为"老四化"，就是知识老化，四肢僵化，体力弱化，等待火化。

毋庸置疑，我们知识的确是老化了。对于报刊上不少以阿拉伯字母为代号的新词看不懂，对于移动互联网、大数据、云计算、工业4.0等，似懂非懂，有的干脆不懂。

四肢也是僵化了。我几次摔跤，幸而无事，但坐在地上，想自己起来，感到很困难。平时两腿僵直，根本蹲不下。广告里讲什么药可以包治"站着蹲不下，蹲下起不来"，我认为多么好的神药也不会返老还童。

体力更是弱化了。由于肌肉萎缩了，所以走路特别累，只好老而改骑自行车了。我从十几岁就骑自行车，年轻时可以大撒把，后来习惯单手扶把。如今双手紧握两把，刚上车仍免不了摇摇晃晃，心里不断暗示：稳点，小心点，别倒！我倒不怕车水马龙，正如电视剧里一句耳熟能详的台词：“越是危险的地方就越是安全的地方”。

等待火化更不成问题。我已写好了遗嘱，如得了不治之症，不必过度治疗；火化后树葬，不留痕迹，不给后人带来麻烦。

如果像老友所说，把老态龙钟的迟暮当作缤纷灿烂的“晚霞”，就变成“老四乐”了。

学中取乐。当今的新技术、新文化层出不穷，不要墨守成规，学会用自己的金手指“点击”，为自己的生活开辟新视野。和同龄老友组成互相交流的群体，与忘年小友达成不断请教的协议，这样生活丰富了，人自然就会快乐。

及时行乐。人的生理衰老是绝对不可逆转的，是自然规律，人生只有一次，因此要自寻快乐，不要学民谣中说的“七大傻”：“退休马上进菜场，回家立即下厨房，有钱就知存银行，买衣从来不高档，最远只在市内逛，一心只为儿孙忙，从来不为自己想。”

乐得享受。想想自己一生奔波劳碌，小则为餬口、为养家；大则为国家做贡献，为社会尽职责……现在拿着退休金，衣食无忧。几十年的辛苦劳累，留下了健康隐患。进入老年后，由于身体功能减退，要学会示弱，承认自己体力不支，要量力而行了，寡欲无求，乐在今天。

乐对生死，参透命运。千万不要不顾生命质量，单纯追求长寿。人生自古谁无死，留取遗像照子孙。也就是只有自己活得无愧无悔，成为儿孙的榜样，便是足矣。“活得老，不如活得好。”如果“苟活”而长寿，则毫无快乐而言的，何如平静无憾地走向“极乐世界”。

记住那“笑字歌”：“早晨笑笑，欢喜热闹。白天笑笑，更有情调。晚上笑笑，睡个好觉。微信笑笑，有趣美妙。困境笑笑，万难齐消。烦闷笑笑，忧愁抛掉。繁忙笑笑，干活利索。闲逸笑笑，快活逍遥。老来笑笑，越长越俏。经常笑笑，健康到老。”因此我要说，“笑笑”是真正包治老人心理衰老的灵丹妙药。

让我们老人且把迟暮当作美丽的晚霞，健康到老、顺心到老、幸福到老。

老人的“四心”

不久以前，一位挚友发微信说，准备在十月中旬外出旅游。我回信说好呀，我在去年10月10日莫名其妙突发高烧，住院后说是肺感染，但愿今年平安无事。友人当时未回信，至10月11日方回信道：“10月10日已过，安好可心无事吧！莫忧心，切当心，常欢心，方舒心。”经典！掌握了这“四心”，对于老人大有裨益。

首先是莫忧心。老人的忧心是一种负面情绪，为自己担忧是怕患病难愈：如果得了不治之症，求生难熬，求死不得；为儿孙堪忧是徒劳无益：子女的生活品质、孙子女前途。

我过去很少患病住院，近些年已经连续住过四次院，三次肺感染，一次丹毒，事先不知道，都是突然发高烧，所以没有忧心。记得十年前一位美国老友、密西根大学老年学专家来津访问，他说人极少有无疾而终的，无非是三个病因，一是心脑血管病、二是癌症、三是失智。我的一位老同学，不省人事，靠插管子，已逾十年，多么残酷！所以我写下遗嘱，如有不治之症，不要过度治疗，不要插多少管子，我们虽然“死得不算光荣”，但求“死得安然尊严”。我已和女儿谈妥，所以我们都不用忧心了。至于儿孙的命运由他们自己掌握，不如信马由缰。君不闻“生年不过百，常怀千岁忧。百事从心起，一笑解千愁”。

其次是切当心。进入耄耋之年之后，生活要格外当心。我的血糖偏高，又爱吃甜食，所以要管住嘴，限量少吃，防止血糖升高。我在行动上也是处处当心，睡觉后“起夜”，一慢二稳，“摸着石头过河”。我下楼梯时，眼睛盯着楼梯台阶，心理暗示，踩准，莫滑倒。骑自行车时，两手稳稳握把，当心前后的车辆；尤其穿过马路时，左顾右盼，没有了车辆才过。即使是亮了绿灯，也要提防闯红灯的汽车疾驶而来。那天清晨骑自行车去游泳，只当心前后的车辆，忘了游泳馆的大门在哪，骑过了许多路，才发现错了，又不得不返回。然而这是没错的，“处处留心皆学问”对于老年人来说是次要的，而“处处当心保平安”才是首要的。其实，中年人也要“当心”，比如不戒烟限酒，身患“三高”，那就会“中年不当心，老年徒悲伤”了。

第三是常欢心。民谚云：“人这一辈子，怎么都是过。与其皱眉头，不如偷着乐……”有位老大姐住养老院不适应，经常给我打电话述说她的不欢心，偶尔也说看到某篇文章很欢心。其实，住在养老院有人照看，只要把少欢心变为常欢心，她就从一位不幸老人变为幸福老人。人生苦短，何况我们老人将要倒计时了，何不活一天欢心一天呢？让自己欢欢喜喜地活在当下，随心所欲地安排好生活。

最后是常舒心。平时我们往往向高处攀比，总是羡慕别人，然而当我们真正了解了别人之后，就会发现，家家有本难念的经，每个人都有八九不如意的事。我们要排解种种无奈，就需要有坚强的内心。学会自我调节，懂得释放自己，选择性地回忆一些高兴的往事。借用杨子荣一句唱词：“抗严寒化冰雪，我胸有朝阳。”不管天上刮起什么风，海里掀起什么浪，有了阳光的心态，方可舒心。

好好活，稳稳过，哈哈笑，慢慢老。让我们争取莫忧心，切当心，常欢心，方舒心吧！

老人逆境突围

九南先生将他编著的《逆境突围》一书赠我，引我深思。逆境是人生的一种常态，每个人一生都可能遭遇各种逆境。书中150余位奋斗者的故事，他们面对寒微出身、强权势力、挫折失败、躯体残疾、意外灾祸等种种逆境，坚守梦想，不懈奋斗，永不言弃，终于改变了自己的厄运。

由此我想到当老年人陷入逆境，如何突围逆袭呢？

首先“病境”是第一逆境。人到老年，全身各零部件都过了保值期，尤其我们这一代人都经过“一不怕苦二不怕死”的年代，健康大都被透支，难免病痛找上身来。我自己就经常浑身在不同的地方出现莫名其妙的疼痛，过两天又不治自愈，没有必要看医生。对于身体过度关注，有病乱投医，效果适得其反。有的人查体发现病症，不以为然，尽管检查的血压、血糖和血脂的指标都超标，但是自觉没有症状和不适，就毫不在意，还美其名曰“吸烟喝酒不锻炼”，结果有一天，致命的脑血管意外、心肌梗死等急危重症突发，甚至丧失性命。

我以为，突围的方法就得仔细冷静地了解自己疾病是怎么回事儿，是否应该服药，如何服药，如何监测，如何调整自己的生活方式。“自己是自己最好的医生”，小病自己调理，有了大病或者潜在的病征，就要定期到医院检查和复诊，谨遵医嘱，并且持之以恒。其实，对待疾病的态度是接受、忍受、治疗。我有遗传性的高血压，坚持服药二十余年，控制得比较好。尽管如此，说不定哪一天大病来临，能积极治愈就突围过关；不能治愈就告别人间，不要过度治疗，实现对人间最后的“突围”。因为“世界是客栈，死亡

是旅行的终点 ”(约·德莱顿语)。

其次是对“家境”的突围。人到高龄,家庭成员也不断地变化。多么美好的神仙眷侣,也不可能同时走,总有一个先行者,后者要承受丧偶之痛。曾听到一对 82 岁与 28 岁结婚两者的访谈,可谓奇缘特例。一般耄耋老人焉能再婚?因为自己都不能照顾自己了,孤身一人如何“突围”?搬进子女家者有之,迁至子女家旁居住者有之,漂洋过海投靠子女者有之,老人合伙搭伴共居者有之,自己独居靠子女看望者有之,住养老院者有之。究竟哪种方式最好,要因人制宜。然而不论如何突围,总要随遇而安。

最后是对“环境”的突围。就以居住环境来说,总的来说就是接受它,适应它。我居住的公寓房,条件不错,可是供暖不达标多年,近两年统一改造了管道才达标。不达标时怎么突围?只有用电暖气补充,同时加穿棉衣,不也突围了吗?这些年一栋楼里住户流动性大,装修噪音不绝于耳,我们不能因此搬家,怎么突围?只有充耳不闻罢了。

昔日戏言身后事,今朝都到眼前来。年事越高,逆境越多,我们唯一可以做主可左右的是自己的心灵和处事的态度:淡定,坦然。

人生没有绝对的无路可走,因为“路是人走出来的”。只是当生命垂老、命运多蹇、力不从心的时候,自己要给自己打气,沉着而理智地应对,想方设法突围出去。活一天,老一天,当是自然规律;过一天,乐一天,体现生命尊严。

人类“人累”

将这两个含义完全不同的词汇拼凑成题目是怎么回事呢？且听我解释吧。

那天我家的护工说，人活着就是累，所以说是人类。我笑说，人类的类与人累的累含义完全不同。她说我知道，可您说人累不累？并举例说，她家里养着鸡、鸭、鹅等，人要天天给它们喂食，人不是比它们累吗？我只好点头称是。

是的，人当然比动物累。你看狮子捕猎饱餐后，就躺着睡大觉，即使看到猎物也不予理睬。人则不同，不单是填饱肚子，还要创造世界。马克思从经济关系入手，对人的本质进行深入考察，把人的劳动看成人的“生命运动”，是属于人本质的东西，是把人与动物区别开来的根本标志。人从茹毛饮血、穴居野处到今天住上现代化的高楼大厦，历经了多么艰辛的劳动呀！正因如此，创造了现代人冬有供暖、夏有空调、出门有车……按说现代人生活不累了，其实不然，人们又向往“采菊东篱下”的田园生活，又去创造了。孰累孰轻？真不好说。就说那位护工吧，晚上照料病人入睡，自己看看电视吧，微信朋友圈又找上门来，又要一一答复，也不轻松。

年轻人就得累，因为肩负历史使命——社会进化。我们老人退休在家，子女成人，无工作之担，无家庭之累，无累可言了。可是有些老人却偏偏找“累”，主要不是身累，而是心累。

老人之所以累，就是因为想得太多。身体累不可怕，可怕的是心累。心累会影响心情，会扭曲心灵，会危及身心健康。有一位老友住养老院，本来养老院的生活极为规律，极为简单。可是她心里总是有事，经常给我打电话述说：个人方面，如吃不好，睡不好，身体有什么不舒服；养老院方面，管理上遇到什么问题，遇到什么人，心中如何不快；子女方面，如何牵挂，他们有什么困难；老朋友方面，如何怀念，如何联系，等等。其实每个人都有被他人所牵累，被自己所负累的时候，只不过有人会及时调整，而有些人却深陷其中而不得其乐。生活有太多的难题和烦恼，要活得一点儿不累也不现实。要知道，你住进的是养老院，而不是世外桃源。

老人之所以心累，就是没有学会遗忘。自己一生中，有过五关斩六将的事，也有走麦城的事。有的总是想到一辈子中不幸的遭遇，耿耿于怀。有人回忆过去感到欣慰，也有人回忆过去感到苦涩，更不幸的是把自己一切不幸都埋藏于心灵深处，难以从过去的阴影中解脱出来。其实最好的办法是筛选性地记忆，记住该记住的，忘记该忘记的，改变能改变的，接受不能改变的。当记忆里充满令人愉悦的好事，那会想起来就快乐。君不闻“生年不过百，常怀千岁忧。百事从心起，一笑解千愁。”何不一笑解千愁呢！

老人之所以心累，就是欲求太多，既不放心，也不放权。为孩子孙子操心，凡事都想插一脚，往往事与愿违、怨声载道，弄得家人烦躁。有位老人每天晚上都看看厅里的灯是否关掉，一天自己起身去检查，不慎摔倒，股骨头骨折。自己受罪，儿女受累，何苦呢？其实，老年人管好自己的饮食起居、身体健康，不给别人添麻烦，这样才是硬道理。

老人之所以心累，就是无法摆脱无奈。一位老友说他是“三无”：无能、无力、无奈。是的，随着生理的退化，有人尿频，出门时间不能过长，否则须要尿不湿，这也是不错的自理方法。更重要的是心理上的无奈，独自住在防盗门封闭的单元里，“茕茕独立，形影相吊”，乃至“夜耿耿而不寐兮，魂茕茕而至曙”（屈原词）。明明知道有些理想永远无法实现，有些问题永远没有答案，有些故事永远没有结局，可是苦苦追求着、盼望着、幻想着。

我们老年人要做到身心不累。正如网上流传一诗所云:拥有美丽的春的记忆,拥有热烈的夏的经历,拥有丰硕的秋的收获,悠然的冬天相信:老有老的骄傲。

老人最珍贵的是什么

记得上小学时写作文，有时也写光阴似箭，日月如梭，“一寸光阴一寸金，寸金难买寸光阴”什么的。那时仅仅是从字面上懂这话的意思，但是并不珍惜宝贵的时间，所以天天盼过年，希望时间快快过去，自己早早长大成人。

青壮年时，认为人生的时间很长，“路漫漫其修远兮”，志在上下求索。六十岁以后，老汉我仍然感到壮心未与年俱老，照常工作，“花甲心水仍扬波”。到了古稀之年，才感人生苦短，“更甚残年惜岁华”（司马图）。至今八十有六，越发感到时间的珍贵，“愈老愈知生有涯，此时一念不容差”（陆游）。生命进入了倒计时，“休将白发唱黄鸡”（苏轼），随时准备听从“上苍”的呼唤。

谁都知道“有了健康并不是有了一切”，可是“没有健康就没有了一切”，然而比健康更稀为贵的是时间。因为一旦失去健康，还能寻觅妙手回春的医者，尚有康复的可能；而失去时间，则是无可挽回的东逝水，一去不返。对于老人来说，人生过一天少一天，便有了惜时胜金的感慨。

一位古稀之年的老友说，她有一口好牙，从未看过牙科；可是年近耄耋以来，不断地闹牙疼，才去看牙科医生。一位年近耄耋的老友自信地说，从来没有住过院，没有输过液，可是去年突发脑梗，不得不住院输液。我有几位同龄老友都是肺感染去世的，我近几年得了几次肺感染，都是事先没有预兆，突然发高烧，幸好住院及时退了烧，不然也就与那些老友相聚了。生老病死是不可抗拒的规律，任何人都斗不过岁月。“朱颜去似朔风惊，白发多于野草生”(王安石诗)。

从微信中看到 2017 年最幸福的两句话:白日有说有笑,夜晚睡个好觉。我信斯言。可是我做不到,按我的实际,改成四句话:尽量有说有笑,难得睡个好觉(因为我需要吃安眠药),生活讲点实效,届时一走百了。哈哈!

因此,时间对于我们老人是最珍贵的。有个物业公司的座右铭是:珍惜每一分钟,尊重每一个人。老人们可以屈指算算,还有多少年的活头。一方面要抓紧时间做想做的事情,比如我正在努力完成我的自述,虽然我们一介草民的经历没有什么价值,但是作为曾经的地下党、市委市政府干部,经历了建立、建设共和国,又伴随共和国近七十年的历史,其中可圈可点的风雨历程是值得回味的。我们无法挽留逝去的时光,但可以留下硕实的记忆,留给后人作为史实参考吧;最起码给自己有个交代,权作“雪泥鸿爪”罢了。另一方面把身后事安排好,写好遗嘱,这样走人时就了无牵挂了。

岁月无限人生有限。如何将有限变为无限?就要学会珍惜、懂得珍惜。留住瞬间,珍惜眼前风景;定格现实,珍惜身边所有;把握今天,珍惜当下无忧。如果珍惜晚年最后的时光,就会排遣许多不快。碰到不开心事的时候,想想自己还剩下多少天可以折腾,顿开茅塞,烦恼自然烟消云散。遇到不讲理人的时候,想想自己偌大年纪何必与他人计较,绕过去了,眼前顿觉海阔天空。

不忘人恩,心中一片温暖;不念人过,眼前总是清净;不论人非,但求自己无过;不计人怨,情绪豁然开朗。人生就是减法,如同日历一页页地撕去。所以说当今社会最流行的一句话,不是你能赚多少钱,是你还能活多少年。

黄昏恋曲

腊月二十三是小年。尽管如今“神舟”飞船都上天了，我们姑且还是相信民俗：灶王爷今天要“上天言好事”了。我召集几位朋友欢聚一堂，为一位老友的新婚设庆贺之宴，让灶王爷所言的“好事”又添上一桩。

我与新郎的交往可谓甚有渊源。他本是名牌高中毕业生，毕业后到一家大报当印刷工人、文书，后来到当跑腿小记者……从多年的基层采访，一步步地拾阶而上，一年年地羽翼丰满。是金子总会发光的，最后他被调出来参与创办一份小报，这小报在他团结同仁、深耕细作、精益求精培育下，逐年发展壮大，成了全国同类报纸中的佼佼者。他不仅是组织能力强、领导艺术高的帅才，而且是亲力亲为大量写稿独当一面的将才：写评论，写新闻，缺什么写什么，走到哪里，写到哪里，发扬蹈厉，不遗余力。记得多年前，我同他一起赴南方参加一次全国老龄工作会议，他手脑并用边听手机边写稿，等到休会时，一篇新闻稿已完成，翌日见报，成为领先各媒体的最新出炉新闻。

强将手下无弱兵，也可以说良禽择木而栖。2008年我应邀就老龄问题访美，他派出一位英文不错的副手随同，其间要给报社发新闻稿，可所带的小电脑出了故障，只好连夜用英文写新闻稿发回报社。我看过英文稿，写得很好，可是再翻译成中文如何？我很担心。后来看到报上及时刊发的中文稿，译得非常准确，方知有他把关，我的顾虑是多余的。

由衷感谢他在报纸上为我开了专栏，犹如在一个大商场为我留了一个小专柜，我可以搭车摆设拙作，促进了我的写作思维，当然更促进了我的健康。

他的前妻患癌症期间，他顶着看护病妻的沉重负担，为办好报纸殚精竭虑、贡献力量，最后忍痛送走了相濡以沫多年的亲人。他退休后仍返聘在报社协助工作多年，配合报社新的领导者继续奋力拼搏，使报纸更上一层楼，成为全国赫赫有名的老年一报。

丧偶后第四个年头，他终于有了新的伴侣。今天我们与他俩贺喜时，但见他们携手走来，两个同龄的70岁新郎新娘，就像17岁少男少女，亦步亦趋，男的潇洒，文采飘逸；女的优雅，驻颜有术。在座的一位女友人说："这就是爱情的力量，具有返老孩童、焕发青春的魔力。"

另一位朋友陡然发现，说："你们长得很相像。"他们相视一笑，春风扑面——似曾相识燕归来。无疑，这是欣赏的开始，直觉感官的相投。

两个人有同样的文化爱好，女士竟然是我这位老友的"粉丝"，多年来如一日，将她所发现他的文章，剪下来保存。这是敬慕才华的纯情，那白纸黑字就是难以磨灭的心中烙印。如若有缘，间隔远近都不是距离；如若有爱，时间早晚都不是问题。

他们终于走到一起了，老友的习惯没有改变，每天傍晚要长时间遛弯，问及新娘，答："我就陪着走。"一步两个脚印走来，迎着晚霞的美丽，那是经过了白天浮躁沉淀下来的扎实，那是人生沧海变桑田的过程。太多美景都比不过这温馨的一刻，走过，遇过，没有错过——最美的是这条同步的路，"夫妻双双把家还"。尼采说："每一个不曾起舞的日子，都是对生命的辜负。"由最初的彩霞满天，到暮色的降临，能在黄昏里相依相恋，就是"琴瑟在御，岁月静好"；能在夕照中牵手漫步，就是"飞跃这红尘，永相随"！

"举杯对月情似天"，斟满红酒，让真挚的祝愿充盈杯中，为老友的新婚幸福干杯！

与快乐相约

接到一位老读者杨女士的电话，建议我写一篇快乐老年。我问她的快乐何在？她说能吃、能喝、能睡、能自理，就是快乐。她今年85岁，老伴儿86岁，没有大病。他们每天坚持锻炼，阅读报刊，她不时玩玩麻将，老伴儿练练书法。三个儿子，一个儿子住在附近，有事随时来照看。她说没有女儿，没有“小棉袄”，儿媳说，我们是您的“皮坎肩”呀！家庭和谐，看来她真是快乐老年人呀！

然而在我的朋友圈中，像杨女士这样的是少数。多数还是对自身衰老和周边环境的畏惧和担忧，给晚年生活蒙上阴影，如何快乐得了？话又说回来了，难道不快乐就能改变现状吗？如果调整自己的认识与心态，主动与快乐相约，让心中少点愁苦，多点幸福，就会有快乐人生。要做到这点，主要有“五不怕”精神。

首先是不怕生病。老年体征的退行性变化、生物性衰老、体质“自然滑坡”，应视为正常，不必当作病变。佛教把“病苦”列为人生的八苦之一。有些怕老的人很“惜命”，过度关注健康，面对身体素质的每况愈下，天天测血压、量体重……人们熟知杯弓蛇影的故事，稍有差异就形成精神负担，为此食寝不安，由此产生恐病心理。我的一位同龄老友，心脏按了起搏器多年，还有糖尿病，可是由于重视保健和服药，每年都出游数次，变病苦为乐，带病不改其乐也。带病长寿者，更是常见。

其次是不怕丧失亲人之苦。佛教的八苦之五是爱别离苦：语云：“乐莫乐兮新相知，悲莫悲兮生别离。”天下没有不散的筵席，亲如父子，近如夫妇，亦难得终身相守，不过几十年的缘分，又何况其他呢？105岁仙逝的杨绛先生在《我们仨》中，写下女儿和丈夫相继离世后的心情：世间好物不坚牢，彩云易散琉璃脆。我们敬佩她的坚毅精神，要把生离死别是人生的必然这一点看清、看透、看开，方能安享快乐老年。

第三是不怕独处。人的一生从来到走，大部分时间是独处的。一首歌词唱道："独处的时候，夜容易特别黑；独处的时候，心容易悄悄破碎。"其实怕独处就是怕孤独和寂寞。老了要学会独处，习惯享受独自的舒服、自在。让心灵宁静，悄悄吟诵最美丽的诗篇；让思想沉静，悄悄发掘灵魂中聪慧的禅念。我最近独自撰写自述，仿佛又回归到逝去的岁月，内心萌生一种莫名的快乐。

第四是不怕遭遇不幸。老人晚年处于人生应变时期，三灾八难，五劳七伤，不幸的遭遇在所难免。天津一位友人，他被诈骗犯冒充在北京住院好友骗走21万元，这位友人不恼怒，报警后坦然面对，等待警方破案。相对那些捶胸顿足寻死觅活的老人，他的这种处世态度令我敬佩。老年人要使自己快乐，必须心胸开阔，以现实的眼光看待一切。

第五是不怕走人。人总是要死的。老友故去参加吊唁，一位参加者对几位朋友说，他自己写了一副对联：上联是你走我走先后走，下联是早走晚走早晚走。如今这位朋友和几位老友早已作古了，但他那种视死如归，看透生死的大自在还在。苏格拉底说："灵魂到另一个世界去的时候，除了自身的修养，什么都带不走。"

人在快乐时，大脑会分泌多巴胺等"益性激素"，让情绪放松，进而使身体机能互相协调、平衡，促进健康。快乐是幸福生活散发的光芒，是老人主观意识可以获取的。俄国著名生理学家巴普洛夫说："快乐是养生的唯一秘诀。"老年朋友！只要有这几不怕，您就能安享快乐老年。

只求半称心

上个世纪末我曾两次去过杭州，看到灵隐寺的一副对联：人生哪能多如意，万事但求半称心。当时觉得这个对联有些禅意，便记在小本上，但是对于“半称心”不太在意；如今这大把年纪，对“半称心”则感触颇深。生活就是这样：不求全责备时，才会感到“半称心”的满足。

漫漫人生如戏一场，芸芸众生各属一角。不久前几位老友相聚，相互问候，身体和家庭都有这样那样不尽如人意的事。有的耳聋，有的眼花，有的“无齿”，有的血液血脂血糖“三高”，有的腰椎间盘突出，有的丧偶孤身一人，都有不称心的事。但是耄耋之年尚且存世，还能友人聚会，是谓“半称心”也。

或曰：你王老汉报刊有文，电台有声，拥趸有人，怎是半称心呢？剖析真我，且听一一述说。

我晨起游泳多年，既锻炼身体，又与泳友相聚，当然称心。然而今年从某日早晨游泳回来突发高烧得肺感染之后，不敢再去了，只好等过了冬天再去，这不是半称心吗？

我今年八十有七，能在居住附近自如走动，还能短途骑骑自行车，当然称心。但是两腿僵化，蹲起极其费劲，猫腰洗脸就腰疼。从网上看到，老人站着小便好，可是常常尿湿裤子。有道是三岁小孩不尿裤为好，八十岁老人尿不湿裤就好……这样也只能算是半称心吧！

我每天起居正常，电脑上网，收发邮件，微信来往，当然称心。但是睡眠不正常，白天看电视时常瞌睡，晚上服安眠药才能入睡。依然“新事记不住，旧事忘不了，坐着光打盹，躺下睡不着。”这也是半称心吧！

我每年查体，致命的大病没有，也算是称心吧！可是认真看看体检表，需要复查和专科医疗的有若干项，虽无大碍，到附近地区医院解决不了，去三甲医院则麻烦。也只能算是半称心吧！

……

在现实生活中，真实感受是生命有缺憾，生活不完美。然而这仅有的“半称心”，就让我感到了生命的暖意，足以使我感恩不已。人生就像是一场戏，自拍自导自演，把心里的一半杂物剔除，只留下那美好的一半。如果没有不切实际的十全十美期待，埋怨也就不会那么多了。这才是属于生命、生活的本色！

“人无千日好，花无千日红”，人到老年，不称心的多多。我们常说“既来之，则安之”，自古人生最忌满，《史记·范雎蔡泽列传》：“语曰‘日中则移，月满则亏’。物盛则衰，天地之常数也。”经常唱唱“半字歌”：半是半非半自安，半取半舍半行善，半聋半哑半糊涂，半智半愚半圣贤，半醒半醉半神仙，半俗半禅半随缘！人生一半在自我，另外一半听自然！

人生几十年，酸甜苦辣咸，各种滋味都有，故称“人生百味”。能否“只求半称心”，关键在于自己的心态。人说与狼共舞，我改为与憾共存。也就是人生不必锱铢必较。草绿了，就享受春色，回避风沙；蝉鸣了，就聆听夏声，忘却暑热；叶黄了，就品味秋意，摈弃伤逝；雪飘了，就欣赏冬景，不惧寒冷。

杭州90岁高龄的读者谢秉松最近寄来他的诗作曰：“境内存好友，津杭若比邻。虽未曾谋面，文章如甘霖。”这样良好的阳光心态怎能不健康长寿！看来多交往会愉悦心态。遇到不称心的事，要保持四不：不急躁——宁静致远，忍耐是福；不发怒——心平气和，庄重自强；不压抑——自解自劝，正当发泄；不幻想——把握现实，努力不懈。

老年朋友，不要期望过高，不去求全责备，半称心就好！

从慎独走向“乐独”

习近平总书记在省部级主要领导干部研讨班的讲话中指出：“对于领导干部特别是高级领导干部来说，加强自律关键是在私底下无人时、细微处能否做到慎独慎微，始终心存敬畏。”

“慎独”的精彩之处，是道出了严于律己的关键所在。慎独是一种情操，一种修养；慎独是一种自律，一种坦荡。这是进行个人道德培养的重要方法，也是评定一个人道德水准的关键性环节。慎独是必要的，只有学会慎独，才能内心坦荡，终生守节。

遥想当年从地下工作撤出来赴解放区城工部，我有机会学习刘少奇的《论共产党员修养》。当第一次读到共产党员要“慎独”这个词时，觉得很新鲜，深悟之后才懂得，这是一个共产党员终生不渝的道德准则。老年朋友大都有这种经历，从20世纪五十到七十年代，那时若是自己手中有权，尽管无人监督，当然更没有巡视组，但是会自设“雷区”，不敢以权谋私。当年我在职时，曾与他人合住一个大单元，市房管局同志到我家看到这种情况，主动提出，不用我出面，也不用经过机关事务管理局，他们负责将那户邻居住房给换出去，由我家独住。我当然知道这样方便，但是因为我存慎独之心，谢绝了此事。再看住在这栋楼里，只有一户十级高干能独自住一个单元，在下岂能攀比？

如今，老汉我早已成为离退休普通百姓，蜗居在家，无须讲什么慎独不慎独。然而现实生活告诉我，当下应是从“慎独”走向“乐独”。因为改革开放以后，社会流动加速，不少家庭的子女不在老人身边，老人势必独处。不少人处在矛盾状态,既想子女来,又嫌他们来了太乱。二十几年前,我协助电视台写过老年人的电视小品脚本。其中一场一个老干部模样演员出场独白:"革命了几十年,如今落了个炊事员。好容易盼了一个礼拜天,又来了一帮还乡团(指他们连吃带拿又走了)。"活脱脱一个现今老年人的写照:既不甘孤寂,又害怕热闹,最后的落寞,又是一场伤感。

在多元化社会中,人们的生活日渐丰足,需求也随之越来越多。乐独是一颗成熟的心灵,学会了减负。唯其如此,活得简单才滋生快乐。其实,老人除了需要人照顾的以外,还是独处为好。想想看,出游住旅馆,是愿意自己独住还是与陌生人同住?又譬如住养老院,是愿意自己独住,还是愿意与他人同住?独而且乐,享受一人恬静,一人清欢,一人寡淡,一人悠然。

修心可以开智,觉悟方能超脱。乐独,凝固了岁月,静止了时间,品味独自心灵的唯美,强化了生存的乐趣。我曾访问过的日本东京大学教授上野千鹤子,在网上流传她的名言:"结婚也好,不结婚也罢,无论是谁,最后都是一个人。"我以为然,人的一生总是独来独往的。我很欣赏李白的"独酌无相亲",然后幻化为"对影成三人",随意我歌、我舞。如若还有旁人,哪能如此恣为惬意?

清末重臣曾国藩著名的"日课四条"就是以"慎独"为首,其余是主敬、求仁、习劳。只有独处,老人才能心静,不会神累;只有独处,才能心安,淡定怡然。穿越尘世的喧嚣,人最终寻找的是一块心灵静谧的"自留地"。人生沉沉浮浮几十年,名利物质,权利地位,看重了就是压在头上的大山;看开了就是微尘一颗,浮云一片。我喜欢独处,享受独处之静,独处之安,独处之美,独处之乐!不知列位诸君以为如何?

我的人死观

看到我的这个题目，一定有人说："你王老汉乱弹怎么离谱了呢？人们都讲人生观，你却讲人死观！"

德国大诗人歌德说过："人活到75岁，总不得不时时想到死，我却不因此而不安。"所以我讲人死观并不奇怪，对于死亡的彻悟是理性地思考死亡，是宣扬"崇生重死"的人死观。我联系耄耋之年的切身感受，提出"三感四不"——

先说三感。首先是超越感，2010年我国人口平均预期寿命达到74.83岁，世界各国人口平均预期寿命最高的是日本，达到83.4。而我已经87岁，已经超越了我国乃至各国最高平均预期寿命。记得1954年底，我作为南开区委办公室主任调市委办公厅工作时，我们共10人曾合影留念。其中5位比我岁数大的，两位同岁的，两位比我年岁小的。如今再看那旧照，只有我等三人还在人间。在感慨人生苦短的同时，也萌生一种莫名的超越感。人生就是一场马拉松长跑，尽可能多跑几年也好。

其次是了结感。人作为一个社会成员，与他人包括亲友之间，与社会组织之间，总是有割舍不断的联系。以过春节来说，高龄老人不再考虑登门拜年了，然而电话拜年要考虑先给谁打电话？即使退休在家的老人也需要考虑。人际交往，人情债如何处理？与社会组织的关系，社区有活动参加不参加？你承诺了什么如何兑现？比如我要经常考虑完成我的专栏写作，经常考虑准备为电台专栏的讲稿……了结一件是一件。拿得起是一种能力，有必要；放得下是一种智慧，更必须。至于未了之事，"人死如灯灭"，只有走人，才彻底了结，至死方休。

第三是归属感。人总是要死的。“生者为过客，死者为归人”（李白），“寓形宇内复几时，曷不委心任去留”，“有生必有死，早终非命促”（陶渊明）。我等老人当然“非命促”，更是“任去留”了。英国学者傅勒说：“死亡是最伟大的平等。”印度大诗人泰戈尔说得更有趣：“死亡宛如诞生，都隶属于生命，正如走路需要抬起脚来，也需要放下去。”我抄录这些名言，无非是说人忙碌折腾一辈子，最终最舒服的是好好睡觉。所以人最终是要安息的，寿终正寝是幸福的归宿。以前如行逆水而发奋问知，如今心灵平静而魂归未知。

那“四不”是什么呢？

一是不想死，要好好活着。人生都是路过世界，争取看完更多的风景，这主要不是物质需求，而是精神需求，如果近几年走人至少就看不到全面建成小康社会了。

二是不找死。如果胡吃海喝，为嘴伤身；迈不开腿，懒动生病，自作自受，自己受罪，“应怜关死白头翁”。

三是不等死，慎独其行。不要天天蜗居在房间里，无所事事，百无聊赖，身心先于生理老化，等待生命尽头。

四是不怕死，人如太恐惧于死亡，精神便有负担，心理便会失衡，便影响精神快乐和身体健康。所谓撒手闭眼，不过弹指一挥间，何惧之有？

据托马斯的统计，地球上“每年有逾5000万的巨额死亡，在相对悄悄地发生着”。生命是生与死的经历，是来和去的过程！我们虽来无目的，但愿去有意义。我的人死观是遵从死亡的自然性，淡出死亡的阴影。生命的质量对于世人总是充满着魅力与诱惑，如果有朝一日生命不再有质量，那么在人生的舞台全身谢幕，视死如生，天之德大矣。天地之间生生不息，死死不已。

闲聊不等闲

我一向劝慰老朋友别唠叨，“年届七八，装聋作哑”。然而“树老根多，人老话多”嘛，心理学家说，人若有心事，应该说出来，才不会在心内郁积，憋出病来。纵观全国，就是没有正事的聊大天，也是普遍被各地另命有趣之名。北京人叫作侃大山，东北人叫作唠嗑，天津人叫作瞎白话，四川人叫作摆龙门阵，中原人叫作叙家常，南方人叫作吹吹牛，粤语叫作吹水……可见闲聊是桩快乐的事。

密歇根大学社会学研究学会心理学家奥斯卡，带领其研究小组对3610人的数据进行了分析，验证聊天有助于提高大脑功能。著名心理学家默里认为，通过聊天可以满足部分心理需要，使精神愉悦。医学专家认为，聊天能增进大脑思维，防止大脑的渐渐衰老，有效地预防老年痴呆症和抑郁症的发生。

且不说百姓老人需要通过聊天来倾诉，就连迟暮之年的康熙也有憋不住的心里话，于是来到容妃这“朕要和你说说话”。凡事有度，过犹不及，老人如何把话说得既不讨人厌，又能抒发心怀呢？我认为是技术也是艺术，掌握了它，就会提高聊天的质量。

一、聊天对象有选择。聊天其实就是一个情绪消化的倾诉，“聊得来”很重要。但不是每个人都明白对方的心思，出现错位，心理学解释这叫作“共感不好”，所以一定要找和与自己心智相仿、意气相投的人聊天，彼此都会心满意足，互相理解。这样的聊天是娱乐，能在思想和情感的交流中寻求到温暖，让语言搭建通向彼此心灵的桥梁。

二、以委婉方式交谈。真正美好的聊天是称心顺耳的皆大欢喜。有人说，活了大半辈子，就会讲实话，不会绕弯子。有个故事：大家都去为一个新生儿贺喜。有人说，这孩子一脸福相，将来会发财。这是祝福，很受听。有人说，这孩子长得壮实，将来能当武官。这是祈福，都爱听。有人说，这孩子若干年后，一定会死。这种口无遮拦的实话，谁爱听？当然被轰了出去。看似很随意的聊天，内涵应该是很有滋养的意义。

三、不要抢做话霸。人到了老年就像老小孩，更爱较真儿抢占"主角"的位置。一件小事也会滔滔不绝，如黄河决堤，似乎比年轻时更逞口舌之快，辩才之能。这样的"聊天"会走向孤家寡人。人缺少了与他人沟通的足够语量，心灵就会扭曲，性格就会变异。语言是交流的工具，虚心善听才能获得听众。不要独占话语权，谁也不愿来做学生听人说教。

四、聊天要有正能量。现在政治宽松、信息通达，往往是小道消息满天飞，甚至有些隐私也被披露。这是负能量。经常有人谈起时政无所不知，好像是"政治局委员"；说起明星糗事面面俱到，就如人家肚里的蛔虫；甚至讲起未来可能发生的事，也会头头是道，活似天主附身的预言家。谣言止于智者，希望老年朋友都做这样的智者，而不要参与传播，不要涉及违和事项。

"上帝造人让两排坚硬牙齿，拦住舌头，就是避免祸从口出。"有的人明知此事不宜扩散，但有抑制不住一吐为快的欲望，或者只想找个地方诉说心事。那就采用"树洞"办法。有个童话：一个理发师知道国王长个驴耳朵，泄露这个秘密，是要杀头的。他被秘密藏得好苦，终于在快憋不住时，就在山上对着一个大树洞喊出了"国王长着一对驴耳朵"。这就是树洞效应。因为这个童话故事，"树洞"一词有了"隐藏秘密"的喻义。老人们如果需要这样一个树洞来倾诉，那就到公园去找找吧。

闲聊有学问，闲聊不等闲。

贵在舍得

从网上看到一个简单的小故事，题为《儿子的理念》，读后能够启迪老人心智。

说的是一位老人去一家抻面馆，他要了一碗抻面，往热气腾腾的面上放上少许辣椒油，再倒上点陈醋，美美地喝一口热汤，好不惬意。这时进来一个穿羽绒服的青年人坐在他前面，同样要了一碗抻面，却点了两个炒菜和两个小菜，又要了瓶啤酒。

老人很看不惯：吃一碗抻面蛮好，花这么多钱点菜真浪费。心想，如果自己的孩子这样奢侈，是不会答应的！

当他离座时，冷眼看了一下这位阔少，竟然真是自己儿子！便斥责："你吃饭也太讲究了吧？吃碗抻面，干吗要点这么多菜呢？"

"爸，您别生气，咱们家缺这几个钱吗？"

"我说的是浪费！"

"爸，你的吃法叫填饱肚子，是活着；我的吃法是在品尝酒菜的美味，是在生活。"儿子赔着笑，向他解释着："吃饭只要不剩不扔，就不应该叫作浪费。"

儿子又说："爸爸，人生就这么几十年，好不容易来到这个世上，不借谁的，不欠谁的，挣多少就花多少，为啥要苦着自己、熬着自己呢？"

在回家路上，老人反复咂摸着儿子的话，觉得还真有一定道理。自己年轻时没有赶上好时候，生活困难，吃不起穿不起，可是现在有了条件了再舍不得吃，舍不得穿，就太糊涂了。孩子都知道享受生活时不我待，我们这一代人死攥着钱，图个存折数字的增加，用一碗抻面对付自己，岂不是天字第一号大傻瓜吗？

这篇短文真是发人深省，尤其是对我们老人。生命是一个人不可转让的专利，然而我们无法买进，也无法售出；我们只有取舍、利用。如何使自己的生命充实美满，是生活的命题。其实，生命的本身就是一种吐故纳新的过程。有舍去和淘汰，才有取得和积累。这是人生的规律，也是生活的辩证法。

我们这一代人从小受到的教育都是如何坚持，永不言弃。于是我们常常秉持旧时代的观念，不舍得、舍不得。即使二三十年用不上的东西也舍不得丢，说是“破家值万贯”；即使老掉牙的物件也存着，好像在保留古董。其实很多时候，我们更需要学会如何舍弃。有句名言：“紧握双手，是在攥空拳；放开双手，就能拥抱世界。”

给予得越多，让他人分享得越多，自己就拥有得越多，任何得到都是以舍弃为代价。我们的老脑筋真该换换新观念，学会放弃，学会生活。让我们用一句最通俗的话来变革理念——过去见面时说：“您吃完了吗？”现在要问：“您吃得好吗？”

当然，我们花钱不仅限于用在吃喝上，我们老人不宜于大吃大喝。根据个人的需要，可以用在文化生活消费上。一位新闻界资深老友将她参观世界各地拍摄的珍贵照片编辑三大册，加上文字说明，精美绝伦，令人赏心悦目，自费印制，赠送友人。我说你要花那么多钱呀！她斩钉截铁地回答：“这钱可是为我自己花的！”她不是很富有的，却舍得投入很大精力，花很多钱，令我敬佩。是呀，她舍掉的是金钱，得到的是自己的愉悦，友人的赏识。

为了自己的生活过得更好，就要勇敢地舍得一些东西。物质不灭定律会告诉我们，因舍而得，心安理顺，舍得某种物质，就有可能得到某种精神；舍得某种精神，就有可能得到某种物质。舍得就是一种为人处世的最高境界。我们老人多要舍去，少要获取，贵在舍得！

老人也能创造美

央视的“朗读者”节目中，有一期的应邀嘉宾是96岁高龄的翻译家许渊冲先生，他讲过一句话：“人生就是要创造美，享受美。”闻之心动，老人能创造美吗？扪心自问，白发稀疏，老态龙钟，何来谈美？然，任何年龄段都有独具的魅力，爱美之心人皆有之，岂能只是年轻人的专利。老人创造美，享受美，自是天理王道！

“朝为媚少年，夕暮成丑老”——首先是形象美。暮年一定是丑老吗？非也。友人慕琪女士创造了“自我形象设计”的课程，她在市老年大学、和平区老年大学开课，从60岁开始，讲到今年72岁了。她自身就是形象美的典范。听说她乘公共汽车，从来没有人给她让座，因为她不像老人。当然不仅限于女人，男人也不例外。最是令我难忘的是20年前访问加拿大，我和朋友到所住宾馆一楼大厅酒吧坐坐，灯光暗淡，十分幽静。我们每人要了一杯法国白兰地，既不吃菜，又不干杯，只是细细品味。这时，一位身着白西装的老男人站出来，随着优美的钢琴旋律，边踱边唱，其银发闪现在幽暗的厅间……歌声、琴声，这情调，这美感，令我心醉神迷。

“良言一句三冬暖”，说的就是语言美。正如《论语》所讲：“辞，达而已矣。”高尔基说：“作为一种感人的力量，语言的真正美，产生于言辞的准确、明晰和动听。”我们老人说了一辈子的话，应该会说话了，可是也有例外。鲁迅小说里的祥林嫂，由于受到痛失爱子的刺激，逢人就诉说“我真傻……”久之，成为笑料。红楼梦里的王善保家的，依仗着是邢夫人的陪嫁老人儿，出言轻薄，挨了探春一巴掌。喜欢倚老卖老的人，容易被轻视，尤其在现今这个多元开放的时代。为老自尊就是做到“三不”:一为不絮叨。老生常谈让人反感。二为不粗鲁。无所顾忌,出口不逊,有损于老人的文明形象。三是不争论。两代或者隔代人之间存在代沟,故有分歧,宜礼让三分求同存异,保持和平共处。

“勿以善小而不为,勿以恶小而为之”——第三是行为美。百岁人瑞杨绛、周有光穷尽一生为人类做贡献,都是因为德高善行而受到后人追捧。尽管我们不能与他们齐步,但尽力做一点有益于社会、社区,有益于家人及他人的事,甚至“独善其身”,尽可能少给家庭、社会添麻烦,还是可以的。不久前发生的一个老人因为年轻人没让座位,便起了争吵,过程中老人扇了对方四巴掌,而后气死在车上。孰是孰非?引以为戒吧。人们常说,因可爱而美丽,那我们就多做些可爱的事,争取做因可爱而美丽的老头老妪如何?

“双鬓多年作雪,寸心至死如丹”。形象美、语言美、行为美,归根结底是心灵美,而心灵美的核心是善良,善待一切的人。我们老人既要善待他人,也要善待自己。善待他人,可以让社会更加和谐;善待自己,可以让生命活得更滋润。无论是善待谁,都是温馨在流转,都是爱在延伸。有段顺口溜说道:“人之初,性本善,到老年,求平安。世间事,难万全,别失落,顺自然。窗外事,淡如烟,无欲求,莫比攀。潇洒点,化恩怨,快乐过,每一天。”

热爱生活的老年人总会寻得出创造美的机缘,它有利于焕发青春,维护身心健康。曾有医学专家做过调查,谨言慎行,自尊心强;注重着装、美化自己的老年人,比不擅此道的老年人患病概率少30%以上。可以说,“老来俏”也是社会主义精神文明进步的一种表现,老人们完全可以把暮年世界装扮得更美丽,更灿烂。

老年朋友们,让我们都来创造美,享受美,为实现伟大的中国梦添点彩!

莫道年事高　更有高龄人

87岁的我自诩“老迈年高”，慨叹老了！人生的金秋时节早已逝去，生命的严冬已经降临，原来的目标是奔九十足矣，等待我的将是永久的长眠啊！然而两位95岁老人的出现震撼了我，打破我的心理定位，促使我发现了不曾认同到的美好。

不久前，天津一中和耀华中学65届部分校友聚会，我和两位朋友有幸应邀参加。在老汉我眼里，他们70出头，都是低龄老人，是晚年的金色年华。我看他们个个那流畅的语速、敏捷的动作、嘹亮的歌声，特别是那位出神入化的指挥，令耄耋如我颇为叹服。可这一切都是过去式啦。

那天电话铃响了，来电话的是位女士，她说：“您还记得我吗？我叫苏某某，1922年生人，1945年辅仁大学国文系毕业，在天津当了一辈子中学教员，丈夫80多岁时去世，生前也是中学教员。”这位苏女士现在与女儿一起生活，还能半自理；视力已经不行，以听广播为主，在声响的世界里与时代同步……我仿佛在阴暗的天空中见到一道遥远的曙光！长我8岁的老大姐，竟有如此积极的处世心态。

无独有偶。那天去游泳，救护员见我腿脚笨拙，便说他的父亲比我还灵活哪！我说我蹲不下了，他说他的父亲就能完全蹲下。我问他父亲多大年纪，这才得知，原来又是位1922年出生的老人！老人原来就读于燕京大学，中华人民共和国成立后上了华北大学，工作分配到军队，因家里有事脱离了部队，回天津后在企业里干了一辈子。这位老人前些年参加自行车轻骑队，如今还能骑自行车到处跑；他生活完全自理，包括衣服都自己洗——

长我8岁的老大哥虽然丢掉了离休待遇，企业退休金也比较低，可是有个好心态，练就了好身子骨。

我请教两位长者的养生之道。他们的共同体会是：不计较。

从这三个字里可以品味到睿智与安闲。眼下的养生之道林林总总，有讲食疗养生的，说吃这个好吃那个不好；有讲运动养生的，说这种方式好那种方式不好；有讲保健操养生的，也有讲按摩祛除百病的……这些你不能不信又不能全信，因为就算是讲授者本人也未必能达到两位长者的高龄。

2009年诺贝尔生理学奖得主伊丽莎白等总结出的长寿之道是：人要活百岁，合理膳食占25%，其他占25%，而心理平衡的作用占到了50%。人与人是不平等的，也是难以完全公平的，如何做到心理平衡？就是两位长者所说不计较。

真正做到不计较并不容易。社会学里有个参考群体理论和相对剥夺理论：人们都有自己参照的群体，比如在20世纪70年代，人们大都没有单独的卫生间，所以基本上都可以接受这个现实；可如今大都有了单独的卫生间，甚至有两个卫生间、三个卫生间，所以有些人把追求“双卫”当作了奋斗目标，这就是参照群体的改变。本来自己的退休金够用，可是和有着类似经历的从事另一种职业某位相比，发现自己相对低了，从而产生了相对剥夺感。

著名社会学家墨顿直接使用“参考群体”的理论来解释“相对剥夺感”，关键是人们将哪一群体视为自己的参照，同哪一群体进行比较。前述两位长者没有和自己相似的资深老知识分子相比，而是摆脱了参考群体的纠结，这就丢掉了相对剥夺感的盘虬。

人生，有多少计较就有多少痛苦，有多少宽容就有多少欢乐。痛苦与欢乐都是心灵的折射，计较的心如同口袋，宽容的心如同漏斗。阴霾的心总计较，阳光的心少计较；复杂的心爱计较，简单的心易快乐。人到老年才知道，数十年时光换来的应是心静如水。

莫道年事高，以两位长者为榜样，用心甘情愿的态度，过随遇而安的生活，认真活在当下，做好善终阶段达观而踊跃的冲刺。

客气也是“生产力”

在一个访谈节目中，阎宇回忆他已故的父亲阎肃为人低调，而且生动得有血有肉。

一次他陪父亲应邀前往一个城市做节目，但是列车半夜到达时，却没有人接站。老爷子很生气，嘟囔着：“这叫什么事，这叫什么事！”等了好一会才见到个出租车，他就打车到达指定地点。负责人见此状，赶紧把一个小伙子叫来责问。那个小伙子这才想起来，自己忙晕了，忘了接站这档子事，连忙鞠躬道歉。阎肃见状连连回礼，也给小伙子鞠躬说：“麻烦了，麻烦了。”感动得全场无语。

“我爸属于出门看见谁，比如说浇花的、小战士等，他都主动用‘您好’打招呼。我说您累不累呀？尤其是无论跟谁相约都提前五分钟到，他说提前在那儿等时可以琢磨词，他骨子里的尊重与客气真的很值得我学习。”阎宇说：“客气是生产力。”

“七十不留宿，八十不留餐，九十不留坐”。为什么各个电视台都会超越年龄的障碍，一直喜爱邀请阎肃来做节目呢？收视率是各电视台极为重视的，因此嘉宾的邀请是视观众倾向而选，在一群“小鲜肉”“小鲜花”中，唯耄耋阎肃屡不落选。因为受观众爱戴嘛。

我们经常看到阎肃在各档节目中当评委时，就算是三岁娃娃的表演，他也聚精会神地倾听，时而闭目陶醉，时而随着哼唱几句，以示欣赏。朱军说：“阎老的艺术作品高得让我们仰望，而他做人低得似乎要让我们俯瞰。”因此他确实创造了一种“客气是生产力”的奇迹。

老汉我与阎肃同庚，也深以他的做法为尚，见谁也是客客气气，以礼相待，和男女老少都说得来。每早我晨练时，看到院内的清洁工，便点头招呼致以敬意；对料理家务的护工，视为家庭成员；对于弱势群体，给予特别的尊重。因为我感到他们确实比我劳作得辛苦，尽管他们比我年轻，也值得我敬待。即使遇到有人无理闹事，我也是尽量避让，“若要好，大包小”，老年人毕竟活得年月大，经历的事情多。没有必要和年轻气盛的人戗火，说句客气话，礼让就过去了。

有位朋友这样写我：“他曾从事某种省市级的行政工作，因而本是一位有着相当级别的官员。可是我与他的交往中，却怎么也没能找到他身上可能会有的那种‘官’的影子或气味……”我不是什么官，只是一个僚，不是幕僚，只是个僚属，摆什么大架子？我当小小领导者时，自己写的文稿就常让下属帮着挑错修改。天外有天，人上有人，冒什么官气味，离休到站，平头百姓。有道是，有点自大就是臭了。

古有周文王恭请垂钓者姜尚，大兴周朝八百年；刘备三顾茅庐请出诸葛亮，才能三分天下；唐太宗喜纳魏征诤谏，于是开创盛世；白居易拿诗作去征询民间老妇，获人民诗人美誉……现实社会中，人敬我一尺，我敬人一丈，这叫情分；人帮我一分，我帮人十分，这叫德行；人责我不对，我谢人指正，这叫谦逊。

做人一定要懂得客气，如果仗着手中有权就以势凌人，凭着家里有钱就以财骄人，乘着身强有劲就以力欺人，觉着腹内有墨就以文轻人，把自己的一技之长作为蛮横的本钱，就算做了高官居在高位，也会失道寡助，树敌无数。郑板桥有名言：当若竹，虚怀若谷，厚德载物；当如兰，清气幽香，淡泊自足。老汉我再加上一句：当如稻，颗粒饱满，俯首低头；当如水，清澈见底，奔流不息。

人说：儿童客气是有教养，年轻人客气是有修养，老年人客气是有涵养（内涵和修养）。愿我们的老年朋友都能一日三省吾身：今天我客气了吗？

热爱我们的精神家园

在《中老年时报》创刊25周年之际，我这个老读者、老作者、老朋友不由感慨万千。“比起你那年轻的美貌，我更爱你那饱受岁月摧残的容颜。”老汉我用这样一句话献给《中老年时报》的编辑们。他们正是怀抱这样一种对中老年人的关爱情感，将自己的满腔热情撒给了我们这个弱势群体——垂垂老矣的人们。据说时报只有38个人，都是中青年人，勇挑每日一报的重担，各个栏目紧扣中老年人所需、所想。他们已经成了我们亲密的忘年交。一抹斜阳，一缕晚风，漫过红尘晚景而净得一颗颗晨曦般的挚心——爱，可以返老还童！

我是在天津报业开专栏最长的作者。从20世纪90年代开始，我就在《今晚报》开了“异域人生”专栏，随后又在《天津日报》理论部开了“王老汉专栏”。从2000年在《中老年时报》辟一“王老汉杂话”专栏，每周一篇，至2003年结束。从2006年至2009年又开一“相约王老汉”专栏，专门回答读者来信。随后又在《中老年时报》副刊开“王老汉乱弹”至今。与此同时，还在“岁月”版发表回忆文章若干篇。回忆着那段有痕迹的岁月，为不可逆的时间流逝而返航，为老人们久蓄的心语而开闸。

如果说时报是奔流不息的长河，我的专栏则是其中一簇簇的小浪花。这浪花点缀了我暮色的绚丽，泛起我忆念的涟漪；促我开动脑筋，促勤奋练笔，促我结交读者；这个小专栏也正是我这87岁老翁至今笔耕不辍的动力，浅墨初润，来抒发自己情怀。

20多年来，我亲眼看着这张纸媒从萌芽到绽放的发展，不甘雌伏，砥砺前进。这是一张接地气、近民生、本初衷，唱响“希望之歌”的报纸，敏锐地捕捉到我们这些中老年人群的阅读需求，以宣传维权、健康知识、忆旧感怀为特色内容，精准定位“全老龄化”的社会生态，牢牢锁定了我们的眼球。让我们在这里受到启迪、得到知识、感到温暖、遇到知己。我知道有许多读者乃至外地读者把时报当作须臾不可分离、促膝谈心的知心人。一位88岁住养老院的老人，看不到女儿及时送去在家订阅的时报，就坐卧不安，睡不好觉。杭州的热心读者谢秉松老先生，不断地把时报刊发的美文复印给亲朋好友参阅。更有幸者，一些老年朋友将王老汉隔周一文的《乱弹》剪报寄存，这是鞭策，让我这老骥更奋蹄，让这支笔在我这人生的马拉松长跑中不停地舞动。

习近平总书记强调，“要在全社会开展人口老龄化国情教育、老龄政策法规教育，引导全社会增强接纳、尊重、帮助老年人的关爱意识和老年人自尊、自立、自强的自爱意识。要加强家庭建设，教育引导人们自觉承担家庭责任、树立良好家风，巩固家庭养老基础地位。”希望时报不忘报人初心，率领广大读者、作者，为践行总书记的重要指示，为促进报纸的精品化，做出新贡献。

25年，是人生最美好的青葱芳华，是树木最茁壮的成熟年轮，是夫妻最珍贵的银婚纪念……我祝愿《中老年时报》越办越好，像青年人那样一日日朝气蓬勃，像松柏那样一年年成为栋梁，像情侣那样与我们相伴终生。

“无论精神多么独立的人，感情却总是在寻找一种依附，寻找一种归宿。”（路遥）而时报正是我们可依附的精神家园，有了这方天地，我们的生命实在而丰足。让我们共同努力来建设我们的精神家园。

养生就是养心

从古代君王到当今百姓，对生命的期盼，基本都是“长命百岁”。享有高寿的老人，都有其“养生”之道，真可谓“有所享者必有所养”。

不久前，老汉我应邀参加了最难得的百岁老人生日寿辰。这位百岁老人就是天津市政府外事办公室原主任、对外友协负责人王屏。他是1935年参加革命的老红军，历尽千辛万苦；曾任河北省邱县第一任县委书记，勤政为民服务；从事情报、外事工作多年，关注对外友好……多年未见了，王老会老成什么形象呢？

上午11时，我按时走进大厅，但见亲朋满座，盛友如云，王老端坐在正中，好一个精神矍铄、慈眉善目的老者，令人惊羡！

我请教老人长寿之道，除了有家族长寿基因，有女儿精心照料生活之外，也没有什么秘诀，正像他自己所说：“对什么事都不在乎，每日一觉无梦直睡到天亮！”啊，这正是心态好的表现。

我恰好从网上看到一篇报道：著名外交家顾维钧遗孀严幼韵去世，享年112岁。据说严幼韵最大的养生秘诀，其实就是她乐观的精神。她跟现在的女孩子们一样，不爱锻炼，不爱吃保健品，就是多了乐观的性格和不介怀往事的精神，永远向前看，把每天都过成好日子。你看，这不也是心态好的表现吗？

这是两个个案，再来看调查：据全国第六次人口普查结果显示，至2010年底，江苏百岁以上老人共有2153人，居全国首位。调查显示，江苏的百岁老人的经济状况和身体状况不如一般人，但他们的生活满意度和快乐感都比一般人高。当被问及“不论遇到什么事都想得开”这一项调查时，约三分之二的百岁寿星都给了十分肯定的回答。

你看，不在乎、乐观的性格和不介怀往事的精神、想得开，不正是应诺贝尔奖获得者伊丽莎白所断言的，长寿者百分之五十在于心理平衡吗？衣不过暖、食不过饱、住不过奢、行不过度、劳不过累、逸不过惰、喜不过狂、怒不可暴、名不过求、利不过贪，则能给人带来平淡的满足感。

人到老年，特别是高龄老人，天天蜗居在家不得走动，但是思想却不会停止，历史事、现实事、家庭事、朋友事、社会事、生活事，事事萦绕心头，有得有失，有怨有悔……其实，最好的态度就是王屏老人说的：“不在乎！”有人说，人生无悔便是道，人生无怨便是德。得到的要珍惜，失去的就放弃。过多的在乎会将人生的乐趣消磨殆尽。看淡了，一切一切也就释然了。多计较就成了生命的一种羁绊，不在乎、不计较、不介怀往事，处处想得开，才能安享生命最后的幸福。冯友兰当年写给好友金岳霖的两句诗：“何止于米，相期以茶”，表明自己不仅以“米寿”（八十八岁）知足，还正信心十足地向“茶寿”（上面二十八加下面八十，为一百零八）进发。

年轻时读《陋室铭》，年老了又想起《陋室铭》。静心蜗居陋室，“可以调素琴，阅金经。”忘却那些前尘旧事，只想，就这样不悲不喜，沐浴在一种祥和、温暖的生活环境中，有这样的心态，无论生活中发生何种变故，都能宠辱不惊，笑看云淡风轻。《文子》说：“太上养神，其次养形”，可谓深得“养”之真谛。用宽阔的心胸去丈量岁月，又岂有不长寿之理？慢慢地老去，平平静静地告别人间，即使年龄无法相期以茶，亦足矣，足矣！

养生养生，养生就是养心啊！

老年人也要富养

刚接触“老年人富养”这个话题时,我很纠结。我觉得现在的老人丰衣足食,比起自己的青少年时代要享福多了,再谈富养似乎有点太不知足,太张狂。

小时候总盼着过年,其实就是盼着那件新衣服,那顿有鱼有肉的年夜饭。青年时参加了地下党组织,为了准时和上级联络,借了父亲的手表戴上,就觉得很奢侈。天津解放时,我们进城干部全部住在胜芳镇待命。正逢过年,抽一支首长的纸烟,吃一顿有点猪肉的白菜馅饺子,就算很享受了。解放后在南开区工作,偶尔下班早点,到淮海电影院看场电影,再咬咬牙花点钱,美餐一小碟猪头肉,喝点小酒,那就是登峰造极的生活了。20 世纪节粮度荒年代,就更别说了,能吃顿饱饭就念佛了。

从那物质短缺年代过来的老年人,消费理念和生活习惯就是节省,提起“富养”,心里好大的不落忍。但是现在说起富养,是丰饶的物质和富裕的金钱吗? 是,也不是。因为富养不仅要有足实的物质生活,还要有足够的精神享受。

在物质方面,我以为:

首先,不要当垃圾桶。饭食要精,要营养,要适量。七八十岁的老人不需要限制食物荤素,不必减肥,喜欢吃什么就吃什么。科学证实:老人要吃好。稍胖的老人具有更多对抗疾病的抵抗力。吃不下的饭菜也别硬撑,隔夜的剩饭菜会滋生细菌,别怕浪费,一律倒进垃圾桶,千万别倒在自己的肚子里。

其次，别做老贱骨肉。我们从父母那里预支了充分的爱，却把它全额给了儿女，儿女又将它传给孙辈。做这样不公平的“交易”，却从不讲足额回报，这就是典型的“中国式”老人。劝君千万别舍不得吃喝，为儿孙省着，或者心甘情愿去做儿女的老奴隶。有位老人总是给孙子削苹果，自己吃苹果皮，后来家里来了客人，削完苹果，孙子把皮都敛起来说：“我爷爷就爱吃这个。”我们老了，该享受儿孙孝敬的天伦之乐就理直气壮地享受！

第三，不效仿“葛朗台”。巴尔扎克小说中的葛朗台是守财奴的代表。垂死之际还看着点燃的两根蜡烛觉得浪费，直到女儿吹熄一支才瞑目。一生节衣缩食，人到了天堂，钱还在银行，亏不亏呀？有位老人朴素了一辈子，最近80岁生日才想开了，花了不菲价钱做两身旗袍。穿着出去，且不说别人看着养眼，就看她自己那份得意劲儿，活脱脱个“格格范”。

第四，学会难受就咋呼。这咋呼不是无病呻吟，而是自我重视。中国人讲究“忍为高”，老人有病常常是忍忍就过去了，宁可内敛隐忍自我牺牲，也不愿意成为别人的拖累。有位老人一感到头疼就咬嘴唇，儿子问，他就说：“嘴唇痒痒。”之后，谁也不把他“嘴唇痒痒”当回事了。结果小病潜藏大危机，后来忍无可忍才到医院，被诊断是脑瘤，要开颅手术。医生说，早些来只要微创就行了。

精神方面更重要了。随着年龄的增长，老人在物质上的所需逐年减少，更需要的是一种精神上的富养。老人要培养多种有益爱好，积极学会新兴事物，譬如微信。最好别和儿孙同住，过着忍气吞声的生活，想他们了可以打开微信视频。广结善缘，多认识各类朋友，经常微信上聊聊天。想笑就开怀大笑，想玩就尽情玩够，想唱就唱遍心曲，想说就敞开地说，想睡觉就做个好梦。所谓富养，就是晚年过得顺心随意，要感恩恰逢好时代，我们抛开过去的种种束缚，使晚年生活自由自在。

人间染色，岁月留香。选个好日子和老友结伴出游，让大好河山开阔自己的眼界。喝令三山五岳开道，我来了！

读懂一个“熬”

闰月是我国独有的阴阳合历，今年闰六月，桑拿天气时间长，人们经受溽暑的煎熬。好不容易熬过盛夏，秋风起兮天气凉，可是不久又要步入寒冬，冬去春来，年年如斯。联想我们老人的一生，经历多少严寒酷暑的煎熬、事业担子的煎熬、政治运动的煎熬，家务缠身的煎熬、身染重病的煎熬、生离死别的煎熬……终于挺过来了，享受晚年的宁静。林语堂说：“捧一把茶壶，把人生煎熬到最本质的精髓。”这壶犹如人生的小天地，人生如茶，那茶叶只有在热水煎熬中才能散发出醉人的清香。当我们步入晚年，便能从煎熬中觅得安慰，得来一份宁静，安享退休生活。

然而，人到老年未必能完成煎熬。有些老人辛辛苦苦把子女抚养成人，又为子女单身未婚而煎熬。其实，单身人口增多是社会发展的趋势。当今中国已经成为单身大国，单身人口比例从1990年占总人口的6%如今增至14.8%。子女本人不愿意结婚，父母徒自煎熬。有些从工作上下了岗，又接替抚养孙子女的岗，从小照顾到幼儿园、上小学、小升初……这样“多年的媳妇熬成婆”，才得歇息。

人不但要禁得住“熬”，还要安排好“熬”。如今老汉我八十有七这般年纪，第三代也都自立，自然无家庭之累，然而却面临衰老和多病的煎熬。合理膳食是必要的，需要补充足够的果蔬和蛋白，就算没有食欲和味觉也得吃。老年性的便秘难除，只好自己不断地调整药物，既防止便秘，又防止腹泻。尽管两腿无力，但是适当的锻炼还是不可少的。由于膝盖骨做过手术，多走路不宜，只有每天骑自行车去游泳。过去年轻时骑车可以玩大撒把，现在两手握把还晃悠。在游泳馆下楼梯时格外当心，那里一位退休的老教练说：“下楼时不要说话。”他统计，十几年来有二十多人因为下楼说话摔着了。处处留心皆学问，处处留心求安全。

之所以说“熬”，是因为人生从来不是一马平川，疾病不知什么时候找到你。那天游泳到深水处，忽然觉得天旋地转，赶紧游上来，原来是眩晕病犯了。1989 年初犯时，我曾住院输液十来天，做了多项检查，是颈椎增生。之后犯过几次，没有住院；三年前又犯过，找脑系科一位专家看看，照了一个 CT，服点药就好了。这次又给那位专家朋友打电话。他说，再服点上次用过的药休息两天看看如何。我服药并休息了两天，再去游泳，一切安然无恙。我每天骑车时，汽车、电动车在我身旁穿梭飞驰，如果挂我一下不就呜呼哀哉了？可是我一直小心，避免了很多危险。倒是几年前一位好友步行出门，竟遇车祸致死。我不能因此怕得不出门呐！

每个人都用自己的所有时光熬日子。熬是循序渐进的过程，包含着对各种能力的日积月累。熬得住，与生命打个平局；熬不住，从生命淘汰出局。我早已超过我国人口的平均寿命，也算“熬”出了生活的升华，也就是林语堂说的：“只要有一只茶壶，中国人到哪儿都是快乐的。”我每天骑自行车回到家门，心中窃喜：又熬过一天，平安到家啦！过一天，乐一天，赚一天。信口三首“十六字令”：

熬，每日骑车必记牢，扶稳把，恰似做晨操。

熬，不必争先逞土豪，休自扰，万事忍为高。

熬，电脑微邮系尔曹，勤动脑，此世乐逍遥。

被颠覆的养老观

我们这一代高龄老人，虽然多数与子女不在一起生活，但是当自己生病或家庭遇到点麻烦，需要子女帮助时，就体现出了传统的“养儿防老”观念。不过，如今社会学家虽然常常讨论独生子女将来如何照料四位老人的难题，但现实生活却告诉我们，低龄老人面临的不是被独生子女照料的问题，而是如何照料独生子女及其后代的专题。

我的一位亲友，夫妇双方60多岁，两人照顾、送走家中老人没有两年，还没喘口气，独生子就已结婚生子。儿媳最初要请月嫂护理，但是家里也需要有人照料，公公婆婆每天要去儿媳那里做饭和搞卫生。孙子满周岁了，公婆还继续要为儿媳服务，隔一天去一次。

还有位朋友，今年6月份刚退休，7月份就到女儿家上班，和老伴每周去三次，负责买早点、做饭和看外孙。其余时间由女儿公婆负责，假日由女婿女儿自理。现在允许生二胎，老人的工作量又会成倍增加，不知延续到何时？

讲起这些情况，他们既无可奈何又振振有词：产妇歇四个月的产假后，就得上班，没有照顾幼儿的托儿所，工作单位也没有哺乳室，老人不能坐视不管。如此看来，老人退休后的休闲被削减了。老有所养，变成包管孙子女，“养儿防老”演变为“养儿包小”。我们社区过去就有这样一户，儿子媳妇每天自己上班，爷爷、奶奶每天一早赶来，奶奶上楼去接孙子，爷爷蹬着后座带布帘的三轮车在楼下等着，从上幼儿园到上小学，日月如斯。

再看看高峰时刻的幼儿园、小学校门口，成群的老人接送孙辈，牵着孩子的手，背着孩子的包，活像旧社会的包身奴侍奉小姐、少爷，真是可怜天下爷奶心！正如一句歌词："都说养儿为防老，可你再苦再累不张口。"

究竟如何是好？习近平总书记在全国宣传工作会议上的重要讲话曾引用古语"明者因时而变，知者随事而治"，值得老人参考。这话出自汉代的《盐铁论》，大意为聪明人会根据时代不同而改变处事策略，智慧的人会随着事情的不同而改变处事对策。当今社会同30年前不可同日而语，女士不可能再抱着哺乳的幼儿上班，父母或公婆给予帮助是必要的；但是这种帮助是有限度的，不应该也不需要承包到底，取代父母的责任。

据媒体披露，中国有65％以上的家庭存在"老养小"的现象，有30％左右的成年人还要靠父母供养，如今再加上老人代子女照看幼儿，可见养儿防老的传统观念休矣！

面对现实，老人们思想上当"因时而变"，行为上当"随事而制"。依我看，老人当注意这样三点：首先是老人尽量不要和子女住在一起。当今社会变迁太快，两代人之间的代沟加剧，住在一起徒增烦恼。在20世纪日本学者就提出了家庭亲和理论：与儿女保持一碗汤的距离，既拥有自己的空间，又方便就近互相照顾。其次是养老靠自己，靠自立，个人争取最长年限的保持生活自理能力。随着社会保障制度的不断提档升级，用制度尽可能地弥合各种群体之间的养老差距。当生活不能自理时，住养老院可能比投靠子女更好。第三，帮助子女照看孙子女要量力而行。否则累病了非但无助于儿女，反倒更添麻烦。况且"老包小"是父母越俎代庖子女抚养孩子的责任，是不应该的，而且是有害的。

每一代都有自己的责任，目前中国传统的"养儿防老"观念正在悄然改变为"养儿包小"，面对严酷的现实，提醒老年朋友不要被此牵着鼻子走，应决定取舍，争取更多的自由。

老人不妨写写自己

每位老人都有属于自己所处时代的记忆，记忆里活跃着一段段历史故事。最可惜的是，它们随着老人生命的终结而湮没。所以我建议，老人写写自己，动笔又动脑，益智又益体，何乐而不为？

早在2002年，石坚同志将他老伴儿李辉大姐的一篇个人自述送给我。文章的题目是“我是幸福的人”，副题是“八十年回顾”。李辉长石坚两岁，那时结婚60年。这篇文章是由李辉口述，石坚执笔，翔实地记述了她80年走过漫长而崎岖的道路。我看后很感动，便写了一篇感想。

近些年来，我不断收到老年朋友送来的他们从不同方面写自己的书，看了都有启迪。尤其是拜读了河东八友老铁撰写的长达十万字的《我的人生》，翔实地写了他在旧社会的悲惨遭遇和在新社会个人的成长历程。他在小学只读过两个月的书，一个年仅八九岁的孩子，为了生存，为了尊严，想方设法在旧社会的夹缝中养家糊口，受尽了折磨，饱尝了人间的辛酸。我把这本书给我家的护工看，她认真地读了全书，深受感动。护工出生于1964年，虽然也是普通农场工人家庭出身，可是她哪里知道老一代人的艰辛。这的确是一部好的教材，它反映了最底层民众翻身解放的历史。

最近我拜读了老友老辛写的《我的人生记忆》。他是正局级从事经济工作的领导干部，他在这本篇幅不长的自述中，言简意赅地叙述了人生历程。他出生于1934年，16岁参加工作，18岁入党。1950年开始在第一发电厂工作，1966年被借调到市委工交政治部，1972年正式调到天津市计委，先后任计委办公室主任、计委专职委员、计委副主任，1992年任市政府副秘书长,1995 年任社会(人寿)保险公司党组书记、总经理,至 1998 年退休。老辛的一生可谓一帆风顺,他一没有学历(初中二年),二没有任何背景,可是他政治可靠,年轻能干,勤奋好学,从企业的普通员工,在经济管理部门各个岗位上一个台阶一个台阶地历练,不断地得到提拔重用。从老辛的自述中,不难看出那个时代提拔干部的组织路线。

我拜读的另一本书是老友老张的《我和妻子的故事》。老张是 1952 年我在区委工作结识的,他和妻子都从事小学教育终生。他妻子于 2012 年去世,夫妻都决定捐献遗体。老张是 1929 年生人,当年分配到小学当教员,因为业绩好,被提为校长。中华人民共和国成立前,他曾参加过三青团,在 1950 年入政治学校学习时已做了交代。但因"政治历史问题",就被极"左"的领导干部抓住不放,被免了校长的职务。1955 年反胡风时,他因"与学生关系过于密切",也受到审查,最终没有查出任何问题即了结了。1957 年反右时在劫难逃,他被送到板桥农场劳动,开除公职 21 年,至 1979 年才得到平反,又回到小学任教至退休。他对一生的不幸只是平静地述说,结尾只写了一句:"我这一生经历了太多的磨难,但都没有能改变我最初的坚持,教育是我毕生的事业。"他这样淡定从容,既是一种内心状态,更是一种生活境界。他的自述反映了社会发展的真实状态。

看风景的人,也是别人看的一道风景。每个人都是一本书。你读别人,别人也在读你;你读别人,更要读读自己。因此老人们不妨写写自己,把精神财富传承后人,把亲历留给自己,留给亲朋好友,留给历史。

做个可爱老人

读了《中老年时报》刊载白岩松写的《我喜欢的老头儿们》后，感触很多，尤其是经典的那句“一个社会，可爱的老头儿老太多了，这社会必可爱。”这就赋予了我们老年人一种责任，为了全社会的可爱，我们也要争取做个可爱的老人。

以往我们习惯可爱一词只是对幼童而言，“这孩子真可爱”“可爱的小娃娃”等。其实可爱一词在现代汉语中有三层含义：一、令人敬爱的；二、讨人喜欢的；三、使人开心的。以此类推，“可爱的老头儿老太”就不是对老者的儿化，而是对长者的强化。我们如何自觉地做个可爱的老人呢？

首先，做个讲道德的老人。常言道“见多识广”，老年人屡经沧桑，阅历丰富，知识广博，这些都是资本。可是现在形势变了，移动互联网、云计算、大数据、3D打印机、工业4.0、5G乃至简单如共享单车、网上购物、共享经济等，老人了解的远远不如年轻人。老人唯一的长项是身为中华优秀文化的传承者。老人应当从几十年的生活中汲取正能量的营养，诸如勤俭、诚信、敦厚、自律、宽容、博爱等诸多美好品质，这样的老人才是年轻人的正确榜样，当然会博得人们的敬爱，会给我们的社会、国家增多可爱份额。人们熟知白方礼，1987年，已经74岁的他决定做一件大事，那就是靠自己蹬三轮的收入帮助贫困的孩子实现上学的梦想。这一蹬就是十多年，直到他将近90岁。他就是受人敬爱的道德楷模。

其次，做个明事理的老人。“老马识途”，老人的“识途”就是通情达理。我们乘公交车，不要求人家让座，有人让座，我们要道谢。这里最重要的是尊重人，尊重是一种平等，不俯视也不仰望，不卑也不亢。积极参与或支持社区活动，与邻里和睦相处，亲密结交朋友，善待子女，对他们要一碗水端平，尊重他们的价值观。以平等的心态和平静的心境，面对家庭生活遇到的一切问题。老人只有尊重他人才能得到他人的尊重和爱戴。

再次，是做一个快乐老人。活在当下与时俱进，优雅地老着，做个讨人喜欢的老头儿老太，使人开心，似乎有些返老还童的意味。其实这四个字富有很高深的人生哲理，有说不完的历史味和品不尽的人生趣。人在青壮年，要为生活奔波，为事业拼搏，哪来的童心？只有到老年以后才有闲情逸致，萌生童心，找回童趣。谁都喜欢开心的人，可要使别人开心，必须自己先开心。人生总是苦与乐相伴的，关键在于我们的心态。去年我住院，天天输液，自然很苦。可是当晚上输完液，一身轻松，分外快乐。我们老人检点平生，虽然经历种种苦，但是乐总是多多。其乐有八：奋斗自会有乐，知足就能常乐，事业先苦后乐，人生自得其乐，精神充实快乐，问心无愧安乐，勇于助人为乐，国泰民安同乐。

“放棹西湖发浩歌，诗情画意两如何。莫嫌秋老山容淡，山到秋深红更多。”山不会老，不惟不老，“晓来谁染霜林醉?”人到老年自当颐养天年，更须修身养颜。景见于目，人同此心。从深秋满山的红叶中，看到了生命礼赞；也从老人们的传统美德，看到社会的可爱。

更新生命伦理观

10月14日是第13个“世界临终关怀与姑息治疗日”，而女作家琼瑶最近呼吁社会重视老人的“善终权”，她希望人们以正能量的方式面对死亡。“爱到极致，是把痛苦留给自己，对挚爱的人放手！而不是用医疗加工的方式，让挚爱的人求生不得，求死不能！”

我一向对于琼瑶的作品不感冒，但是对这样的发声，我深以为然。“只要生命一息尚存，就应该千方百计地救治”——对于这一观念，我早已动摇了。二十几年前，我参加一次老年医学学术会议，听第一位著名医学专家宣讲他用人工肺延长半年生命的案例。友人在我耳边说，他是为某著名人物做的，有研究价值，但是没有实际意义。人的身体已死，再延续半年何益？

孙思邈的《大医精诚》中说，“见彼苦恼，若已有之，深心凄怆”。当年给我启蒙教育的是巴金的小说《家》《春》《秋》，可是老作家晚年受治疗的折磨，令人扼腕。他1999年病重住院，经过抢救保住了生命，但是鼻子里插上胃管，一天要打六次食物。胃管至少两个月就得换一次，换管子带给病人是苦莫大焉。长期插管子，嘴合不拢，下巴脱臼，只好切开气管，用呼吸机呼吸。这位人类灵魂大师岂能是“好死不如赖活着”的苟生者？他一定想放弃这种生不如死的治疗，可是他自己没有选择的能力，因为家属和“爱”他的人都不愿意他死亡而坚持。就这样，他在病床上生不如死地煎熬了六年，情何以堪！

20世纪80年代中期，我的写作合作者、中国社会科学院哲学所的王玉波约我一起拜访当时任所长的邢贲思先生。邢先生就提出这个问题，说国人对于濒临死亡的人，明知无法治愈，也要不断地抢救，其实是完全无效的。这涉及一个新的学科，就是生命伦理学。之后我多次赴美访问，与美国社会学家谈到我国医院看病的问题，有知情教授说，中国人多数都是病危时才到医院救治。事实的确如此，经济并不宽裕的普通百姓常常把大笔钱花在病人最后无效的治疗上，这不仅是资源的浪费，也给病人临终带来莫大的痛苦。

医疗不是神术，挽救不了已到尽头的生命。联系到生命伦理观，首先，要弄清生命死亡的标志。我国一直把“心跳停止”“呼吸消失”“血压为零”作为死亡的标准。其实如果脑干发生结构性损伤，无论采取何种医疗手段最终还是会发展为心脏死亡。因此与心脏死亡相比，脑死亡显得更为科学，作为死亡的标志更可靠。有质量地生存、有尊严地死亡、有遗愿地安葬，才是“生死两相安”。在世潇洒走一回，离世安然闭双眼。

其次，什么是晚年生活质量？一般说，我们老人有退休金保障，物质生活没有问题，应该看淡物质，知足常乐。要活在当下，既不眷恋往昔，又不忧虑未来，像曾国藩所说“既不往恋，当下不杂，未来不迎”。简单地说，昨天已经过去，明天尚未到来，只有好好活在今天。这样才能保持生活质量。

可是过去讲生活质量只是想到健康人的生活质量，其实病人的生活质量，特别是徘徊到生命边缘时刻的质量，是生命的结尾，是极端重要的。现代医学不能完全救命，但是可以推迟死亡时间，这就意味着延长痛苦。为人子女的为什么迎合世俗的“孝心”而置父母承受病痛和治疗的双重痛苦而不顾呢？要能设身处地地体会患者的痛苦，感同身受而为之吧。

眼下最现实的办法是老人预先写好遗嘱，得了重病不治之症，不要过度治疗，不要在死亡前再受治疗的痛苦折磨。更新生命伦理观念，老人力争好好活，慢慢老，静静死！这是生命最佳的归宿。

且把远足当人生

每个老人都有饱经风霜的人生，对于岁月的流逝规律是无法主宰的，能主宰的只是对岁月内容的填充。人的一生说长很长，长到一日如三秋；说短也很短，短到如白驹过隙。童年远去，青春不再，衰老已至，世间已渐无惊喜，唯有自我主动去猎奇，才能做一个快乐的新潮老人。

周遭的生活都已司空见惯，而外面的世界很精彩，趁着双足尚能“给力”，出去走走看看，给人生留下幸福的身影。老汉我今生的远足大都是发生在花甲之后，东渡扶桑、北上韩国、屡访美洲，感受到世界之广远，人生之新奇。正所谓：走出家门看世界，关在家里叹自己。83 岁又与友人结伴远足俄罗斯，85 岁滇西行之后，又一次贵州行，实在感到，游动的人生是一种放飞的自由。

谁都想把人生过得丰富多彩，可到皓首回眸才发现只是被动地生活，被动地忙碌，人生在压抑中一天天老去，没有时间来感受自己。我们无力改变现实，但可以改变心情，学会疼爱自己，让双眼去发现美，让双脚去实践梦。人生就是一场旅行，一次远足就是一次追梦的过程。

人生是纵横的结合，追求纵的高远，就要学习哲人的睿智；追求横的广阔就要学习诗人的浪漫。我们中学学过的：王徽之雪夜访戴，至剡不见而回，自谓“乘兴而来，兴尽而返”。红尘是热闹的，也是冷寂的，只在乎一寻，已见过沿路的雪景足矣。这是何等潇洒超脱，又多么睿智浪漫。

据资料统计，2016 年对比上一年同期，老年人在出境旅游上的花费增长了 160%，全球签证、语言培训服务消费增加 9 倍。国内旅游相关消费也大幅增长，国内酒店消费同比增加20倍，周边游、景点门票同比增加3倍。老人旅游成为一种时尚，社会也对这只旅游大军采取了一些优惠措施。我们可以享受老人旅游专列，这是为老年人“量体裁衣”的，会大幅度提高老人出游的幸福指数。有些老人腿脚不太灵便，怕走长路，正好现在大多数一二线城市和旅游点基本都有了共享单车，一位膝关节有毛病的老人归来后，对同病相怜者说：“太方便了，骑车观景别具风味。”

与老友结伴同行是一种快乐，携家人一起出游更是一种愉悦。有一位老朋友做足了功课，趁着孙子放假，祖孙两人远足了一个月，几乎走了半个中国。孙子给爷爷当拐杖，爷爷给孙子当导游。更有意思的是，爷爷回到当年下乡的内蒙古草原，教会了孙子骑马，来个爷孙赛马，让在城市长大的孩子长了许多见识，唱响了“骏马奔驰在辽阔的草原”，过足了瘾。

南京的一位徐老先生在微信上晒出了自己的幸福账单：里面有家乡的土特产，也有自己在各地游玩的风景照。他先后去云南、甘肃、丽江、石林、苍山洱海，在敦煌，欣赏了飞天，还去了嘉峪关、玉门关、汉长城遗址。在鸣沙山，平生第一次骑着骆驼，在沙漠中穿行了两个小时，他感觉世界变近了，自己的人生变得更有趣了。正如荀子所说：“不登高山，不知天之高也；不临深溪，不知地之厚也。”

我常以“都这把年纪了”这句话告诫自己并劝说朋友。笑看人生就是一条漫漫长路，我们每个人则是这条道路的远足者，去体验，去经历，去探索，去感受，当然更要注意自己的身体机能和所适合参加活动的类别。

秋季天高云淡，最适宜去旅游。在旅行中放松身心，开阔心境，领略祖国的山水趣景，何乐而不为呢？

美好境界

有这样一个故事，一位旅行者去旅游观光，在他将要到达目的地时，询问当地的一位老者，这个地方风光如何？有没有意思？老者反问旅行者家乡的风光如何？旅行者回答说很糟糕，一点意思都没有。于是老者也告诉旅行者，他要观光的地方也没有什么意思，不值得一看。过了一会儿，又来了一个旅行者，也是向老者打听这个地方风光如何？有没有意思？老者同样反问旅行者，旅行者回答说他的家乡很好，很有意思。老者便也告诉旅行者，这个地方也很有意思，非常值得一看。旁观者看到老者对两个人完全不同的回答十分不解，向老者请教。老者解释说，一个旅行者，必须有美好的心情，才能欣赏美丽的景点。像第一位连自己家乡都厌恶的人，没有美好的心情，怎能观光欣赏景点？而第二位喜爱自己家乡的人，有美好的心情，自然能够观光欣赏景点。

人生如同长途跋涉的旅行。虽然不是每一次旅行都有丰盈的收获，不是每一次旅行都获得丰硕的成果，不是每一次希望都有满意的答案，但是只要我们努力过、奋斗过、经历过、体验过，我们就胜利了。老马识途，随着我们一天天成熟，人生旅途中积累的经验日趋丰富，更加体会到人生的艰涩，更加热爱人生的每一道风景和每一段经历。

“境由心生”，这话一点也不假。有两个台湾观光团到日本伊豆半岛旅行，路况很坏，到处都是坑洞。其中一个导游连声道歉，说路面简直像麻子一样。游客听了介绍也觉得乘车不舒服。另一位导游却诗意盎然地介绍说，我们现在走的这条道路，正是赫赫有名的伊豆迷人酒窝大道。游客听了兴致勃勃地体验乘车的感受。导游营造了游客两种迥然不同的心境，自然产生两种不同的结果。

人到老年，活得如何，关键是心情如何。我有两位朋友，家庭生活情况差不多，可是一个郁郁寡欢，老说自己不幸；一个高高兴兴，自称快乐老人。看来我们要以美好的心境，欣赏一切事物，要以真诚的心，对待每一个人；以负责的心，做好分内的事；以谦虚的心，反思自己的不足；以愉悦的心，分享他人的快乐；以喜舍的心，帮助需要帮助的人；以不变的心，坚持正确的理念；以包容的心，宽恕对不起你的人；以感恩的心，感谢所拥有的一切；以平常的心，接受已发生的事实；以放下的心，面对难以割舍的事情。

朋友，您如果能有这样美好的心情，就必然能够进入天堂。

万幸万幸

“天有不测风云，人有旦夕祸福”，生活中常有想象不到的突发事情。那天早晨，我关窗户，不料一个窗扇竟脱落直坠楼下。我住四楼，急忙下楼查看究竟，只见那窗扇木框断裂，玻璃粉碎，所幸掉在两辆汽车之间，既没有伤及无辜，也没有砸坏汽车，闻声赶来的保安人员连声对我说万幸万幸！我想也真是万幸。窗扇假如不是掉在地上而是砸在汽车上，假如不是砸在车上而是砸在人身上，假如是砸在小孩子头上……那后果真是不堪设想！

由此，我想到生活当中那些让人烦恼的事，如果从更严重的后果想一想，有时不仅不该烦恼，反而应当感到万幸。前些年我未离休时，一位同事在春节前家中被盗，心中沮丧。我劝他说，偷盗者只偷了你准备的年货，幸亏没有偷走你更贵重的东西；偷盗者在作案时，幸亏你没有回家碰上，如果碰上，他狗急跳墙向你行凶多危险！契诃夫说过：“要是火焰在你衣服里燃烧起来，那你应该高兴，多亏你的口袋不是火药库；要是你的手扎了一根刺，那你应该高兴，多亏这根刺不是扎在眼睛里；要是你的妻子对你变了心，你应该高兴，多亏她背叛的是你而不是你的国家。依此类推，照我劝告去做吧，你的生活会减去许多烦恼。”妻子变了心怎么会高兴呢？契诃夫是极而言之。不过，遇到烦恼时多想想不幸中的万幸，就有利于超越烦恼。

人生是快乐的，也是烦恼的。家家都有一本难念经，人人都有一本烦恼账。遇到烦恼事，要从不幸中想到万幸，学会说三句话——第一句话：“算了”。钱包被偷，算了；电视机被烧，算了；骨头摔断，算了；眼睛瞎了，算了。生、老、病、死是谁也摆脱不了的自然规律。人到老年，老、病、死接踵而至。老了，病了，死了，算了，早晚不过如此，何必徒增忧虑？对于既成的事实，最好的办法就是接受。第二句话："不要紧"。不管发生什么问题，一定要学会说"不要紧"。人到老年，历经沧桑，"六十耳顺"，"七十从心所欲不逾矩"，还有什么可怕的呢？天塌不下来，天塌下来有地接着，何必杞人忧天？第三句话："会过去的"。"飘风不终日，暴雨不终朝"(《老子》)。俗话也说"天不会总是阴的"，别忧愁，一切都会过去的。时间是一切烦恼的淡化剂。

掉一扇窗户算是不幸，没有砸着人就是万幸。从这件小事竟得了一篇小文更是有幸，不亦快哉！

知足常足

我曾发表过《常喝三乐汤》一文，即知足常乐、助人为乐、自得其乐。这“三乐”的要害是知足——不知足，就不能常乐，免不了常恼，也没有心思助人为乐，哪里来的自得其乐？

我有两个朋友，经济收入差不多，一个眼睛向下，常和收入低的下层比，自己很知足，悠然自乐；一个眼睛向上，老和收入高的上层比，闷闷不乐。

人类的物质需求其实是有限的，但是欲望是无限的。据《山海经》说，古时四川有一条蛇，头大口大，囫囵吞下一头大象以后，消化了三年，才吐出象的骨头来，差点被大象胀死。由此可见，即便是神话中的大蛇，吞下一头大象，也并不好受，要是一般的蛇也想吞象，那当然更是不自量力了。有句话叫“人心不足蛇吞象”，就是比喻人的欲望永远不知满足。这不过是极而言之。人们并非都是贪得无厌的。人的欲望往往是随着物质生活水平的提高而不断增长。在传统农业社会，人们吃饱肚子就足矣，“三十亩地一头牛，老婆孩子热炕头”就进入佳境；而今岂止是吃饱肚子，衣食住行越来越讲究了，住豪宅，开靓车，过去炎热的夏天靠摇扇子，有一台电风扇就了不得了，如今没有空调好像夏天的日子就不能过了。

人们知足与否，有个无形的“标尺”，就是和周围群体相比，社会学称之为“参考群体”(reference group)的影响。在改革开放以前，和周围群体相比，自己住上一个单元房就很知足了，如今仍住老的单元房，再和周围群体相比，就不满足了。“痛苦是比较中产生的，幸福是珍惜中得到的。”此话不假。如果真要比，不仅要比上，还要比下，更要全面地比，不但拿你的强项同他人的弱项相比，还要拿你的弱项同他人的强项相比。这时你会发现，“比我强的不如我，不如我的比我强”。因为条件比你多好的也有不如你的地方，条件比你多差的也有比你强的地方。这样一想，心理就容易平衡了。要想真正享受人生的乐趣，基本信条就是“知足常足，知止常止”。

人到老年，饱尝冷暖，历尽沧桑，“觉今是而昨非”，懂得了“不要攀，不要比，不要自己气自己”。《老子》说得好：“祸莫大于不知足，咎莫大于欲得。故知足之足，常足矣。”意思是说灾祸没有比不知满足再大的，凶咎没有比贪得无厌再大的。所以，知道满足是满足，就永远满足了。

“知足常足，终身不辱；知止常止，终身不耻。”做一个知足常足的老人，做一个豁达大度的老人，做一个笑口常开的老人，做一个身心和谐的老人。《养生要语》说得对：“笑一笑，少一少；恼一恼，老一老。斗一斗，瘦一瘦；让一让，胖一胖。”

活在当下

“对酒当歌，人生几何”？人活百岁，不过三万多天，白驹过隙，忽然而已。如果夸张而简明言之，人一辈子不过有三天，即昨天、今天、明天。昨天是作废的证票，是过去的历史，是无法改变；明天是未到期的证票，是未兑现的事实，是无法预测的；只有今天才是可以把握的，是最现实的。

想过好今天，就要学会做三件事。第一是学会关门，昨天与今天之间有扇后门，今天与明天之间有扇前门，最要紧的是关好这两道门。有的老人通往昨天的大门四敞大开，退下来还总想在职时候的事，或耿耿于怀，或追悔不已，老吃“后悔药”。说老实话，我也曾为自己当初不该如此这般悔恨过，可是人生没有来回票，还是把昨天彻底放下为好。有的老人则是通往明天的大门四敞大开，老为今后担忧。我去年查体发现脾肿大，有时也想明年查出绝症怎么办？谁能预知得什么病？走哪儿说哪儿吧！这“三天”中，“今天”最重要。过去的事情让它过去，明天的事情来了再说，最要紧的是做好今天的事情。把通往昨天的后门和通往明天的前门都关紧了，人一下子就轻松了。

第二是学会珍惜，要学会珍惜幸福。文友卢自润将他所著《珍惜你所拥有的》一书送我，书名甚好。幸福从哪里来？从珍惜中得到的。珍惜是金，比金子还贵重！卢在“自序”中说：“我喜欢现在的我。年过古稀，童心依旧。欣逢盛世，国泰民安。笑口常开，自由自在。天天有个好心情，我见过太多的同事、好友过早地离开了这个世界，还没有来得及安心享受随着年老而来的宝贵自由。”珍惜退休以后得到的宝贵自由，就是最大的幸福。

每个人都有一个“记事本”，有人记的全是困难和问题，从来没有记过幸福；也有人只记过去的不幸遭遇，对以往的幸运却不在乎；还有人对自己做对的事情一件也没有记住，对自己做错的事情记得特别牢，徒增许多烦恼。

第三是学会放弃。智者曰：两弊相衡取其轻，两利相权取其重。一只遭遇危险的壁虎尚且懂得舍弃尾巴，保全生命，何况充满智慧的人类呢？在每个人的一生中，经常面临选择，有选择，必然就有放弃，我们要学会在付出惨痛代价之前，放弃局部利益而保全整体利益。在象棋中，不也有“弃卒保车”这一招吗？俗话说：旧的不去，新的不来。有时候，即便是最珍贵的东西，也要懂得适时放弃。有人说，人生如戏，每个人都是自己生命中唯一的导演。只有学会选择同时又懂得放弃的人才能彻悟人生。人到老年，更应彻底醒悟，舍得放弃。你既然盼望子女成材，那就要支持他们外出闯荡，放弃全家相守的天伦之乐。你既然为了身体健康而坚持锻炼，就要放弃睡懒觉、怕活动等生活习惯。放弃也就是失去，老年更是一个不断失去的过程，直到生命的终了。

只有珍惜今天，活在当下，才能承前启后，走好人生之路。

打通心路

通过改变自己的态度来改变自己的生活，这或许是人类的创造。我自己在这方面就有切身体会。

去年夏天，我被诊断患有慢性淋巴细胞增生，至今还在服药治疗，渐有好转。可是祸不单行，今年夏天又得了丹毒，这是第三次复发，以往都是到医院输液治疗，这次一位热心的朋友也是主任医师建议我输青霉素与皮下注射并举，说连续治疗一段时间效果会更好。我听从了友人的建议，可遇到的第一个麻烦是在做皮下试验之前必须首先签订“自愿接受青霉素治疗书”，因为用这种药有风险。我看到签字书上说明使用这种药物的死亡概率为五十万分之一，不由得一惊，随后一想，比交通事故的概率还低啦！于是签了字，顺利通过了试验。我遇到的第二个麻烦是每天早晨八点骑自行车去医院输液，下午四点再去注射。每天两个来回，路上车辆比较多，又不太顺畅，刚开始我心里有些别扭，继而换个角度一想这也不错。一则骑车对健身有利，二则车辆越多人越警惕，更为安全。这样，我连续跑了几周，既根治了病症，又锻炼了身体，不亦乐乎！

人们的生活态度对人们的生活质量影响甚大。我有两个同龄朋友，几年前都丧偶了。一位想再婚，经人多次介绍未成，原因是总拿已故的老伴比照，不合心意，如今一个人孤独地生活，身体每况愈下，“不愁吃，不愁喝，只愁有话没处说”。另一位照顾患癌症的老伴五年，老伴解脱了，他也解脱了，但他坚决不再择偶，愿意一个人过自由自在的日子。他每年要出门远行几次，走亲访友加上旅游，人称他为“独行侠”，过得很快活！

我们常说“境由心生”,《礼记·乐记》提出:“凡音之起,由人心生也。人心之动,物使之然也。感于物而动,故形于声……其本在人心感于物也。”明代谢榛在《四溟诗话》中提出:“作诗本乎情景,孤不自成,两不相背。”统观古诗词,一切情景之诗,皆为境由心生。外在的物质条件不是关键,境界的高下主要取决于人的内心,诸如恒心、静心、专心、决心。所以,与其费力地改善环境,不如去存心、治心。

人到老年,随着生理的衰老,思想情感容易消沉。天灾人祸,因果不爽,茫茫岁月,世态炎凉,谁能躲过那注定的归宿?我们只有通过智慧的关照,重新转化情绪与思维,调适自己的心态,树立积极、健康、向上的生活态度,适应面临的环境。有人说“最好的医生是自己”,我不敢这样说,因为我们总要求医问药。不过,“最好的心灵治疗师是自己”,这是千真万确的。世界是开放的,生活的道理千万条,可是我们的心不要堵塞生活的道路。

我们的心是一条路,叫作心路。心开,路就开;打通心路,就有了出路。我们要做一个坦坦荡荡、面对现实、随遇而安的老者,不迷恋过去,也不奢望将来,人到哪儿,心就到哪儿,走哪儿说哪儿!到什么山唱什么歌才好!

中庸生活

老汉我虽然离休多年,脑海里总残存着那些陈年旧事,时而还映现在睡梦里。其实,有啥可回忆的呢? 平平庸庸,碌碌无为,既没有建功,也没有立业,当然也没有大过。虽然从十几岁就投身革命,自以为信奉马列主义毛泽东思想,如今反躬自省,令我惊讶的是支配自己行为的竟是中庸之道呀! 想想看,那时政治运动不断,我从未“冲锋在前”,也从未“落后垫底”,基本是随波逐流,发言不前不后,行动不左不右。每逢写思想检查,照例是立场不够坚定,政治比较软弱,斗争性不强,待人一团和气等等。这些不都是受中庸之道的影响吗?

儒家把“中庸”之道作为人生行为的基本准则。何谓“中庸”? 宋代大儒朱熹说:“中着,无过不及之名也;庸,平常也。”另一大儒程颢说:“不偏之为中,不易之为庸。中者,天下之正道;庸者天下之定理。”“中庸”突出强调的是一个恰当的“度”。符合这个“度”,也就实现了个人欲望的适度满足和社会规范约束之间的和谐,达到“万物并育而不相害,道并行而不悖”。

人到老年,要不要享受中庸生活? 回答是肯定的。林语堂认为,生活的最高典型应属子思所倡导的中庸生活。他推崇清代学者李密庵的一首《半半歌》,把这种生活理想很美妙地表达出来:

看破浮生过半,半之受用无边。半中岁月尽悠闲,半里乾坤宽展。半郭半乡村舍,半山半水田园。半耕半读半经廛,半士半民姻眷,半雅半粗器具,半华半实庭轩,衾裳半素半轻鲜,肴馔半丰半俭。童仆半能半拙,妻儿半朴半贤。心情半佛半神仙,姓字半藏半显。一半还之天地,让将一半人间。半思后代与沧田，半想阎罗怎见？酒饮半酣正好，花开半吐偏妍。帆张半扇免翻颠，马放半缰稳健。半少却饶滋味，半多反厌纠缠。百年苦乐半相参，会占便宜只半。

这里讲的“半”字，我理解就是体现了中庸思想。中就是不能太过，但又不能不及，要恰到好处。过犹不及是中庸之道最好的注脚和最重要的原则，过和不及，都达不到中庸的要求。庸就是平庸，过平常生活，保持平常心。

从精神生活上说，有人说一定要活得明白，也有人欣赏郑板桥的难得糊涂。人是有思想的动物，作为万物之灵，尽管比任何动物都聪明，但是真的能明白一切吗？且不说大自然的奥秘远远没有揭示，变化不居的社会能预测吗？金融风暴来临之前能预见吗？“世界太奇妙，长寿才知道。”其实，多活几年也无非多知道几年的事情，自己的身后事仍然不知道。按照中庸的要求，一半明白一半糊涂如何？

从物质生活上说，温饱有余则足矣！先说吃：不要太讲究，像《半半歌》中说的半丰半俭，半粗半精，家常便饭；不要太饱，饭留七分口。酒如有兴趣不妨喝点，但要限制，略有醉意最好。有道是“人生何时最有趣？花未全开月未圆”。再说穿：也不要太讲究，像《半半歌》中说的，“半素半轻鲜”，普通的便服，也有点高质量的，高兴时露一手。说到住：也不要什么豪华，尽管享受不到“半郭半乡村舍，半山半水田园”的美景，可是在城市里有供暖供气、不大不小的单元房，斯是陋室，惟吾德馨。

中庸之道，是享受人生的要言妙道。

灵魂生活

有一位在高校担任党务领导的好友，几年前的春节假期独自到山西五台山小住三日，耳闻晨钟暮鼓，相伴青灯古佛，别有一番心得。我赞赏她这种摆脱世俗生活的勇气，但又不甚了解她的内心世界。

最近和这位朋友见面，她很高兴地告诉我，近两年不仅额外给学生开了课，而且还带了硕士研究生，尤其是在汶川地震以后，她作为志愿者，先后六次不吝财力，奔赴灾区，整个暑期都没有休息。她微笑着和我们几个朋友叙说此事，两眼闪烁着幸福的光芒。我问她将来退休以后有什么打算？她毫不犹豫地回答：做慈善事！

哦！我明白了，友人在五台山独处，受到了宗教的启迪。从额外授课到赴地震灾区救援，乃至退休后要做慈善事，她进入了忘我付出、奉献为乐的境界，在追求一种宗教生活。当然，我说的这种宗教生活，不是去烧香拜佛，求菩萨保佑，生儿多福，升官发财，而是一种超脱世俗功利的灵魂生活。丰子恺先生在一篇《我与弘一法师》的纪念文章中有一段妙喻："我以为人的生活可分为三层：一是物质生活；二是精神生活；三是灵魂生活。"这里说的灵魂生活就是宗教。老年人生也有三层楼，无力爬楼梯的人就住在第一层，有安身立命的老窝，有退休金，有老伴，有老友，有孝顺的子女，安度晚年，足矣。也有人不安于光住在一层楼，想上到二层楼去。他们并非学者、艺术家，却一心向往丰富的精神生活。他们有的个人自学，系统读书，不断充实自己；有的选择专业，进老年人学校，为圆年轻时的梦想。那么，如何攀登三层楼呢？丰子恺阐述灵魂生活就是宗教。我以为登上三层楼的人，不局限于有宗教信仰的老人。人到老年，如果能洞察世事，感悟人生真谛，也能登上三层楼，享受灵魂生活。

如何享受灵魂生活呢？关键是要有忘我精神，忘掉一切身外之物，追求心灵的自由。有人总结了四个“忘记”：忘记年龄，忘记子孙，忘记名利，忘记烦恼。这里的“忘记”，不是单纯的遗忘，而是不计较，不在乎，以一种超然洒脱的心态来对待生活。很多人虽然知道这个道理，但是真正做到则很难。有些人嘴上说“忘记”，可是心里就是忘不了。自己的年龄怎么能忘记呢？所谓忘记就是不要暗示自己老了，来日不多了。子孙当然也忘记不了，主要是不企盼他们常留自己身边，要让他们在外自由闯荡。名利与老人无缘，因为事业上已画了句号，主要是耐不得淡泊名利带来的孤独和寂寞。其实孤独和寂寞是人生的最后一关。淡泊名利，超凡脱俗，享受孤独，甘于寂寞，才能忘我，进入闲适隐逸的境界，享受灵魂生活。

老年人追求灵魂生活，中国儒、道、释的传统和宗教文化，足资借鉴。儒说：“隐居以求其志，行义以达其道。”道说：“出入六合，游乎九州，独来独往。”禅说：“反舍身心，令其自在。”老年人“入世”一辈子，来点“出世”、“忘世”，三层楼上安身心，不亦快哉！

尊严与灵魂

温总理在政府工作报告中提出:“我们所做的一切都是让人民生活得更加幸福,更有尊严,让社会更加公正,更加和谐。”好一个熠熠生辉的“尊严”!

尊严就是尊贵和庄严。有时候,它的感觉是抽象的,但有时候,它给我们活生生的、具体的深切感受。记得几年前我去游泳馆游泳,虽未到开馆时间,但见门虚掩着,我便推门而入,不料里面一位临时工作人员对我大发雷霆,厉声呵斥说:“你有什么了不起!”我没有说什么,倒是后面的泳友们为此愤愤不平:如果不能进,你可以告诉我们,为什么冲一位老人大吼大叫?事后一想,自己不过是个骑破自行车的老汉,的确没有什么了不起,为此我还以《我有什么了不起》为题写了篇杂文。区区小事,时过境迁,不足挂齿,不过由此联想到尊严问题。总理讲的让人民“更有尊严”,主要是让每个公民都享有宪法和法律赋予的自由和权利,满足人民日益增长的物质文化需求,为自由和全面发展创造有利条件,让他们的聪明才智竞相迸发。至于日常生活中讲尊严,就是既要尊重别人,又要尊重自己。例如那位工作人员阻拦我入场应该说明情况,而不应出口不逊,伤害我的尊严。如果我以牙还牙,同他吵闹起来,则有损自己的尊严。诚如车尔尼雪夫斯基所说:“为人粗鲁意味着忘却了自己的尊严。”

人为什么是一个大写的人?因为每个人都有独立的人格,都有自己的尊严。这尊严是生命的尊贵与庄重,是不肯弯腰屈膝的坚持与豪放,是令人仰视的气节与精神,是人类灵魂的依仗。尊严是一面旗帜,它赫然凌驾于社会地位、财富、权利等尘世俗念之上，在灵魂的制高点迎风飘扬。徐悲鸿曾说过："人不可有傲气，但不可无傲骨。"那"敢有歌吟动地哀"的呐喊，那"宁为玉碎不为瓦全"的英勇，那"大江东去"的豪迈，那"不为五斗米折腰"的傲然，甚至那"负荆请罪"的勇敢，逆流而上的执着等等，这都是人的"傲骨"，人的尊严，人的高尚灵魂。因为拥有尊严，使人变得高大起来；因为崇尚高大，使尊严变得神圣起来。

人到老年，历尽沧桑，更要活得有尊严。1991 年，联合国大会通过的《联合国老年人原则》特别强调老年人的独立、参与、照顾、自我充实和尊严。老年人离退休在家，其尊严何在？从客观环境上，来自于党和政府对老龄工作的重视，全社会对老年人的尊重，老年人生活质量的提高，尊老敬老蔚然成风。从主观上更重要的是老年人的自重，保持自己的尊严。德国诗人歌德以一首小诗概括出人生走向成熟与完美的经历，他说："少年，我爱你的美丽；中年，我爱你的言谈；老年，我爱你的德行。"老年人年老体衰，生理上无疑是每况愈下，我们除了成为弱势群体以外还有什么？即使待遇较好的离休干部也无法和在职的高官相比。我们唯一可以自豪的是拥有歌德所说的"德行"。我们深知不是所有的尊严都是财富和地位带来的，在这个世界上，还有一种属于平凡百姓的尊严——用真诚、执着、善良、感恩的心以及力所能及的勤勉与奉献堆积起来的尊严。

国家在经济建设取得巨大成就的同时，也面临社会风气不良、道德滑坡的问题，中老年人肩负着传承道德的重任。记住歌德的话，我爱我的德行，我爱我的尊严，守住高尚的灵魂！

看淡生死大自在

挚友刘君近日通过电子邮件发给我日记一则，节录如下："今日上午到游泳池游泳，碰到泳友刘大爷。他原住王顶堤，人称大哥，后来搬至华苑，邻人则称他刘大爷，因为他今年已是75岁高龄的老人了。他上边还有97岁的老父亲，前年这老父还能蹬三轮到附近玩儿。春节前，刘大爷回王顶堤老宅陪老爷子说话，说到半截儿，老爷子说有点累了，想休息一会儿。刘大爷扶老爷子躺下，老爷子又说，还有点事得告诉你。老爷子说，我有个存折，上边有我这些年的积蓄，放在某某地方。今天是22号，昨天刚关工资，回头你们去银行看看这月的工资打到卡里没有。话一说完就闭上了眼睛，刘大爷一摸，老爷子彻底休息啦！泳友们听了这件事都说，老爷子这不真是活神仙嘛！"

红尘漫漫，生命匆匆，我们都像刘老爷子那样"走人"多好！可是谁也不能预知自己死亡的时间，也无法选择他这种痛快的死亡方式，但是我们要有死亡的心理准备。有苦有乐的人生是充实的，有成有败的人生是合理的，有得有失的人生是公平的，有生有死的人生是自然的。人总是要死的，这是必然；何时何地为何而死，又是偶然。生和死是人生的两个极点。"好死不如赖活着"，对生的留恋和对死的恐惧，愿生不愿死，构成人的普遍心态。人为什么怕死？无非是害怕肉体消灭，害怕所有感知的断绝，害怕死亡时的痛苦，还有那不可预知的死亡后的情景，对亲人和个人未了事情的牵挂，给亲朋好友带来的忧伤等等。其实，这些事情如果想通了、想开了，把未了的事都安排了，死亡也没有什么可怕的。生者为过客，死者为归人，生亦自然，死亦自然，生死不过是自然规律在人身上的体现罢了，更何况人死如灯灭，一切烦恼随之而逝。我的一位忘年交朋友的老母今年81岁，小学没有毕业，退休后学习书画，将个人的作品装裱后挂在墙上，自我欣赏，自得其乐。她说对自己的身后事已经做了安排，并给自己画了一张像，自拟一副对联，上联是"少时饱受贫困苦"，下联是"老来尽享儿女福"，横批"人生足矣"。你看，这位老人多么达观！其实，进一步想想，死亡从另一种意义上也是一种解脱，因为人活着总是有这样那样的麻烦事，所以给死者的挽联总是提到安息。莎士比亚则用诗一般的语言说死亡是"让生活走向永久的宁静"。

有了科学生死观，更要珍惜生命，珍惜有限的岁月。人生只有一回，没有往返票。每个人从他降生的那一天起，就一天一天、一月一月、一年一年地走向死亡。因此，我们要珍惜生命的每时每刻，让生命的每一段都得到充实，不让时光在面前悄悄溜走。陶渊明诗云："盛年不重来，一日难再晨。及时当勉励，岁月不待人。"懂得死才能学会活着，才会深深体会到生命的可贵。人生最多不过3万多天，让每一天过得有意义多好！

看淡生死大自在。我们没有办法驾驭生死，但能够耕种自己的生活，让生命快乐着；我们不能阻止死神召唤，却可以拓展生命的外延，让灵魂丰富着。好好活，慢慢老，安详走，老汉愿与老年诸公共勉之。

松松不垮

记得天津解放初期在区委机关工作时，大家都住在办公室，不分昼夜地工作，雷厉风行，令行禁止，连开会讲话都干脆利索。那时批评人用得最多的词儿，就是说你“松松垮垮”，话虽不重，但成了落后的代称。其实，想想我们这一辈子，过了几天轻松日子？干工作是革命加拼命，任务来了不要命。政治运动一个接着一个，人人过关，提心吊胆。长期习惯于忙忙碌碌，紧紧张张，不敢稍有松懈，唯恐一松即垮。人们做自我批评时仍免不了经常检讨自己“思想松劲”、“干劲不足”、“革命意志衰退”。刚刚进入老年的这代人也不轻松，十五六岁就得“关心国家大事”，十七八岁上山下乡去“战天斗地”，不少人中年下岗，受尽磨难。苦也好累也罢，大家总算是都熬过来了，现在都成了老年人。

现在好了，人到老年，卸掉工作的重担，终于可以轻轻松松地过日子了，但是习惯成自然，一些老年人总也轻松不下来，还说活得很累。这是怎么回事呢？依我看，还是惯性思维作怪。人要想轻松必先放松，关键是“放”字。我曾写过一篇小文，题目就叫《学习放下》，是说人生像一只皮箱，需要用时提起，不用时就放下，应放下的时候却不放下，就像拖着沉重的行李，永远无法轻松自在。

老年人在生活上要放松。有的人退休以后不甘寂寞，特别是一些曾经担任过领导职务的人，退休后闲不住，热衷于出头露面，喜欢当个名誉什么长，频繁地参加社会活动，劳心费神，得不偿失；也有的人退休在家包揽所有的家务，照看孙辈子女，“红眼儿”、“白眼儿”来者不拒，一天到晚忙得晕头转向，累垮了自己的身体；还有的人沉溺于牌桌棋局，一坐一整天地鏖战，长此以往熬出一身毛病。现在不是讲健康长寿诸因素当中生活方式占60％吗？所以说，最重要的、也是个人可以把握的还是养成文明、健康、科学的生活方式。老年人退休后还是要以“休”为主，科学合理地安排好自己的生活。我讲过，要休不过闲，劳不过累，无论做什么事情，一定要力所能及，千万不要力不从心。

老年人在精神上也要放松。俗话说“家家都有一本难念的经，人人都有自己的烦恼账”，老年人的心理比较脆弱，更容易精神紧张。有的人夫妻不合，或经常争吵，或整天相对无言，或同床异梦各寻烦恼，导致家庭关系紧张；也有的人总是为儿女操不完的心，钱要给后代花，事要帮后代做，忧完今天忧明天，忧完儿子忧孙子，负担沉重，身心疲惫。影响老年心理的不仅仅是个人因素，而且包括各种社会因素。例如当前比较突出的权力腐败、分配不公、贫富差距、道德滑坡等等，往往给老年人带来很大的负面影响，心理上出现阴影。因此，老年人要学会自己给自己解套，常给自己松松心，别和自己过不去，不然就是心难平、罪难受。

林语堂先生曾经用这样一段话来形容老年境界的魅力：“秋天的黄昏，一个人独坐在沙发上抽烟，看烟头白灰之下露出隐隐红光，微微透露出丝丝暖气，心头的情绪便跟着那蓝烟缭绕而上，一样的轻松，一样的自由。”当然我们一般不吸烟，品品茶也好嘛！想一想，过去几十年在人生的战场上拼搏，多少恩恩怨怨，多少荣辱贵贱，多少悲欢离合，如今都成了过眼烟云。老年人生不正是一种轻松和彻底解脱吗？为了享受老年的轻松和自由，精神上要放松，再放松，松松是福，松松康健，松松不垮！

人法自然

最近，我专程赴京看望天津市委前第二书记赵武成同志。他是当今在世的天津市委前领导人中最长者，出生于1912年，已是近百岁的老人。在赵老面前，我当然不敢再称老汉了。赵老于20世纪30年代投身革命，曾在郑州市、广东省、广州市、河北省、天津市以及国家建委担任领导工作。他在津工作期间，我在他的领导下工作多年。从他1979年离津以后，我们再未谋面，只有书信往来。如今自己也年届八旬，我想不能再拖了，决心去看望他。

我走进病房，见赵老端坐在病床上，原来满头浓密的黑发，已经变得稀疏灰白，早先浓黑的长寿眉也变成银白色。他脸上呈现出灿烂的笑容，慈眉善目，真有点像圣诞老人了。我知道赵老年轻时身体不好，切除过一部分胃，以至于在开会中间经常要喝一杯奶，过去几乎每年都要住一两次医院。他健身的主要经验是"心平气和，坚持散步"。"文革"中他被关起来，不让吸烟，索性潇洒地戒了烟。他不论工作有什么变化，每天至少散步半小时，90岁以后基本是在室内散步。他说人老先老腿，为此自编一套健身操，每天做数遍。他勤于动脑，每天写日记，不时还写点诗，20世纪90年代后，先后出版了一本诗集和《赵武成文稿史料选》，并列了一个大名单送给在天津工作的老同事。赵老谈笑风生，至今仍能阅读书报，最近他还做了两首诗。

我对赵老说，您一定能胜利地度过百岁，他自信地笑说，二月是我的生日，如果没有大毛病，再过两年没有问题。他说关键是解放思想，顺其自然。到底解放什么思想呢？他伸出双手比画着说，把生死置之度外，不要考虑能吃什么不能吃什么，我什么都吃。不要考虑什么时候死，顺其自然罢了。

《老子·道德经》云："人法地，地法天，天法道，道法自然。"这不仅是自然界的法则，也是对人类生命来源的解析和人们修身养性的法则，是老子思想精华之所在。所谓"法"，可作为动词，是效法、顺从的意思。从人的修身养性的角度去理解，它所阐述的真义，是言明了人与地、人与天、人与道、人与自然的关系，言明了人如何顺从自然，如何做到天人合一。它以高度的概括和精辟的语言，深刻揭示了人类先天来自自然和后天返朴自然的法则。人本来是生长在地球上的一种生命。人固然要法地、法天、法道，但归根到底，还是要法自然。

人法自然，就是赵老强调的顺其自然。春来草自青，瓜熟蒂自落，水到渠自成，如同生老病死一样，都是自然界的规律。我理解这顺其自然，就是顺从自然的规律，就是合理膳食，适量运动，勤于动手，勤于动脑，"按时睡，按时起，经常散步健身体"，使人与自然和谐，与环境和谐，实现身心和谐，以期健康长寿。

我们讲英雄人物，都是临危不惧，奋不顾身，舍生忘死，视死如归，将生死置之度外等等。航天英雄杨利伟就说："作为航天员，我们早已把个人生死置之度外。因为载人航天是一项高风险的事业，执行航天飞行任务是我们的神圣使命。"其实，我们老人特别是高龄老人，在不可抗拒的疾病和死亡将要来临的时候，也应像赵老那样将生死置之度外，活得轻松，活得自在，活一天，乐一天，在快乐中生活，在生活中快乐，善莫大焉！

放下是福

眼下为人父母真烦真累。君不见,有的为孩子考试升学跑得腿软,有的为儿女成家立业日夜操心,有的父母为子女参加相亲活动。一位朋友把女儿送到国外,学成后谋得相当不错的职业,可是又为孩子晚婚发愁。"愁一愁,白了头",不到古稀之年的人早已满头银霜。家家都有一本难念的经,人人都有自己的烦恼账,哪里去寻老年幸福呢?其实要想破解难念的经和排除烦恼账,只需两个字:放下。

放下,说来容易做起来难。有个故事很有趣,老和尚带着小沙弥要过河,在河边见一位少女过不了河。老和尚大发慈悲,背着少女过河,到了对岸,放下少女,继续向前走。走了一阵子,小沙弥说,"师父啊!佛门不近女色,你怎么可以背少女呢?"老和尚听了笑着答道,"我都放下了,你怎么还背着呢?"老师父虽身上背着少女,但心无挂碍,小沙弥却一直想着此事,放不下少女的反而是小沙弥。

这里所说的放下,不是物质而是心事。我们手提一件沉重的包裹,右手酸了换左手,实在累了放下歇歇。心事则不然,心中的烦恼和牵挂,挥之不去,难以排解,不好承受。手累了,就把物件放下;心累了,就把心事放下。

人们常说,凡事要拿得起放得下。"拿得起"是一种积极的生活态度。"放得下"是深入理解生活之后所获得的智慧。像那位为海外女儿婚姻愁白了头的父母,如果你靠发愁能解决问题,你就愁吧!可是你这样做,只能给女儿增加压力,给自己增添烦恼,有害而无益。

“放下”是一种人生哲学。人生不如意十之八九，关键是遇事能不能放下。做错了，改正一下，放下它；伤心了，痛哭一下，放下它；厌倦了，回望一下，放下它；活累了，休息一下，放下它；绝望了，无奈一下，放下它。放下是指心境上“船过水无痕”的洒脱与看开，不是表面的姿态，外表要表现若无其事不难，内心要随意自在，其难无比。“放下”两字，如果运用得好，就会使复杂的生活回归简单，纷乱的思绪回归明晰，浮躁的心境回归淡然。

“放下”就是放下牵挂，放下烦恼，放下欲望。古人常言“海纳百川，有容乃大；壁立千仞，无欲则刚”。这是对山河雄伟的赞美，说明海之宽阔，山之挺拔，也比喻人的胸怀宽广、博大。

欲是人的一种生理本能，人要生活下去，就会产生各种各样的“欲”。但是，凡事总要有个尺度。欲望多了、大了，就要生贪心；欲望过多过大，必然欲壑难填。如果能放下非分的欲望，保持平和的心态，不以物喜，不以己悲，当失败的时候就不会耿耿于怀，当成功的时候便不会得意忘形。乐莫大于无忧，苦莫大于多欲，富莫大于知足，贫莫大于贪婪。

“放下”是养生养心之道。当“放下”后，你会看到天空的蔚蓝，感到阳光的明媚；你会闻到芳草的清香，感受风吹的惬意，听到动人的乐章；你就会心静如水，分外自在。当你放下的那一刻，你就找回了自我，找回了快乐。

老年朋友，艰难跋涉大半生，该放下时就放下，放下是福！

面对孤独

欣然打开友人发来的题为《总要独自面对》的幻灯片，一句撼我心扉的话赫然映现出来："人到头来总是独自面对"。接着往下翻："结婚也好，不结也罢，无论是谁，最后都是一个人。""现今社会早已不时兴'子孙满堂才有幸福晚年'观念……""谁说一个人住一定很寂寞?""一个人老后生活就是随心所欲选择自己所要的生活方式，想独处就独处，想两人相处就找个伴，想过团体生活就大家热闹一下，觉得高龄者独居生活一定很寂寞的想法，实在可笑。""因为独自生活的高龄者，其实都颇能耐得住寂寞"……

果然句句真知灼见，这是谁说的呢？一看作者简介，不禁万般惊喜，作者原来是十六年前我在日本东京大学曾经访问过的上野千鹤子教授。她是著名的马克思女权主义者，据说为了保持自身与男人的平等地位，她只与男人同居而不结婚，而且同居是公开化的，不受世俗约束。当年我们会面，只是讨论了男女平等问题。她是1948年出生的，那时还是中年，谈锋甚健，如今已步入老年，又发出"人到头来总是独自面对"的高见，令人感慨。

独自面对给人带来什么？最多的无疑是孤独感。我从年过花甲以后，多次出国访问讲学，进入陌生世界，一个人独自生活，充分体味孤独的况味。其实，孤独是人与生俱来的胞衣，谁也离不开它。每个人都是孤独地来到人间，最后又孤独地离开人间，谁能幸免？你主动浸淫于孤独，便可从孤独酿成的苦酒中品味到甘美的滋味。孤独是一曲天籁，它以圣洁的音符抚慰着人们的灵魂，真正的艺术都是孤独的产物。

高龄老人的孤独感是否会加深？回答是肯定的，因为岁月会添加孤独的厚度，年迈体衰会加剧孤独的深度。我设想如今还敢不敢只身一人出国访问？回答是否定的。我打电话询问一位同龄丧偶的老同学，生活中感到孤独吗？他坦诚回答："是的，孤独、寂寞、无聊、无奈，一句话：无可奈何。"他住一个独单与儿子的住房打通了，白天一个人在家独守空房，晚上在儿子家里一起吃顿饭。他说自己的生活十分单调，无非是"吃饭睡觉，电视书报"八个字。

面对孤独能否走出孤独？回答也是肯定的。首先是充实自己的文化生活。那天接到一位当年地下党的老同志从北京发来一组题为"青年时代和老年时代"的邮件，收集了原天津三中（现一中）地下党老同志青年时代和老年时代的生活照片及诗作，令我十分惊喜。当然老年文化生活是丰富多彩的，不单是通过电脑传递信息。其次是联系老朋友，结交新朋友。家人总不能一天到晚守着你，老同事、老同学更不可常伴身边，陪伴度过晚年生活的多半是朋友，因而晚年总要抽出时间和精力多结交朋友，排遣孤寂。有首打油诗说得好："月色浓浓如酒，岁月匆匆行走。世上情谊最久，只愿今生拥有。知音一个难求，珍惜新旧好友。"

勇于面对孤独，安于接受孤独，力争走出孤独，不知老年朋友以为如何？

敬其所异

人到老年，常常忆旧。我时常想起已故的当年介绍我参加地下党的石君。他一生十分坎坷，记得我入党时就听他讲要背叛家庭，与自己的地主家庭早闹翻了。可是在20世纪50年代初期，他还是因为家庭牵连受到错误处分，从此改行从事技术工作，也小有成就。更不幸的是，他在步入老年以后，因与老伴感情不和，分居两处。20个世纪90年代初，我赴京办事时，曾看望过石君，见到他孤身一人在家，蓦然萌生一丝惆怅。现在他已去世多年了。

人们议论起某某人一生的幸与不幸，常常习惯于看他们的地位如何、事业如何、财富如何，其实这些都不是最主要的，最主要的是家庭是否和睦。如果老年夫妻不和，“小吵天天有，大吵三六九”，怎么一起过日子？这当然是最为不幸的事。像我那位入党介绍人，他的老伴本来是大学的同学，多少艰难都一起熬过来了，怎么就不能白头偕老呢？我认识的好几位老年夫妻不睦，也都事出有因。

首先，离退休以前，夫妻各有工作，至少一方在工作；而双方离退休以后，朝夕相处，形影不离，“牙齿碰舌头”，摩擦的机会多了。有些男同志在退休以前对家务事从不关心，退休后一反常态，事事干预。这就面临着“谁说了算”、“谁当家”乃至“谁领导谁”的问题，因而产生种种矛盾。

其次，更重要的是老两口的性格爱好、生活习惯不合拍。年轻时好凑合，年老时个性越来越强。你怕冷，我怕热；你好吃甜，我好吃咸；你看电视愿意看这个频道，我愿意看那个频道；你说东，我说西；你说“打狗”，我说

"抓鸡"。两人互不相让,越发合不来。

老年人毕竟不同于青年或中年夫妻。青年夫妻新婚宴尔,有爱情维系;中年夫妻"娇儿不离膝",共同承担家庭的重担。老年夫妻首先各自生理上发生变化,步履蹒跚,白发稀疏,两耳发背,说话打岔,感觉迟钝,或性冷淡,相安无性。人老珠黄,青年时代彼此美好的形象早已消失,以致有了矛盾难以弥合。

许多老年夫妻分而不离,是否受中国传统文化的影响呢?可能有,但也不尽然。其实,这种现象在美国也不少。美国人给它起了个名字叫"已婚留守夫妇"。据1998年的一项统计,在全美国,处于这种关系的夫妻已从1994年的79万对上升到了700万对。老年夫妻关系不和谐是有社会、心理、生理各方面原因的。

老年夫妻分而不离是很痛苦的。川菜有一闻名遐迩的大众菜叫夫妻肺片,又麻又辣。依我看,我们用的筷子也可称"夫妻筷子",夫妻生活就像筷子一样,酸甜苦辣都得一起品尝。夫妻分而不离,犹如把一双筷子分开,那就无法夹菜,会两败俱伤,给老年生活造成极大的影响。

老年夫妻关系不和谐的关键是双方只"求同"而不能"存异"。国民党元老陈立夫对此有精辟之见,说双方应该"爱其所同,敬其所异"。两人如果都尊重对方,"敬其所异",复有何矛盾可言?人生如戏,京剧有"将相和",我们老人应该抱着"敬其所异"的态度,唱一出"夫妻和"。须知"夫妻和"乃是老年家庭和谐的核心呀!

说说心想事成

“心想事成”是一句吉祥话。人生两件大事，一是做人，二是做事，做人也是为了做事，心想事成是最理想的事情。但心想不见得事成，更不等于事成。心想必须具备事成的客观条件，再加上个人的努力，才有可能事成。传说有个卖豆腐的小贩，天天自己做豆腐去卖。一天夜里睡不着觉，左思右想，东边有一家木匠铺，生意很好，我何不也开个木匠铺？西边有个商人，在城乡之间跑买卖，也发了财……思来想去，发财的路有的是，何必起早贪黑地做豆腐呢？转天早晨醒来，做豆腐的小贩又想，自己能干什么呢？要本钱没有本钱，要本事没有本事，只能去卖豆腐。这叫“夜晚千条路，天明卖豆腐”。这句话很有意思，就是说想办成任何事情，光心想不行，还要看有没有可能成功的条件，否则只能是幻想、梦想、空想。

再者，即使具备了事成的条件，可是个人努力不够，也不见得事成。比如拿跳舞来说，我年轻时工作忙，50年代流行跳舞时没有机会学，改革开放以后，在工作岗位时，遇到有跳舞的场合，有的女士邀我跳舞，我不会觉得很尴尬，想学又懒得学。我写了篇随感，题目是“徒有羡舞情”。如今已进入耄耋之年，更不再想学跳舞了。

好了，扯得太远了，还是说说咱们老年人如何心想事成吧！我说老年人要实现“心想事成”，关键是要掌握一条：需要与可能。不需要的不想，不可能的也不想。根据需要和可能，想什么呢？一要想健康。想想如何科学地锻炼身体。比如我坚持游泳十几年，今年春节除三十、初一、初二游泳馆放假以外，从初三开始，我天天早晨五点就起床去游泳馆。零下10摄氏度，骑自行车出去，当然不好受。“人不为己，谁肯早起?”我为什么早起锻炼呢？就是为了身体健康。事实证明，坚持锻炼是有效的。我今年 81 岁，还能骑自行车，还能用电脑写作。二要想学点什么。河西区天塔街的离休干部魏乃生同志，过去在工作岗位时，根本不会做饭。可是他离休后入老年大学学习烹饪多年，后来又到市民学校教课，从一个大闲人成为一个烹饪高手，整理出几百种家常保健的菜点和特色鲜明的风味佳肴。老年人退休不是人生的终点，而是新的起点，想有作为的老年人完全可以重塑人生。三要想家庭和睦，家和万事兴嘛。四要想助人为乐，帮助别人做成一件事，自己也会得到快乐。五要想享受生活，比如外出旅游等等。老年人很多事情都是可以心想事成的，但要把握好两条，一条是根据个人的需要与可能，另一条是量力而行。

有时候还有另外一种情况，你没有想则事成了。比如你得到了某种荣誉，或者你的子女事业上获得成功，或者孙子女取得优秀的成绩，我们当然高兴。因为这些事情不在于我们想不想，而是客观事实。自然我们也不必大喜，把这些事情看淡些。

说了这么多，无非是心想事成，心想不见得成，心不想也许成。事成了不要得意忘形，事不成也不要灰心丧气，好好活着，平平安安地活着，健健康康地活着，活一天乐一天，悠悠万事唯此为大矣！

放过自己

我有一位20世纪60年代相识的朋友，他家境困难，没有上过中学，靠个人勤奋努力竟然考进了大学。他那时大学毕业参加工作不久，后来家庭和事业都不顺当，如今退休后有时找我来诉苦。他说悔不该在70年代匆匆找了一个性格教养与自己相差甚远的伴侣，婚后矛盾不断，以至于影响了对子女的教育，至今那点儿有限的退休金还得接济子女，日子过得苦不堪言。每次我送走他，都给我留下一个愁眉苦脸、瘦弱不堪的老者阴影。

我和友人说，你与她生活了那么多年，既然你不能改变她，那么不妨试试改变自己。仔细想想，事物都有对立，矛盾皆有正反。有对立的关系，才能感受到自己的存在；有正反的衬托，才体会得出生活的丰富多彩。其实，每个人活得都不轻松，既要承受外部的压力，又要排解内心的困惑。当人们身陷苦难的泥沼时，并非每个人都具备抵抗能力，倘若无力抵抗，那么能以一种豁达乐观的心态，安然自得地度过每一天，也是一种力量的体现。所以，与其苦思如何去排除那些挥之不去的东西，还不如学会如何去接纳、调和它们。在纷繁复杂的生活中，人应该学会正视现实，领悟一种生存的弹性。没有坎坷的人生不一定是壮美的人生，而沉湎于苦难不能自拔的人生注定是悲剧的人生。

诗人徐志摩说过："成之，我幸；不成，我命，如此而已"。许多事情不必太在意，要学会放过自己。坎坷本身已经够受了，为什么还要郁郁寡欢自寻烦恼，加重对自己精神和肉体的折磨呢？

我曾问过老友的生活情况，他住偏单，和老伴各居一室，这不就有了独立的生活空间吗？能不能躲进“小屋”成一统，寻求自己的一份平静呀！可以设想，当夜幕降临，把自己沉浸于寂静的午夜梦回中，聆听心之低语，感受这份平静如水的心情，会多么惬意。透过朦胧的月光，能体验夜晚是多么美丽。当不再计较成功与失败，开始用平和的心态，去审视走过的生命历程，那如水的月光就会抚慰你饱经沧桑的心田。当不再十分计较拥有和付出，从精神上放过自己，就会把失去当作一种获得。其实，人只要知足，便能自得其乐。虽然繁杂浮华的世俗难以安宁，但平静还能给我们一片湛蓝的天空，一方悠闲的心灵净土。

我觉得老友的主要悲剧还不是事业无成，也不是家庭破裂，而是胸怀不宽阔。既然和老伴那么多年都没离异，如今年逾古稀，只能容忍对方才能好好活着。放过自己也意味着宽容别人。两人世界以宽容为基础，家庭才能和谐。

人到老年，作为长者、智者，就要宽容，既要宽厚待人，又要放过自己。雨果说得好：“世界上最宽阔的是海洋，比海洋更宽阔的是天空，比天空更宽阔的是人的胸怀。”宽容是精神的成熟，是心灵的丰盈。宽容是对别人的释怀，是对自己的善待。宽容是非凡的气度，是对人对事的包容和接纳。宽容是老人看透社会和人生后的从容、自信和超然。

学会宽容，世界变得更加广阔；忘却计较，人生才永远快乐！放过自己吧！我默默为那位朋友祈福。

自胜者强

每个人的命运迥然不同。20世纪50年代初期，我在南开区工作，有一位和我同龄的同事张君。他是工人出身，身体底子比我强得多，可后来病魔却频频来袭。他39岁得肾炎，46岁得糖尿病，61岁得肝炎，66岁又患上心脏病，73岁长了个膀胱瘤，74岁犯过心肌梗死。与他同岁的老伴60多岁就得了老年性脑萎缩，他在照顾自己的同时，还要投入更大的精力照顾老伴。皇天不负苦心人，张君今已年过八旬，他和老伴的病情都比较稳定，除中午请人做顿饭以外，其他日常生活都能自理。

张君闲暇之时还将他对待疾病、照看病人的感悟，认认真真地记下来，竟写了厚厚的一本，复印后送给我。他的资料名曰《主动生活》。细想起来，这个题目别有新意。

老朋友见面总是互相问候："最近好吗？"回答起来也无外乎这样几句：一切照旧，还是那样，还可以吧，凑合吧，维持吧！这里固然不乏自谦，但也确实反映出老人们晚年生活的单调乏味。对大多数老年人而言，晨练、书报、广电、吃饭、睡眠是周而复始的生活内容，实际上是被动生活，何来主动而言？

张君提出的主动生活观念令人耳目一新。他主张要主动安排适宜的生活方式、适合自己的疗法、适量的饮食、适度的锻炼，达到既维系自己的健康又照看患病老伴的目的。

《老子》有云："胜人者有力，自胜者强。"张君为战胜疾病不遗余力，为帮助老伴战胜疾病更是奋斗不已。他曾连续五年收集报刊上有关防治老年性脑萎缩的资料，细心、耐心而且充满爱心地呵护老伴，竟使老伴的精神状态有所好转。作家丁玲曾说：“人，只要有一种信念，有所追求，什么艰苦都能忍受，什么环境也都能适应。”生命的意义并不在于我们一路走来时摘得到芬芳鲜花，而是在于我们在披荆斩棘时留下累累伤痕，而战胜自己正是安身立命的首要回合。只有战胜自己，我们的生命才会有更大的意义。我们不能倒下，也不可以倒下。我们不能被命运之神征服，要成为自己命运的主宰者。

自胜者强。君不见那“苟利国家生死以，岂因福祸避趋之”的林则徐，虎门销烟，震惊中外。发配新疆，兴修水利。在那个“三年清知府，十万雪花银”的年代里，他战胜自我，为国为民，清廉自守。他战胜人生的蹉跎失意，战胜内心的痛苦愁怨，坚守慎独，流芳千古。

只有战胜自己，才有勇气面对生命中更大的挑战。伟大音乐家贝多芬，一生创作多达上千首曲目，可贝多芬在晚年竟是一个失去听觉的聋人。我们无法想象他是如何用手感受琴键的振动去分辨每一个音符，我们更无法想象在如此艰难的条件下他是如何谱出惊世骇俗的美妙乐章。这一切皆由于他有一颗强大的战胜自己的心，有无比坚韧的毅力，诚如高尔基所言：“最伟大的胜利是战胜自己！”

人到老年，从职场的竞争中退出来，温饱有余，无子女之累，面临的最大威胁是疾病的侵袭。谁也不知要得什么病，谁也不可避免地要得这样那样的病，只有横下心来，迎接疾病的挑战，科学地求医问药，力争战而胜之。晚年只有在战胜自己的疾病中才能好好活着。

自胜者强，自胜者生存，自胜者健康长寿！

走不出平凡

老年人爱做梦。故人往事，陈芝麻烂谷子，时常在梦里翻腾。那天竟然梦到已故的解放初期的老同事L君。L君原是军事干部，在抗日战争中有残酷的武装斗争经历，后因负伤转到地方工作，常常讲起自己的战斗经历。那个年代当作家是很神圣的，“灵魂工程师”嘛！从那时他就萌生了写小说的念头，想把自己的战斗经历都写出来。我们后来不在一起工作了，但一直保持着联系，每次见面他都津津乐道于写小说的话题，还听他说请过河北省一位作家帮助。他为了当作家追求了大半生，最终也没有迈进作家的大门，生前只是在一本革命回忆录中载有两篇他的回忆文章。他有不平凡的经历，进而追求另一个不平凡——当作家。其实，就是出一本小说又当如何呢？早淹没在浩瀚的书海中了。这个世界上有多少名垂千古的文学大师呢？即使多出两本书又有什么非凡或是超凡的呢？

追求不平凡，是那个年代人们共同的心愿。人们投身革命，当然不是沽名钓誉，可是也都是追求政治进步，希望创造出不平凡的业绩。记得在解放战争时期，我参加地下党的那个夜晚，异常兴奋，心想自己不再只是个中学生了，已经是一名共产党员，要登上政治舞台，为民族独立、自由、民主、解放事业出一份力了。当年走在熙熙攘攘的人群中，自己总有一种自豪感：我是共产党员，多么不平凡！

回顾老汉我的经历，从天津解放以后，开始在区委办公室任职，后来又调市委办公厅任职，一直在党委机关工作，接触领导，接触机密，虽然默默无闻，自以为是不平凡的，是光荣的。经过多次政治运动，特别是“十年动乱”，历经宦海沉浮，饱尝世态炎凉，那种不平凡之感荡然无存。改革开放以来，我又有机会转入社会学界，在天津社会科学院任职多年。那时认为从事学术研究、著书立说是不平凡的，可是自己虽然发表和出版的著作不少，真正在学术上有什么建树？只能说声惭愧，遑论追求什么不平凡。60岁时联想过去多年从政的经历，我在一本书的“后记”中写道：“年届花甲复何求？宦海沉浮度春秋。案牍劳形何足道，不谙专业万金油。向往书山觅新径，憧憬学海泛小舟。搜索枯肠写拙作，语不惊人死也休。”如今整天在“家里蹲大学”，敲敲电脑，聊以度日，一介平凡的老汉，复有什么不平凡可言。当年入党就觉得不平凡，可是现在想想，自己作为一个普通党员，当年不过是200多万分之一，如今是8000多万分之一，有啥不平凡的呢？

世界本是平凡的，日出日落，月明月暗，寒来暑往，四季更迭，周而复始，无始无终。人生本是平凡的，升学择业，职场辛劳，男婚女嫁，生老病死，一代一代，代代相传。其实，对于大千世界、芸芸众生而言，我们都只是一个凡人而已。红尘之中惊世骇俗者寥若晨星，绝大多数人平凡得像一滴微不足道的水珠。可以这么说，我们生存的世界就是由平凡构成的，人间不是也称作凡间吗？绝大多数人走不出平凡。拥有平凡的幸福，平安走完平凡的一生，是最美丽的人生。有人说，平凡是荒原，孕育着崛起，只要你肯开拓；平凡是泥土，孕育着收获，只要你肯耕耘。平凡不是生命之光的暗淡，不是生命之火的熄灭，不是超然物外的冷漠，而是一种平和的坚韧的永恒的力量。把平凡视为人生真谛，是人生的至高境界。

人到老年，更要安于平凡，珍惜平凡，享受平凡，过好平凡的每一天。这才是理性和智慧的选择。

茶味老年

中国茶文化体现的广博、散淡、恬静、闲适，衍生出诸多文人墨客的人生感悟。人生如茶，茶本性苦而后甘，人生亦苦，回味而后淡定从容；人生之痛之乐亦如茶，开始浓酽，但终将被如水的岁月冲淡。

作家三毛在一篇散文中更把茶分为三道，第一道苦若生命，正如青年，虽然清苦，但充满希望；第二道甜似爱情，如同中年，品尝到了活着的清香；第三道淡如微风，绝大多数人犹如这茶，注定在平凡的生活中走完一生，甚至看不到自己生命的浪花。由此便有了茶味人生的说法，我则想到另一个题目——茶味老年。

我喝了几十年的茶，只是喝茶不会品茶。前几年朋友小聚，一位女士带来好茶叶，给每人都泡了一杯很浓的茶。她说觉得很郁闷时就喝这种浓茶，笑称这是借茶浇愁。我仔细品味，这茶的确有很厚重的苦涩，再慢慢地体味，苦涩中别有一种甘甜，有一种清香。我恍然大悟，世人都喜欢借酒浇愁，其实不如品茶，酒如诗，而茶如道，独自品茗，茶洗尘埃，心静如水，物我两忘。

我们常说生活当中五味杂陈，其实无论是酸甜苦辣咸，都是一种心理上的偏执。只有茶味平和，恰如无论刚刚吃了什么，一杯茶水入口，什么滋味都平和了。老年人应该让中庸的茶性净化自己的心灵，茶乃"查"也，查找自己的内心，去其不正，弃其偏执，随遇而安，乐天知命。

有人说品茶可以品出八味人生，乃是爱心、虚心、清心、诚心、信心、专心、耐心、宽心。口含香茗，闭目静思，心如同杯中的茶叶慢慢舒缓，一种空灵就会注满身心，诚如一位作家所言：“一杯茶的工夫很短暂，喝久了自然变得很清淡。其实人生何尝不如此。穷究天际，不过春秋时。岁月沧桑，自当呼吸间。人走茶自然凉，非是人为如此，而是自性使然。世间之物本有浓淡之分，不必感慨世情之相。由浓变淡遵循物性法则。明白了人生世相于绚烂之极本趋平淡，由此能把握生活，活出自由。”老年人何必去斤斤计较身边的世态炎凉呢？

其实，仓颉在造字时，就暗含了茶的自然心性。茶字的构成——人在草木间。想想看，人这一辈子，最后是什么结果？不论是谁，都是空空而来，空空而去，不会带走任何东西，只有青山依旧，绿水长流。

人们时下追求时尚，茶叶讲究品级，茶具讲究高雅，喝茶也多出许多规矩。在我看来，这茶不必十分在意怎么喝法，拘其之束，反受其累，失去了应有的欢喜。这也如同我们老年人的生活，没有必要天天照着报纸、电视上介绍的“秘诀”来安排，只要符合科学道理，何必凡事孜孜以求？

过日子粗一点，也许这样的质朴更接近生活。在平淡中寻找乐趣，在质朴中经营快乐，哪怕是显得有点俗，你依然能品出属于自己的那一份绵长。人与人之间的差别其实就在这里。

有个茶馆门口的楹联写：“茶味人生随意过，淡泊知足苦后甘。”人的一生其实都只有一杯茶的工夫，让我们活出个茶味老年如何？

日子怎么过

老年人的日子怎么过？每个人的生活环境和自身条件不同，日子的过法也不同。有的人以老有所学为主，每周要去几次老年大学，学书法，学绘画，学了这个专业又学那个专业。有的人以老有所乐为主，早晨打球，下午打牌，晚上看电视。有的人以照看孙子女为主，帮助子女照顾晚辈。有的以家务为主，学烹调，做美食家。我的一位老同学，他说整天就是八个字："吃饭、睡觉、广电、书报"，倒也自得其乐

日子究竟怎么过？我不好说怎么过最好，只说说老年人过日子的四条共同性原则，供参考：

第一是认认真真过日子。老年人唯其如此，一定要认真规划生活。过日子要因户制宜、因人制宜，所谓因户制宜就是每个家庭的情况不同，要根据自己的实际条件来过日子。比如我在南开区工作时的一个老同事，老伴患病常年需要照顾，他除了无微不至地照顾好老伴，还抽出时间学习钻研问题。他是离休老干部，学历不高，可是他认真读了《论语》，写了关于孔子的小书，自己找人打印，送给好友交流。他这种精神很好，提高了自己的生活质量。所谓因人制宜是根据自己的兴趣爱好，安排个人的日子怎么过。我有个老同事，除了天天电脑上网发邮件，还喜欢一个人外出旅游。他独闯名山大川，自己找旅店，再参加当地游，既自由又方便。当然这要看个人的身体条件了。

第二是健健康康过日子。老年人最重要的是健康，健康是天，健康是地，有了健康顶天立地。健健康康地过日子说起来也简单，就是饮食、锻

炼、心情三件事。饮食上吃饭七分饱，果蔬新鲜好，品种不能少。锻炼要根据个人情况，找到适合自己的运动方式，关键是持之以恒。心情要好，能适应社会和家庭环境。有个老同志说，我的子女没有大富大贵的，都是工人，可是都在身边，我能够享受天伦之乐。这种心情不是很好吗？这叫自得其乐。

第三是简简单单过日子。吃穿都是简单为好，房屋大小够住就好。人与人交往，也是简单为好，你送我这个，我还你那个，礼尚往来，多累呀！要轻松自在很简单，就是三句话：打理好自己的事，不管别人的事，别操心老天爷的事。其实现代时尚生活讲究的就是简单而不简陋，清雅而不清贫，高贵而不华贵。简单使人心境宁静如水，宁静则使人生之路走得更轻捷更长远。

第四是快快乐乐过日子。日子怎么过，关键是心态。记得 1958 年到塘沽参加改造海河劳动时，市委机关干部组成一个小队，我当小队长，虽然很艰苦，可大家很快乐。有这样四句话会陪伴你快乐一生：装满一车幸福让平安开道，抛弃一切烦恼让快乐与你拥抱，储存所有温暖将寒冰赶跑，释放一生真情让幸福永远对你微笑。

谁都无法替谁安排人生的道路，谁都无法替谁安排怎么过日子。同样，谁也无法让我们的日子好过，谁也无法让我们的日子难过，除非我们自己觉得难过。“山不转路转，路不转人转，人不转心转。”人的伟大在于可以选择，选择当自己的主人，不当生活的奴隶。只有这样，才能使生活过得有滋有味，活出人生的一番新天地。

儒道互补度晚年

87 岁高龄的老友梅泉同志，最近寄给我她的大作——《丹顶鹤文化》。梅泉近 20 年来，在社区书画社学习国画，主要画丹顶鹤。她认真学习，勤于临摹，并不辞辛苦到黑龙江去观察丹顶鹤。前几年她收录了电视台关于丹顶鹤的录像并加上自己的画作与解说，制成光盘赠送亲友欣赏。她的《丹顶鹤文化》一书文字虽然不长，但是概述了中国特有的各个历史时期的丹顶鹤文化，进而叙述了丹顶鹤完美的一生，最后解答了丹顶鹤长寿的原因。

梅泉不仅学画，还认真读书，记得多年前她读《蒙曼说唐武则天》有感，撰写了《女皇武则天》一书，印发给亲友交流。这本书她先后修改过十次，可读性很强。她自言《女皇武则天》是受儒家入世思想影响，从武则天的经历想到人应有理想，倡导进取的人生，要过拼搏竞争的生活。《丹顶鹤文化》则受道家出世思想驱动，人到老年要超然通达，摆脱凡世间的困扰和诱惑，寻找心灵的归宿。仔细想来，我们每个人的一生不都是“入世”和“出世”的轮回吗？

何谓入世精神？入世，就是投身尘世活动，关心政治，参与社会，热心文化，积极进取，有所作为，是一种积极的人生态度。“修身，齐家，治国，平天下”和东林书院的“风声、雨声、读书声，声声入耳；家事、国事、天下事，事事关心”，充分体现了儒家的入世风格。老年人退休在家，成为社会的“边缘人”，还需要入世精神吗？回答是肯定的。老年人虽离开了工作岗位，但离不开赖以生存的社会，国事、天下事还是要了解，活得明白点才好。至于家事，关乎自己唯一避风港湾，不能不予关心。有人提倡“四老哲学”，即是老命、老伴、老友、老本，这“四老”都需要以“入世”精神对待。不坚持科学养生，百病丛生，自己受罪，家人受累；不善待老伴，追悔莫及；不联系老友，个人孤独；不保存好老本，养老没有本钱，失去经济保障。

不少老年朋友都感到，安度晚年更需要道家的出世精神。道家主张顺其自然，清静无为。“人法地，地法天，天法道，道法自然”。老子的“无为”和庄子的“逍遥游”，都是主张人的生命活动符合自然规律。人到老年，无工作岗位缠身，无功名利禄可求，做自己想做的事，不做不想做的事，像丹顶鹤一样在天上翱翔，自由自在，一切顺其自然，保持轻松美好的心情。正如马克思所说：一种美好心情，要比十剂良药更能解除生理上的疲惫和病理上的痛苦。

儒、道两家思想，一个刚健有为，一个柔顺因循；一个入世进取，一个潜隐退守，这是他们达到相通和互补的前提。出世与入世如鸟之双翼、车之两轮，相辅相成，缺一不可。若人只存入世之心，无出世之想，难免沾染世俗之习气，此亦功利主义、享乐主义、拜金主义形成之根源；而只有出世之念，无入世之举，则把自己隔绝于社会之外，成为孤家寡人。其实，真正区别入世与出世的标准只有一个，那就是心的状态。有出世之心，虽身在红尘亦是出世，若无出世之心，虽隐居山林亦是入世，还是美学家朱光潜说得好——以出世的精神做入世的事业。

以儒家入世的精神安排自己的生活，以道家出世精神追求心灵自由和解放，儒道互补度晚年，不亦乐乎！

永远年轻的良药

世上哪有返老还童的仙药？怎么在“王老汉乱弹”里做起广告来啦！非也。我说的“永远年轻的良药”可不是看了眼下汗牛充栋的养生之说写就的，而是读了一篇短文受到的启迪。我不避“文抄公”之嫌，且把这篇短文的来由和原文引用于后。

七十多年前，德裔美籍人厄尔曼写了一篇只有400多字题为《年轻》的短文，首次在美国发表时，曾在广大读者中引起轰动效应，成千上万的读者把它抄下来当作座右铭，许多中老年人把它作为安排后半生的精神支柱。据说美国的麦克阿瑟将军在指挥整个太平洋战争期间，办公桌上始终摆着装有短文《年轻》复印件的镜框，文中许多的词句常被他在谈话或开会做报告时引用。后来此文传到日本，文章的观点成为许多日本人生活哲学的基础，他们甚至将此文装在随身带的皮夹子里，有空就读一遍。著名的松下公司的创始人松下幸之助说：“多年来，《年轻》始终是我的座右铭。”这篇短文的原文如下：

年轻，并非人生旅程的一段时光，也并非粉颊红唇和体魄的矫健。它是心灵中的一种状态，是头脑中的一个意念，是理性思维中的创造潜力，是情感活动中的一股勃勃的朝气，是人生春色深处的一缕东风。

年轻，意味着甘愿放弃温馨浪漫的爱情去闯荡生活，意味着超越羞涩、怯懦和欲望的胆识与气质。而60岁的男人可能比20岁的小伙子更多地拥有这种胆识与气质。没有人仅仅因为时光的流逝而变得衰老，只是随着理想的毁灭，人类才出现了老人。

岁月可以让皮肤留下皱纹，却无法使灵魂刻上痕迹。忧虑、恐惧、缺乏自信才使人佝偻于时间尘埃之中。无论是 60 岁还是 16 岁，每个人都会被未来所吸引，都会对人生竞争中的欢乐怀着孩子般无穷无尽的渴望。在你我心灵的深处，同样有个无线电台，只要它不停地从人群中，从无限的时间中接受美好、希望、欢欣、勇气和力量的信息，你我就永远年轻。一旦这无线电台坍塌，你的心便会被玩世不恭和悲观失望的寒冷酷雪所覆盖，你便衰老了——即使只有 20 岁。但如果这无线电台始终矗立在心中，捕捉每个乐观向上的电波，便有希望过上年轻的 90 岁。

从这里，我得到了对生活中许多现象的解释。为什么那么多热心的老年读者喜欢《中老年时报》，经常有读者给我打电话交流他们读报的感受和心得，他们的心态为何如此年轻？为什么天津广播电台枫叶正红节目的许多忠实老年听众那么积极参与，有的与我从未谋面也成了知音，他们的心态为何如此年轻？为什么许多老年网友天天传递邮件，交流信息，有的还制作幻灯片，他们怎么那么精力充沛？为什么许多老年朋友积极上老年大学，读了这门专业又读那门，没完没了地学？为什么一些中老年泳友天天清晨在游泳馆没有开馆时就到达，互相交谈，其乐融融，他们的心态为何如此年轻？为什么同龄老友，耄耋之年仍只身一人到处旅游，纵情山水之间，乐此不疲，他的心态为何如此年轻？

啊！我从这篇短文中找到了答案，原来他们心中都有一架接受美好信息的无线电台，这就是永远年轻的良药。新年伊始，万象更新，期盼着老年朋友们在心中都架起无线电台，让幸福美好陪伴每一天！

老人若水

有位朋友来电话云：几年前，她和儿子儿媳住在一起。一次和儿媳发生激烈冲突，从此儿媳不再搭理她，后来搬家分居，儿子尚不时前来探望，可儿媳从未登门。如今她年近耄耋，儿子提出找机会全家吃顿饭，大家见见面，了结过去的恩怨。她有些犹豫，打电话征求我的意见。我说您当然要去，忘掉过去的恩怨最好。

由此我联想到做人如水，这是适应各种环境、解决各类问题的至高境界。《老子》第八章专门谈到"上善若水"，是说最善的人（圣人）像水一样。他说"水善利万物而不争，处众人之所恶，故几于道。居善地，心善渊，与善仁，言善信，政善治，事善能，动善时。夫唯不争，故无尤"。这话的意思是，水善于辅助万物而不和万物相争，又居处在众人所不喜欢的地方，所以最能作为"道"的表征。居处善而卑下，心怀善于平静，对人善于仁慈，说话善于信实，施政善于有条不紊，处事善于尽其所能，动作善于适合时宜。由于不和万物相争，所以才没有过错。《老子》这话既弘扬水的精神，也道出了一种处世哲学。

人生漫漫长路，恰似悠悠流水。人生之初，碧水清清，如泉如溪；少不更事，如奔流小河，跳跃奔腾；情窦初开，如桃花流水，风光无限；中年时节，宛若浩荡的江水，波澜壮阔；人到老年，似东流入海，沐浴日辉月华，聆听渔歌唱晚。人生如水，如水人生，老年人更应该像水一样面对人生，面对生活。

老人的心态要如水之静。一湾碧水，深沉含蓄，清澈见底，静得没有半点响声，走在这静静的水边，我们会感觉到尘世的一切喧闹都复归平静。其实人生不也是这样吗？我们忙忙碌碌、坎坎坷坷几十年，何不也像水一样找寻一隅清静之地，给心灵找回一种宁静，回归自我。平淡是真，宁静是福。只有如此，我们才能在宁静之中思索人生，感悟生活，安度晚年。

老人的思想要如水之明。每个人都是赤条条来到这个世界上，又手握空拳，一无所有地离世而去。因此，我们不必渴求生活的至善至美，凡是生活赋予我们的，我们都可以在平静中欣然接纳，不必去追求那些可有可无，并不影响生命内涵的东西。正直为人明如水，看清名利淡如水。什么荣辱得失、沉浮笑骂、是非恩怨，当我们像水一样用博大的胸怀去面对，眼前就是海阔天空。人生如水，方潇洒一世。

老人的心地要如水之善。老年人不论以前从事什么工作，也不论地位高低，都为国家、社会、家庭尽了应尽的责任，善莫大焉。老年虽然退休在家，仍不忘老有所为，不忘助人为乐。我们不该消极，而是面对现实，尽自己所能，为社会为家庭做些善事，享受付出之乐。人之暮年，其行也善，以水为镜，可利万物。

老人的性格要如水之韧。“黄河之水天上来，奔流到海不复回”，老年人历尽坎坷，更要像水那样坚定和坚韧，懂得适者生存的道理，不要抱怨命运不公，不要叹息生不逢时，要随遇而安，坚韧不拔，抗衰老，防疾病，不马虎，不在乎，淡泊从容，处变不惊。快乐地面对现实，才能成就快乐的人生。

平和心态静如水，正直为人明如水，轻看名利淡如水，笑对坎坷韧如水。上善若水，老人若水，老汉我愿与老年朋友共勉之。

珍惜生命每一刻

几天前，我在网上看到一篇回忆刘少奇的女儿刘平平的文章。刘平平是刘少奇和王光美的第一个女儿，出生于1949年5月，当时正值北平和平解放的喜庆日子，父母便给她起了个颇具纪念意义的名字——平平。“文革”伊始，正在上中学的刘平平灾难临头，1968年她被关进监狱达18个月，后被遣送到山东军马场劳动。刘平平没有向命运低头，她在荒凉的黄河三角洲自食其力，还一直坚持自学外语，等到父亲平反昭雪的时候，她的英语水平已相当出色。1977年，28岁的刘平平被调回北京食品研究所工作，并于1980年到美国纽约亨特大学专攻食品专业。刘平平在美国不靠父母的名气，隐姓埋名，给自己取名“王晴”。她住在一个条件很差的地下室里，空闲时间全部用来手织毛衣维持生计。美国妇女一般不会织毛衣，所以手织毛衣在美国卖的价格比较高，但店老板只给刘平平35美元一件的极低报酬。

看到这里，一件往事立刻浮现在我的眼前。1984年，我去参加美国社会学年会，会后安排我们访问纽约。在访问纽约市立大学人类学教授时，没想到陪同我们的就是刘少奇的女儿王晴，在往返的路上她一直在车上打毛衣，手法之娴熟让人很难想象这是当年共和国主席的女儿。当时我还有些不解，今天才找到答案。当天晚上，王晴还和朋友一起来到我们的住处，托我们给她母亲王光美带些东西。回京后我们去木樨地王光美家看望，这是后话了。

刘平平在美国的五年里先后拿到食品专业学士、食品营养科学硕士、食品营养硕士和营养教育博士学位，直到她的博士论文完成之后，导师才从报道中知道她的真实身份，并为之深受感动。1986年，刘平平在获得博士学位后，毅然回到了曾使她深受伤害的家乡，倾心竭力地投入到自己热爱的事业之中，并且担任了原单位的所长，后来又升任商业部科技质量司副司长，商业部改为国内贸易部后，她又任科技质量管理局局长。不料，1998年刘平平突发脑溢血，长期昏迷后于2009年12月3日逝世。

掐指算来，刘平平的生命恰是一个甲子。60岁正是人们卸下工作重负，颐养天年的起点，刘平平却在这里停下了脚步，实在令人扼腕叹息。由此我不禁想到，我们每个活着的老人更应该珍惜自己的生命。我曾经多次讲过老年幸福问题，其实仔细想来，老年人最大的幸福就是走过风风雨雨的几十年，历经七灾八难，依然健康快乐地活着，能够尽情享受人生的收获季节。相比那些早逝的生命，这难道不是最大的幸福吗？唯其如此，我们更应该加倍珍惜生命的每一刻。生与死是相伴相随的，我们没有办法驾驭生死，但能耕种我们的生活，让生命快乐着；我们不能阻止死神的召唤，却可以拓展生命的外延，让灵魂丰富着。我们无法样样顺利，但可以事事顺心；无法决定生命的长度，但可以掌握生活的广度；无法改变容貌，但可以展开笑容；无法控制他人，但可以肯定自己；无法预知明天，但可以把握今天；可以看淡生死，但绝不看轻生命。

德国思想家库尔茨说过："谁能以深刻的内容充实每个瞬间，谁就是在无限地延长自己的生命。"珍惜生命每一刻，与生命共勉共励共进退，彰显我们老年人的不凡与骄傲！

只取一瓢饮

《红楼梦》第九十一回《纵淫心宝蟾工设计 布疑阵宝玉妄谈禅》在描写宝黛恋情时写道，宝玉对黛玉信誓旦旦：“任凭弱水三千，我只取一瓢饮。”古人把浅而湍急不能载舟的河流称之为弱水，曹雪芹将弱水引申为爱河情海，任这世上“美丽的姑娘千千万”，宝玉只倾心黛玉一人。其实，何止爱情需要这样专一，人生历程中还有很多时候都要有“只取一瓢饮”的精神，老年生活怎么过也是其中之一。

俗话说世上没有完全相同的两棵树，也没有完全相同的两个人，至于每个人的活法就更不相同了，一千个人就有一千种活法，甚至相伴终生的老两口都各有各的活法。今年市老年学学会的研究主题是“天津市养老模式”，说白了就是老年人用什么活法养老。从宏观上讲，无非是居家养老、机构养老、社区养老那么几种方式，但是具体到每个人的活法就多了，例如候鸟式养老、异地养老、旅游养老，即使居家养老也各有各的生活方式。我们养老的共同目标是“六个老有”，但谁能同时获得这“六个老有”呢？总不能既在老年大学读书，又要兼职去老有所为，还要经常跳舞、打麻将吧。老年人精力体力有限，不能拖着生命往前走。老年生活也像烟波浩渺的三千弱水，你只能选择“取一瓢饮”。

那么，如何选择自己的老年生活方式呢？还是那句老话，适合自己的才是最好的。我曾经写过一篇文章，题目就是《什么最好》，专门讲过这个问题。人一生中可能会遇到很多美好的东西，但只要用心好好把握住其中的一样就足够了。生命有无数种形式，活法不止一种，过自己喜欢过的日子，就是最好的日子，活自己喜欢的活法，就是最好的活法。不羡慕别人，不卑贱自己，按自己的天性走完自己的时日，就是天堂的日子。习惯于无人欣赏，不把自己活给别人看，是人生的智慧。

过自己想过的日子，这只是问题的主观方面，还要受客观条件的制约。“只取一瓢饮”，你首先需要有水还要有瓢，没有这些先决条件，一切都是空想。“一切从实际出发”这句话，同样也是养老的至理名言。一位哲人说过：“人只能依照两种方式而生存，即依照社会和依照自然。”选择自己的活法，也逃不过这两方面的限制。你厌倦了城市生活，想到农村过田园生活，但必得经济条件和身体条件允许。同样，你向往候鸟式、旅游式养老也要具备经济条件和身体条件。随着经济社会的飞跃发展和养老方式日益多元化，呈现在我们面前的老年生活越来越丰富多彩，选择的余地也越来越大，越是如此我们反而越是容易迷失自己，不可追求一些可望而不可即的东西。

常言道，人的需要是有限的，欲望是无穷的，可是人到老年其欲望也是有限的。老汉我如今越发觉得用简单去面对生活最好。吃得简单，穿得简单，住得简单，社交简单，活动简单，简简单单的生活舒心地过，简简单单的环境开心地过，简简单单的你笑看天地日月，简简单单的我喜迎悲欢离合。过自己想过的日子，过自己能过的日子，“只取一瓢饮”，就能得到老年生活的幸福安宁！

倚老“买老”

我已是耄耋老汉，所以心里常常提示自己，千万不要倚老卖老，免得别人生烦。据汉语词典解释，倚老卖老出自无名氏的《谢金吾》。我没有读过原文，此话是从《红楼梦》第五十七回中看到的。

说真的，自己因为这把年纪，时常受到别人的尊重和赞扬。在游泳馆众多泳友中，按年龄说，我名列第三，可论风雨无阻天天到场来说，又名列第一。不少泳友喜欢和我开开玩笑，大家不时捧腹大笑。“笑一笑，心开窍，桑榆景色更美好”。“笑一笑，年转少，心情舒畅迟衰老”。据心理学说，赞扬和被赞扬都使人精神愉悦。

前些日子我发高烧住社区医院输液，手背被针刺得不舒服又感到很无奈时，但见一位靓丽的护士走进来，她问我是新来的吗？多大年纪？我告诉她后，她惊喜地说，看上去您也就是五十多岁！我简要向她叙述了患病的经过，大约是说话的逻辑比较清晰，她又问我是不是人艺的老演员，因为天津人民艺术剧院就在附近。当然，我知道她这是在鼓励我，缓解我的情绪，如果说我像70多岁还算靠谱，哪能年轻得了30多岁？尽管如此，在精神上无异于雪中送炭，我手背不舒服的感觉竟荡然无存了。

我虽然不断地受到鼓励，但心知绝不能飘飘然。我不倚老卖老，可是我倚老慕老，羡慕那许许多多年龄比我大而健康的长者。随着人们生活的改善和保健知识的普及，“八十到处跑，九十随便找，百岁老人精神好”，如今已不是奇迹了。我近日观看纪念延安文艺座谈会的纪录片《大鲁艺》，其中接受采访的不少抗战初期的老同志，年过九十却那样精神矍铄、神采奕奕。我十分敬慕他们那种永葆革命青春的精神，羡慕他们的健康和睿智，这也正是我求之不得的。

倚老卖老不可取，倚老慕老不可求，我忽然想到何不来个倚老“买老”呢？倚仗还有几个退休金，花钱为自己买健康怎么样？有人说了：金钱能买到药品，买不到健康。此话不假，可是为锻炼身体花点钱，为出门旅游花点钱，为合理膳食花点钱，为文化娱乐花点钱，不是都有利于健康吗？不也等于间接买健康吗？发达国家很重视健康，他们提倡“储蓄健康、旅游保健”，而我们很多人正好掉过来了，“储蓄金钱，透支健康”。现在人们常说，年轻时用健康换钱，年老时用钱换健康，这话有一定的道理。

美国社会福利局报告：单靠医疗技术，花费成百上千亿美元可以减少10％的过早死亡；而养生预防，不用花多少钱，可以减少70％的过早死亡。老年人养老是“硬道理”，健康长寿压倒一切，与其攥着一把钱等着上医院，不如拿出一部分用于身心保健，延长自己生命的健康期。由此看来，变倚老卖老为倚老“买老”，不仅是调整心态之道，也是健康长寿之途。

倚老不卖老，人老是个宝；倚老肯买老，长寿乐逍遥！

在自行车上笑

老汉我从十多岁上初中时就骑自行车，如今八十多岁依然“骑车不辍”，与自行车果真有不解之缘。自行车最早是法国人西夫拉克发明的，当时叫木马，没有驱动和转向装置，骑车人靠双脚用力蹬地前行。后来苏格兰人皮埃尔发明了前轮带脚蹬的自行车。第一辆现代意义的自行车出现在19世纪的英国，后由传教士带入中国。清光绪年间，一些外国洋行将自行车及零件列为“五金杂货类”输入上海，到19世纪末在上海已有广泛市场。

有人以为在发达国家汽车早已取代自行车，其实也不尽然。耶鲁大学所在地纽黑文市，由于城市不大，骑自行车的不在少数，我的一位友人耶鲁大学的社会学女教授戴慧思就天天骑自行车。日本东京工业大学一位社会学友人在校区和住宅区也是天天不离自行车。自行车在地势平坦的荷兰最普及。中国是自行车王国，据统计目前有5亿辆，会骑车的有8亿多人，故自行车有“国车”之称。

现在，很多自行车正被汽车所取代——这也是中国快速发展的显著迹象之一。面对中国繁荣背后日益严重的环境污染、交通不畅和民愤极大的公车消费问题，那些追求富贵的人却还是渴望汽车，正如一个拜金女所说的：“宁可在宝马车里哭，也不在自行车上笑”。

自行车文化，体现一种自强精神。你看咱们中老年时报自行车骑行队多棒！一辆单车走天下，千里行程健身心，几年来他们骑车跑了多少地方！国外都把骑车作为良好的健身运动。有人说在美国，心脏手术后，医生把骑车作为康复运动之一。骑车运动是训练神经的最佳工具,也是提升心肺功能的有效活动。骑车又是一种温和的运动,对足部几乎没有重力负担,是适合所有年纪的全龄运动。

自行车体现了一种融合精神。人既是生物人,又是社会人,因此既不能脱离自然,又不能脱离社会。这自行车则助你一臂之力。记得我在美国加州大学曾和一位学者讨论在美国开汽车和在中国骑自行车的区别。他说骑自行车的人行驶在光天化日之下,是开放的;开汽车的人自己占有一个小小空间,是封闭的,与自然、社会隔离。你蹬着车子在蓝天白云之下,行驶在城市乡间,与自然、社会融为一体,其益无尽,其乐无穷。北京大学自行车协会有段话,最能说明自行车的价值:“我们——大多数的年轻学子,已太习惯于三点一线的生活,整天围着教室、食堂、宿舍而忙忙碌碌,神奇的自然与多彩的社会难道真令我们无动于衷吗?车协以自行车为载体,提供一个深入社会、融入自然的契机,让你去看,去听,去体会,去收获……”

自行车还体现着一种自由精神。人们常说“不骑马,不骑牛,骑着小驴最自由。”如果把开汽车比作“骑马”,那驾车、堵车、存车等自然比骑自行车麻烦得多。如果把步行比作“骑牛”,则比骑自行车缓慢、费力得多。还是小毛驴般的自行车,走大街,穿小巷,自由自在,左右逢源,无往不利,无所不至。

老年人骑自行车,不同于一般中青年人,其特殊意义在于体现出健康老年人的自主自立,这是老年人心理健康的核心组成部分。我没有宝马车,当然不会在宝马车上哭,但是我却常在自行车上笑——为了自己的健康,也为了还能够自立。笑一笑,慢慢老,身体健,乐逍遥!

“四不”主义好

前不久，我与过去在市政府办公厅的一位老同事冯国续同志相聚，都是七老八十的人了，谈话间免不了说起生老病死的事情。国续同志讲，他把对待死亡的态度归结为“四不”，即不想死、不怕死、不找死、不等死，还畅谈了自己老年生活的体会。他的这一番话对我启发颇大，值得我们老年人共勉。

这“四不”第一是不想死。实际上死不是你想不想的问题，这里说的不想死，是不要把“死”字挂在心上。人随着年老，必然离死亡越来越近。20世纪五六十年代，一位局级干部去世，党政干部几乎尽人皆知。现在一位老同志去世，大家都习以为常了。我们年事越高，心里想到死会越多。我自己也是这样，年轻时根本不想这个问题，六十岁时也很少想，七十岁开始想了，但是想得不太多，八十岁以后想得多了。心里总想到死，是一种消极阴暗的心理，对于生理健康和心理健康都不利。总想到死，自己对自己失去信心，怎么能健康长寿？欧阳修云：“死生，天地之常理，畏者不可以苟免，贪者不可以苟得也”，以平和心态看待生死，心境就会平静坦然。所以不要想死，活一天，赚一天，乐一天！

第二是不怕死。老同志都记得过去讲“一不怕苦，二不怕死”，那是在革命和建设中弘扬革命英雄主义。当年我们读老三篇，“人固有一死，或重于泰山，或轻于鸿毛”的话至今耳熟能详。我们今天不是说这些，而是从生老病死这个客观规律来看，不要怕死。庄子认为生是偶然，而死是必然，不必过于悲哀。人们常说人生有三大幸事：第一，从母体中出来的那一刻；第二，和意中人喜结良缘之时；第三，离开这个世界的时候。可见，死亡也是人生的一大幸事。所以，死亡对于我们，更多的应该是去敬畏它，而不是去惧怕它。其实，当你选择好死亡的态度时，你会对生活更加充满信心！生命最精彩的时刻就是你探头从母体中出来的那一刻，而生命最辉煌的时刻就是临终前躺在宁静的环境中回眸美好一生的那一瞬间！

第三是不找死。这里说的找死不是自杀，主要是不良生活习惯。比如膳食不合理，天天生猛海鲜，饮食过量，造成高血压、高血脂、高胆固醇，这不是找死吗？再如天天喝大酒，烟不离口，“革命小酒天天醉，喝坏了党风喝坏了胃”，这不是找死吗？天天不走路，不骑自行车，不干家务活，不参加任何体育锻炼，不按时睡按时起，这不是找死吗？心胸狭窄，遇事想不开，整天犯愁，怕这个怕那个，天天生活在烦恼郁闷中，不良情绪直接影响身体健康，这不是找死吗？道教十分强调“爱身贵生”，提出“我命在我，不在于天”，主张通过种种炼养手段强身健体，脱胎换骨，突破生死大限。

第四是不等死。人可以有几十年的时间，欢笑、悲哀、奋斗、幸福……人生的丰富多彩是任何生物、任何事物不能比拟的，能够成为一个人，是上天给予人类最大的幸福。人应该赋予渺小而短暂的生命丰富的内涵。我们退休养老不是等死，老年生活天地广阔，异彩纷呈，比如读书看报，看电视听广播，学习书法绘画，唱歌跳舞，参加社会活动，从事家务劳动，体育锻炼，走亲访友，外出旅游……我们无法驾驭生死，但能耕种我们的生活，让生命快乐着；我们不能阻止死神的召唤，却可以拓展生命的外延，让灵魂丰富着。

不想死、不怕死、不找死、不等死——“四不”主义好，老年乐逍遥，俗事全忘却，境界步步高！

禅修“五耐”

时下，面对喧嚣红尘，不少人开始崇尚洗尽铅华的禅意人生。禅是佛教的一种修持方法，旨在把外缘(外在事物)都摒弃掉，不受其影响，把神收回来，使精神反观自身，达到虚灵宁静的人生境界。由此，佛家格外讲究禅修，就是把心灵中的良好状态培育出来，减少烦恼的困扰和贪欲、嗔恚、愚痴的束缚，让心灵得到净化，精神获得解脱。禅修有“五耐”一说，我看对老年人生大有裨益。

一是耐冷。这个冷不是指天气寒冷，而是说要耐得世态炎凉，随遇而安，坦然处之。人到老年从工作岗位退下来，日益成为社会的边缘人，难免觉得日子冷清，要调整好自己的心态，尽快适应这种状况。其实，这个“冷”未必是件坏事。梁实秋先生说过:“寂寞是一种清福”。想想看，退休之后再不用台上装扮，官腔官调，我是真我，自然之我，说自己想说的话，做自己想做的事;再不必含辛茹苦，奔忙操劳，归得家来，颐养天年，看庭前花开花落，望天上云卷云舒，何其快哉？耐冷不啻是人生最后阶段的享受。

二是耐苦。佛说人生有八苦:生、老、病、死、怨憎会苦、爱别离苦、求不得苦、五阴炽盛苦。脱离此八苦谈何容易？人生一世老来难，年纪越大苦越多，身体动作艰难，牙齿功能退化，五官四肢不受支配，精神不振苦苦挣扎，这是每个人都必须面对的现实。这八苦前四者是生理的，后四者是心理的，只有保持身心两方面健康，方可以减少老年阶段的痛苦。

三是耐躁。“躁”的意思是心里有许多的东西浮动，而又无法实现。人一浮躁，脾气会暴躁，情绪会急躁，板起脸来对人，红着眼睛看人，必然把个日子过得冷不堪言、苦不堪言、累不堪言。老年人一定要戒躁，活过了几十年，还有什么看不透想不开的？有位禅师作诗云：“闲居无事可评论，一炷清香自得闻。睡起有茶饥有饭，行看流水坐看云。”给生活加点禅，静下心来，远离浮躁，就会进入自在的境地。

四是耐烦。常言道，为人不自在，自在不为人。人生在世，难免碰到种种烦心事，家庭不睦、夫妻不谐、邻里不和、朋友反目等等，都会使人烦恼攻心。对此，既要善于化解，又要自我调适、自我解脱。要有“宰相肚里能撑船”的胸襟，有“他人气我我不气”的度量，有“大人不记小人过”的风度，不要让烦恼迷住眼睛，更不要让烦恼压在心头。没有烦恼，心态良好，身心健康，其乐融融。

五是耐忙。俗话说，“世上最苦是闲人”。老年人退休在家，不要让自己太过闲，找点力所能及的事情，适当地忙一些，有益于老年生活。最近，《中老年时报》刊出启事，开展“我的文化养老生活”征文。我陆续看了一些来稿，了解到广大老年朋友老有所学、老有所为，把自己的退休生活安排得丰富多彩，深为他们高兴。还是那句老话：别闲着，别累着，有事做，乐陶陶。

我等凡夫俗子，未必每个人都能参透佛教，但我们都可以有一颗禅心。只要我们心胸开阔，世界就是开阔的。禅意地活着，就是一种快乐！

人生有度

明代文学家陈继儒在《小窗幽记》中有“世间万物皆有度，无度胜事亦苦海”的佳句，这里所说的“度”是指人们对世间事物应把握的尺度、分寸和应掌握的范围和限度。生活需要智慧，把握好度就是一种智慧，这种智慧能使情感、理智处在平衡状态，做到不偏倚、不消极、不过激。保持适度，还能使自己的行为，包括学习工作、为人处世、言谈举止等诸多方面做得恰到好处，这也是一种境界。参考友人发来的《人生十度》，和大家聊聊老年生活中的“度”。

第一是胸怀要大度。心有多大，天有多大，心有多宽，路有多宽。老人年事越高，遇事越要看得开，处世越要大度。

第二是说话要适度。人生在世首先要管好自己的一张嘴，祸从口出，话多伤人。对生活要以感激为主，对晚辈要以鼓励为主，对老伴要以关爱为主，对朋友要以友情为重，这样才能获得平安、快乐。

第三是做事有力度。老人退休了，但是总要做点事。不论公众的事、朋友的事、家务事、个人事，言必行，行必果，这样才活得充实而有意义。

第四是精神境界有高度。丰子恺先生在一篇《我与弘一法师》的纪念文章中有一段妙喻：“我以为人的生活可分为三层：一是物质生活；二是精神生活；三是灵魂生活。”这里说的灵魂生活不仅仅是宗教，不是去烧香拜佛，求菩萨保佑，生儿多福，升官发财，而是一种超脱世俗功利的灵魂生活。这是老年生活的最高境界。

第五是寿命有长度。生命是由每分每秒的时间构成的。时间的长短决定寿命的高低。关键要活出生命质量来，时时都有好心情，年年才有好身体，平日注重生活保健，量变换质变，寿命有长度，才能饱览人生，享受人生。

第六是读书有厚度。老年人有丰富的人生阅历，读书没有功利目的，是为了追求精神自由。学历史能使人深沉，学哲学能使人聪明，学数学能使人严谨，学文学能使人浪漫，读自己喜欢读的书，圆自己未圆的梦。

第七是理论有深度。老年人凭借丰富的人生体验，善于独立思考，观察问题有深度，看问题能举一反三，在纷乱繁杂的局势中准确观察动势，预测走势，保持清醒的头脑。

第八是视野有宽度。老年人看问题视野要宽，提倡多维视角看问题，才能全面准确，入木三分。为人处世思路要广，切勿“钻牛角尖”，一条道跑到黑，提倡有进有退，迂回前进。视野越宽，道路越宽。

第九是办事要有速度。年老退休，没有什么时间观念，更遑论速度了。但是老年生活也不能马马虎虎、拖拖拉拉，古人讲坐言起行，就是比喻说了就要赶紧去做，该查体就查体，该锻炼就锻炼，该与朋友联系就联系，生活规律化。

第十是劳累勿过度。人生无论做什么事都是劳其筋骨的过程，要把握好生活和工作节奏，切勿过度劳神伤身体。老年更是如此，常年过度劳累，会身心疲惫，长期处于亚健康状态之中，最后积劳成疾，缩短寿命。人要学会减压释放，善于放弃、舍得和停止。有时生活上会做减法，生命才能做加法。这是人生的辩证法。

生活中的度，体现在方方面面，关键是自己如何认识和把握。生活的领域是广阔而丰富多彩的，生活中有了度将会更加和谐美好，人生也会更加灿烂辉煌。

老年“留余”

几年前，我曾写过一篇随笔，题目是《人生“留白”》，说的是步入老年，要为自己保留一份空白时间，充分享受晚年的幸福生活。最近，我看到著名社会学家郑杭生的一篇文章，谈的则是人生“留余”。他对中国传统的“留余”思想，作了一番社会哲学、人生哲学上的论述，令人颇受启发。

杭生教授是我在社会学界相识二十多年的老友，对中国社会诸多代表性文化哲学理念颇有研究。他认为：“‘留余’，在当代中国社会和文化实践中依然发挥着巨大的功用。”那什么是“留余”呢？“留余”就是凡事都要有度，留有余地，适可而止，恰到好处，不能随意逾越事物发展的限度。大而言之，人与自然、社会生活、政治外交、生态环保、责任伦理等需要“留余”，比如这一代人要给下一代人留有发展的余地，切不要吃祖宗饭，断子孙路，鱼捞完，树砍光，矿采尽，给子孙后代留个烂摊子；小而言之，通权达变、审时度势、修身齐家、为人处世同样需要“留余”，诸如儒家强调的“财不可露尽，势不可使尽，福不可享尽”等中庸之道。“留余哲学倡导一种执中守和的理念，不走极端，不说满话、做绝事，凡事留有余地，这是秉持人与人、人与社会、人与自然和谐相处的中国传统自然哲学、社会哲学和人生哲学的核心内容，是世代华夏民族对人类文明的一种思想贡献。”

我觉得，如果人生“留白”说的是保留一份时间，那么人生“留余”可以说是保留一份空间。时间是物质存在的“持续”属性，空间是物质存在的“广延”属性。老年人仅仅拥有属于自己的时间还不行，还要划出自己老年生活的空间，懂得自己该做些什么，怎样去做。例如老有所养要“留余”，要捂紧自己那点“老本”，儿女有困难可以适当帮助，但不能倾囊相助，金钱不是万能的，没钱是万万不能的。老有所医要“留余”，眼下进了医院，“过度医疗”已经在那里候着你了，你再疑神疑鬼，花大钱做检查，买上一堆挺贵的保健药，只能给自己徒增负担。老有所学也要“留余”，谁能把这世界上的知识都学到手，有的老人对于不同的专业没完没了地学，也未必可取。老有所为更要“留余”了，毕竟过了“大有作为”的年龄，有事做、别闲着、别累着就挺好。其实，“六个老有”本身就需要“留余”，谁也不可能在这六个方面齐头并进、皆大欢喜，只能抓住自己最需要的，解决其中最主要的，有些方面就得“留余”。有舍才有得，亦同此理。

再者，在当下中国经济社会的大转型中，人们一方面因改革而受益，另一方面也在纷纭复杂的矛盾中经受失落、焦虑乃至痛苦。生存空间有限，让人争先恐后，令人心态失衡。郑文引用明代高景逸所云：“临事让人一步，自有余地；临财放宽一分，自有余味。”推之，凡事皆然。老年人基本上有生存的保障，用不着再去与年轻人争发展空间，把心态放平，给生活“留余”，晚年才能其乐无穷。

“留余”了，方能进退自如；“留余”了，方能游刃有余；“留余”了，方能圆润无痕；“留余”了，方能天人合一。事实一再证明，过出好日子的人，一定是谨奉“留余”的人。

百岁赢得十之几

这篇文章的题目乃从叶剑英元帅的诗句引申而来。话说 1976 年粉碎了“四人帮”,转眼到了 1978 年 3 月,叶剑英以 81 岁高龄又当选为全国人大常委会委员长,继续肩负党和国家重任。这年的 5 月,他到广州视察,在华南植物园即兴赋诗,首句便是:“百年赢得十之八,老骥仍将万里行。”

人生不过百年,每逢佳节,人们在慨叹岁月如斯之时,也无不想到自己——百岁赢得十之几?最佳的结果当是六十老当益壮,七十发愤图强,八十天天上网,九十街头逛逛,百岁依然硬朗。这里最可贵的是一个“赢”字,只要迈进老年,那就是过一天赢一天,过一月赢一月,过一年赢一年。

岁月无限,人生短暂。我们赢得十之七、十之八、十之九,就是在有限的生命中多赢得一点岁月。中华民族面临伟大复兴的辉煌前景,社会变迁的速度、广度、深度、难度古今中外罕见,我们老人有幸经历了战争年代、新中国成立后的建设年代和改革开放后建设中国特色社会主义的年代。九十高龄的资深天津地下党楚云最近赋诗云:“古道西风疲瘦马,沧海春涛驱长鲸。百岁已赢十之九,再振精神看长征。”诗言志,楚云同志道出了我们这代人的心声。

我们赢得寿命,就是赢得生活。生活是什么?生活不光是艰辛磨难,或是奋斗拼搏,生活还是一种享受。拥有亲情爱情友情是一种享受,能够读书学习工作是一种享受,看世事更新、览人间沧桑是一种享受,大难不死、大病初愈也是一种享受,辛勤付出是一种享受,做自己愿意做的事情更是一种享受。一个人如果把琐碎的生活上升到了欣赏享受的层次,那么他的心境永远是美好的。一个人有了美好的心境，生活就充满欢乐，就是“神仙过的日子”。

我们赢得生活，还要看透生死。人都会死，不管地位如何显赫，不管曾经如何富有，不管拥有多大的成功，不管获得多少成就。死是生命的最终归宿，花开花落，生生死死，这是谁也无法抗拒的自然法则。因此我们要时刻想着生命的美好和幸福，要珍惜生命，不能肆意挥霍生命；要珍惜生活，使生活欢快一些，明丽一些，潇洒一些，不要随意涂抹生活。保持这种心态，生命之树才会常青。

我们赢得十之几，归根结底，就是赢得十之几的幸福。幸福是什么？其实幸福没有绝对答案，关键在于你的生活态度。善于抓住幸福的人才懂得什么是幸福。一直以为感受幸福是件很困难的事，那是一种灯火阑珊处的境界。经过岁月流年以后，才明白幸福其实很简单，只要心灵有所满足、有所慰藉就是幸福。农民采收果实是幸福，因为他们的辛劳得到了报酬；小草钻出大地是幸福，因为它沐浴到了阳光。很多时候，我们都在寻找和追求幸福。幸福在一些人眼中，或许是金钱，或许是地位，亦或许是权力，甚至把这些空虚的追求称为理想，并为之付出十分不切实际的行动。殊不知，即使最后追求到了这些所谓的“幸福”，得到的也只有空虚的内心和对逝去年华的悔恨。

赢得岁月，赢得生活，赢得幸福，就赢得了生命的长度和宽度。阳春布德泽，万物生光辉。我祝福老年朋友们：我们的每一天都是明亮的！

老人幸福密码

先讲一个幸福密码的故事——

1984 年,美国哥伦比亚大学博士生金森毕业论文的题目是“人的幸福取决于什么”。为了完成这一课题,他发了 1 万份问卷,收回 5200 张有效问卷。经过统计,仅有 121 人认为自己非常幸福。他又对这 121 人进行了详细调查分析,发现其中有 50 人是成功人士,其幸福感主要来源于事业的成功;其余 71 人,都是职业平凡、生涯黯淡的人,这些人虽然职业多样、性格迥然,但有一点是相同的,那就是他们都对物质没有太多的要求,平淡自守,安贫乐道,很能享受柴米油盐的寻常生活。于是,他在论文中得出结论:这个世界上有两种人最幸福。一种是淡泊宁静的平凡人,一种是功成名就的杰出者。平凡人可以通过修炼内心、减少欲望来获得幸福。杰出者可以通过拼搏进取、获得成功,得到更高层次的幸福。这篇论文受到导师的赞赏。

20 多年后,金森已是知名的终身教授。他再次对感到非常幸福的那 121 人进行了调查,发现原有感到幸福的平凡者虽然有很大变化,但是非常幸福的感觉不变,而原有的成功人士,只有一帆风顺的 9 人依然坚持非常幸福的选择,其他多数人则选择了一般,还有人选择了痛苦或非常痛苦。经过深入思考,金森以《幸福的密码》为题在《华盛顿邮报》上发表了一篇文章。他总结说,所有靠物质支撑的幸福感,都不能持久,都会随着物质的离去而离去。只有心灵的淡定宁静,继而产生的身心愉悦,才是幸福的真正源泉。这篇文章在读者中引起轰动,报纸一天之内加印 6 次。

这个幸福密码对于老年人也是适用的，但是对老年人来说，健康和家庭的影响可能更大。可否把老年幸福密码简称为 HMF。H 即为健康。世上最宝贵的是人，人最宝贵的是生命，生命最宝贵的是健康。老年人延长健康期，缩短带病期，避免伤残期，才是最幸福的。我们天津一中同届的老校友，十几年前聚会时有 30 多人，近些年逐年减少，最近聚会才到了 8 人，有几位故去了，许多人出不来门，有的身患重病，有的伤残，主要在病床上度日，经受折磨，有何幸福可言？

M 即为心态。一个人有没有幸福感，主要取决于心态。“朱颜去似朔风惊，世事栽培白发生”。谁也无法抗拒生理衰老，但是可以主宰自己的心态，阻止心理的衰老。狄更斯说：一个健全的心态比一百种智慧更有力量。一次我到市老年人大学讲公共课，学校里年龄最大的音乐课老师崔光明竟来听课，在我讲课后离去时，他还要搀扶我。我笑说哪有 90 高龄的老大哥照顾我 80 多小弟弟的！一位在老年人大学学习书法的 95 岁高龄的赵秀岩老人，来我家赠我书法作品，他每天用毛笔写楷书 2000 字。诚如一位哲人所说：“你的心态就是你真正的主人。”

F 即为家庭。家庭是老人赖以生存的幸福老窝。我在加拿大参观过一家养老院，老人住的房间挂着相片，布置得像自己家庭卧室一样。一位年近八旬的丧偶老友，一个儿子在加拿大，一个儿子在国内。他每年从国外回津，在自己家里住几个月，仍是高朋满座，其乐融融，一人家庭也幸福。

愿老年朋友破译幸福密码，科学养生，心理年轻，家庭幸福！

枫红月朗话乐龄

老人在新加坡被称为乐龄人士，以“乐”代“老”，表现出人们希望老年人晚年生活祥和安乐。老人还是家庭里的宝贵财富，“家有一老，胜有一宝”。细想想，真是这样，身边的乐龄人士比比皆是……

天津师范大学76岁退休教授贾锡信，担任市老年人大学文史系主任，如今住在北京的子女家，每周两次来津授课，不辞劳累，其乐融融。他在“答老年大学诸友——应老年人大学之请作”一诗云：“莫叹青襟成老朽，笑观岁柏绽霜枝。云烟往事凝秋叶，人在枫红月朗时。”这是多么美好的乐龄人士！

在抗日战争时期参加地下党的88岁高龄的王子青，在教育战线奋斗一辈子，最后用400多个日夜的护理送走她的战友和老伴之后说：我还要好好活着，我的子女都需要我。她活着不仅为家庭也为社会，最近还为天津干部疗养院的建设亲笔给市领导写了长信。这也是美好的乐龄人士呀！

或曰：你说的都是有作为的乐龄人士，平头百姓也是乐龄人士吗？回答是肯定的。活到老就是幸福！六十曰老，七十曰耆，八十曰耋，九十曰耄。活到耄耋之年，至少可有这样九乐：

一曰知足之乐。行坐安然，贫富安然，名利不贪，恬淡寡欲，清静无为，宁静致远。知足赛过长生药，常乐好比活神仙。我们生活在这个时代，要知道“身在福中”。

二曰天伦之乐。在属于自己的小天地里，赏心于夫妻之情、儿女之情、祖孙之情、手足之情，则飘飘欲仙也。丧偶老人根据个人的情况或找个伴侣，或通过交友排遣孤独。

三曰运动之乐。生命在于运动，持之以恒，其乐无穷，长寿之道也。运动不单是锻炼身体，还可以结交好多新朋友。我每天游泳，有的泳友说：“王大爷，您这不是游泳来的，是找乐来的。”我说，既游泳又找乐，一举两得也。

四曰忘年之乐。忘年之交不可少，要不拘年岁辈分，多和中青年人交知心朋友，会使你童心萌发，产生轻松愉快、充满希望的情绪，从而有益于身心健康，延缓机体衰老的历程。

五曰忍让之乐。万事之中，忍字为上，和字为贵。必须有忍性，事情才能成。古人云：忍得一时之气，可免百日之忧，可化干戈为玉帛。得了病怎么办？就得忍耐。英语 Patient，作为形容词是有忍耐力，作为名词是病人，真是妙哉！

六曰宽容之乐。宽乃心宽，容乃容人、容事，严于律己，宽以待人，可使心情舒畅，青春常在。

七曰学习之乐。知识是人们的精神食粮，学习使我们聪明，使我们勇敢，使我们智慧，也使我们豁达，使我们高尚，使我们愉悦。

八曰想象之乐。想象，有对往事的回忆，有对未来的憧憬，回忆儿时的天真烂漫，回忆青年时的青春追求，憧憬美好未来，勤于幻想，乐于思维，乃健康之友也。

九曰平静之乐。静乃安静、清静、文静。心静则天地宽，情绪稳。心静如水，心静则体健，则自得其乐。即使是炎热的天气，心静自然凉也。

最美不过夕阳红呀！乐龄老人们！

生命之秋

挨过今年漫长的酷暑，终于迎来了飒飒秋风。金黄浓浓的大地，濯濯如洗的蓝天，着实令人心旷神怡。一年四季，春播、夏种、秋收、冬藏，宛如人的一生。

春的生机和朝气恰似青少年，夏的激情和葱郁犹如人到中年，秋的深邃和收获正像迈入老年，冬的严寒和肃杀却似走向晚年。一位哲学家把心灵之春比作儒家，把心灵之夏比作墨家，把心灵之秋比作道家，把心灵之冬比作法家，其寓意发人深省。

人们在秋天是一种什么心态？夜风萧瑟，寒露成霜，雁阵南飞，叶落如蝶，人们在秋天往往会萌生出一种愁感。台湾诗人余光中在《枫叶》一诗中写道："秋天，最容易受伤的记忆，霜齿一咬，噢，那么轻轻，就咬出一掌血来。"秋天的愁绪跃然纸上。这汉字真有意思，在秋字之下加个心字便成了愁字。过去读辛弃疾的词，印象最深刻的是上阕那句"少年不识愁滋味"，如今老了，对下阕感受尤深："而今识尽愁滋味，欲说还休，欲说还休，却道天凉好个秋。"老人历尽沧桑，深谙愁的滋味。人的生、老、病、死，老年就占了"老、病、死"三个字。先是愁衰老，"满眼儿孙身外事，闲梳白发对残阳"；再是愁患病，"卧病当秋夕，悠悠枕上情"。人到老年，天气逐渐凉了，逐渐冷了，秋风扫落叶，人的心态由舒畅变成凄凉，这正是老年生命之秋的体验。

秋天其实还是收获的季节，人生之秋也是这样。我们到退休的时候，不论做什么工作，都辛劳了一辈子，事业画上圆满的句号。从家庭来说，子女都已经成人，乃至成家立业，家庭负担减轻，可尽享天伦之乐。有“陋室”可居，有退休金可花，够吃够喝，再不为“五斗米”奔波，可以安享晚年。或老有所为，或老有所学，或老有所乐，各有各的心得，各有各的情趣，各有各的收获。一位年届古稀的老友告诉我，他最近写作硕果累累，喜悦之情溢于言表。老汉我的著作也大都是退休后完成的，虽难登大雅之堂，也算是“小器”晚成，自得其乐也。

老年人如何变“老来愁”为“老来乐”呢？每个人的境遇尽管千差万别，但是最关键的在于自己的心态。在这方面，我觉得人到老年接受点道家哲学是很必要的。

我理解道家哲学的核心是顺其自然。老子的《道德经》有几句经典：“人法地，地法天，天法道，道法自然”，就是说人以地为法则，地以天为法则，天以“道”为法则，“道”以自然为法则。联系老年生活实际，有这样几句话可以参考：子女上进只能劝，成也自然，败也自然；人非圣贤哪能全，睁一只眼，闭一只眼；生老病死本自然，你也难免，我也难免；只要良心可对天，你也升天，我也升天；万贯家产难进棺，贫也成烟，富也成烟；安贫乐道心淡然，你也过年，我也过年；常与知己聊聊天，你也心宽，我也心宽。

我们要顺其自然，还要活在当下。过去的已经过去，永不复返；未来的变化莫测，尚不可知；只有当下才是“上苍”赠予我们实实在在的礼物，唾手可得。好好珍惜身边的，时时在乎眼前的，美美享用到手的，细细品味口中的。

老汉我衷心祝愿老年朋友微笑着面对生活，微笑着走向秋天，真真切切、快快乐乐地过日子，因为这才是人生最重要的、最受用的、最幸福的。

生命括号

有人说，人生犹如“填空”。左边的括号代表出生，是生命的开始，人生的起步；右边的括号代表死亡，是生命的结束，人生的终点。括号中的内容则全靠自己填写。如果把生命看作是一个过程而不是一个结果的话，那么括号里的空间，就要人们用自己的一生去填写。

老汉我认为，填写生命括号有两种不同的内涵。一种是自然属性，因为人是生物人，填空具有生物共同的特点：生长、成熟、衰老、死亡。当然人有强于一般生物的能动性，重视保健，防病治病，延缓衰老，延缓死亡。第二种是社会属性，因为人是社会人，填空具有社会人的特点：求知、成家、立业、退休。这里既包含不以人的意志为转移的社会环境和机遇，又包含更重要的个人心理素质和个人努力奋斗等主观因素。

按人生填空之说，我们老人已走过了大半生，人生的括号将要填满，剩下的无非是退休生活，还有什么可填写的呢？答曰：有的，退休生活是人生最后的精彩一幕，大有文章可作。只有人到老年，历尽坎坷，方能深刻认识人生，调整心态，理智选择，坦然面对，把握幸福，努力填写好自己的人生括号。这人生结尾的一笔，我觉得应该填写健身、健心、求福六个字。

首先是健身。眼下健身之道林林总总，无非是合理膳食、适量运动、科学生活、防病治病等等。有的说，大半辈子已过来，老了再讲健身，怕为时已晚，其实非也。老汉我年轻时工作比较劳累，忽视保健，体质也不算强壮，但是退休后引起重视，如今年届耄耋，仍耳聪目明，笔耕不辍，成为老人中的强健者。健身是晚年延续生命之本，是晚年填写生命括号之第一要义。

其次更重要的是健心。有的专家说健心比健身还重要。有道是:要想人长寿,健心为第一,心态要平和,乐观且积极。世上最难事,莫过管自己。君子坦荡荡,小人长戚戚。忧则天地窄,怨则人消极。哀则自摧残,怒则临大敌。愁则伤心神,气则伤肝脾。营养又运动,健康心欢喜。无私天地宽,淡泊名与利。潇洒走一回,夕阳也亮丽。

健身和健心归根结底是求福,追求幸福。幸福是什么?幸福是物质的,也是精神的,是两者兼而有之。幸福是过程,是体验,是感悟,它发自人们的心灵深处。有些人一说到退休无非是船到码头车到站,颇有失落之感。其实,退休后是人生最美好的黄金时期。因为退休后可以尽情做自己喜欢做的事,圆自己一生未圆的梦。老人们在过去的年代耳熟能详的话是“革命加拼命”,“小车不倒只管推”,其实那时是为了追求人们的长远利益,这些俱往矣。如今我们退休之后,才能追求个人终生没有得到的幸福。人生犹如一扇门,有人悲观于门内黑暗,有人却乐观于门内宁静;有人忧愁于门外风雨,有人却快乐于门外自由。其实,人活得就是一份心态和心情,保持好心情,人生就是快乐天堂。有道是:不要活得太累,不要忙得太疲惫,想吃了不要嫌贵,想穿了不要说浪费,心烦了找朋友聚会,瞌睡了倒头就睡,心平气和永远最美,天天快乐才对。告诉自己,我现在就开始开心起来!

老汉我仅掬一瓣馨香,敬告各位老年朋友,让我们现在就开始开心起来!

后记:长歌当哭

——悼念王辉同志逝世百日

2017年10月15日,天津市老年人熟知的报纸专栏作家王辉同志突然因病逝世。王辉同志平时并无大病,只是前一天因为系鞋带平地跌了一跤,再也没能站起来。老人生前曾三次立下遗嘱,生病不过度抢救,不切喉咙,不插管;死后不设灵堂,不搞仪式。一切从简,反复对家里作过书面交代。

王辉同志走得干脆利索。虽然年龄在87岁,但还是令人痛心不已,因为天津的文化老人太熟悉他了。他以“王老汉”的笔名,坚持20多年每周在《中老年时报》与读者谈天说地、交流人生;还每周一次清晨在天津电台与听众对话,聊古论今,拥抱夕阳。王辉生前不愧为老年人的一面旗帜,追逐者敬慕者何止万千!

一、解读“王老汉”

“王老汉”在津沽大地不敢说“家喻户晓”,但在《中老年时报》几十万读者中,几乎“人人皆知”,并不是虚言。

“王老汉”在《中老年时报》先后开辟有“相约王老汉”“王老汉杂话”“王老汉乱弹”专栏20余年,发文上千余篇,上百万言。他在老年群体影响之大,可以说津门没有第二个人与之比肩。

在20世纪90年代初,“相约王老汉”每周一篇,很快就引起读者的关注,成为剪报爱好者的收藏。有些读者甚至复印多份,寄给外地的亲友共享。逐渐,要求结集王老汉文章出版的呼声日高。“王老汉”的文章便源源不断地由编辑部集纳成书,主要作为礼品赠送订报多年的读者。后来10多年,逐渐演变成为报社的传统,年年要出版王老汉文集以飨读者。

大多读者开始并不知道“王老汉”为何许人也。我作为主持编务工作的负责人,起初也不甚了解。时间长了,才粗略知道王老汉原来是位“老革命”“大知识分子”。他是天津解放以前地下党的学生领导人之一,解放后长期在市委、市政府办公厅任领导职务;70岁从天津社会科学院领导岗位离休。离休前夕,他已先后在天津的几家报纸上开辟过专栏,一直到生命最后一刻。

在报纸上开辟专栏,可不是一件容易的事。到目前为止,我还不知道谁开辟专栏长达20多年之久。当年无论是《人民日报》的“马铁丁”在《长江日报》开专栏,还是“三家村”在《北京晚报》开专栏“燕山夜话”,时间都不算很长,且不是一个人捉笔。20世纪80年代,《天津日报》开辟一著名专栏“马子杂话”,影响很大,由学者型报人张绍祥主笔。他因属相“马”而起笔名“马子”。杂话推出后一片叫好声。眼看着他日复一日头发由浓密而稀疏,再而到头顶精光发亮,专栏文人之苦之累都写在头顶。我曾数度劝“王老汉”,年岁大了不饶人,有话则写,无话则歇,何必苛求自己。王老并未留意,只是淡淡地说:“有一分热,就发一分光吧!”

二、相识到相知

我被王老的境界所感动,由衷地敬佩。按常理说,他离休后生活优裕,完全可以闲云野鹤,颐养天年。然而,不。他又开辟另一战场。他不仅满腔热忱地支持《中老年时报》的工作,而且全身心地转向对老年学的研究和开拓。他说,天津有这么一份老年类的报纸,是一个很大的优势,一定要把老年学会和报纸结合,把天津的名声打响。每次开市老年学年会,他都让我准备一篇发言。有一次部分外省市同行也来参加,会前我把讲稿的四个小标题给他陈述:“好好地活”“慢慢地老”“晚晚地病”“快快地死”。听完,他乐了,说:“快快地死”太愣,缺乏人性化,缺少关爱精神,改成“静静地走”吧!

王老作为那样的身份,按老百姓的话“吃过见过”,可他平易近人到了难以置信的程度。无论任何人,他都诚恳相待。2008年炎夏,应多名老读者和通讯员的要求,请王辉到南戴河一游,聆听他的高谈阔论。这些老同志与王老汉都有过接触,但觉得不过瘾。王老平日谈吐风趣诙谐,幽默中不失深刻,俏皮中饱含哲理。我以办写作培训班的名义组织三日游,本来计划50人,结果报了80多人。我嘀咕以次南戴河之行吃住条件都比较低端,把王老这位年近八旬老人“架”去合适吗?到那后我让司机专陪王老到“海运宾馆”高间居住。王老听后,说什么也不肯。说“不就是睡觉吗?和大家在一起!”结果,王老和大家同吃同住简陋的《今晚报》印刷厂招待所。转天,王老的讲座,掌上千秋史顺手拈来,胸中百万兵随意调遣。与会者个个听得眼前风云涌,耳畔响雷声,谁也没心思去玩。老人们搓手赞叹,希望编辑部组织这样的讲座,多多益善。

2001年初春,市老龄委一行由秘书长高世忠带队,去上海开全国老年学术会议。全国老年学高手云集,会议推举王辉主持。这时我才知晓,王老是隔着门缝吹喇叭——名声早已在外。他不仅是全国老年学学会副会长,还是全国社会学学会的副会长,实乃圈子里重量级的人物。他在会上推出我,就报纸宣传问题发言。与会者对《中老年时报》并不陌生,希望能把会议发言摘编出一专刊。会上,还借“王老汉”这一东风,建议在《中老年时报》开辟“全国老年学术研究”专版。在王辉的力主下,他推荐天津社科院学者刘迎光组稿,我负责找钱和版面。这样,天津《中老年时报》在全国打响,老年学界有了自己的学术阵地,影响很大。每年还要优选数十篇论文结集成书,成为每年全国老年学学术会议的礼物丛书。

后来,天津市老年学学会和《中老年时报》名声大噪,闻名全国,在圈子里很有号召力。年会期间,京、津、沪、浙、鲁、苏、川、粤等地区,以及一些高校和学界的代表调侃,称赞天津老年学学会有个会榨香油的“王老汉”。王辉同志指着我回答:“我们这是荞麦皮里榨油,关键是老年时报这盘磨推得好。”

三、文章憎命达

王辉同志不仅在宏观上指导时报办成全国老年系统一流报纸,而且在微观上身体力行,写好每一篇稿子。王老年届耄耋,体力也不如先前了。我曾建议他放下专栏,做自由撰稿人,有精力就动动笔,没精力就多歇息。可不承想,王老身边已聚集了一大批粉丝。在签名赠书活动中,他给许多人留了电话。往往是一篇文章刊出,总要电话铃声不断,各色各样的问题包罗万象。这虽然激发了王老的写作灵感,但毕竟很累。“日出千言,不损也伤”,接电话交流也是挺耗神的。我有一次去看望王老,看他有些疲惫。他说,过去搞地下工作的一位大姐心理遇到点问题,电话说起来一个多小时也放不下。继而用试探的口吻问我:“你从岗位上快要退下来了,可否参与进来一起把专栏办下去。”说实在的,我真没有那种文化底蕴,也没有老一辈那种境界和豪气。我说:“你们老一代共产党员是用特殊材料铸成的,我不行,也没那种天分。”随后,我还引用某位作家的说“创作需要天才”的话。王老很不以为然,说:“什么天才? 完全靠吃苦勤奋。”

2009年深秋的一天,听说王老生病住院了。临近傍晚,我和作家王道生去看他。那时天已经暗下来,进了病房黑乎乎的,只见王老还伏在窗前的电脑桌写作。我们说,生病,该歇歇了。他很认真地回答:“不行啊,欠下账不行!”他这是在赶写一篇约稿。出来后,我俩感慨系之:“这可能就是老共产党员的本色。”

王辉同志在工作中养成了文字严谨细致、一丝不苟的习惯。离休后,他不甘搁笔,刀枪入库,而是借尚能读能写、头脑清楚,“焚膏油以继晷,恒兀兀以穷年”，好像有一种强烈的责任感在推动着他。他写文章就象侍弄孩子，诗必穷而后工，语不惊人誓不休。他对出手的每一篇哪怕是小文，都要反复把玩“包浆”。他的心血感动了“上帝”，他的忧患联结着苍生。一个群又一个群的人们像云朵总与之散聚有期，往来不断。河东区有十多个老工人辗转找上门来，每年春节都要在他楼下的社区小餐厅相聚。老人们大都是昔日工业区的见证人，那种信赖和亲近令人感动。2006 年春节期间，他曾写了《河东八老》的特写发在头版。全文饱蘸对工人劳动者挚爱的墨汁，反映出一个高级干部的平民情怀。

记得多年前我曾求证他称呼“老汉”的由来。我说：“民间指‘老汉’大都是农民或体力劳动者，并以我小学读诗为证，‘树老根多，人老话多，莫嫌老汉说话啰嗦’，您这大知识分子高干身份，怎么能称‘老汉’呢？”没想到王辉回答，按你说我这“老汉”是冒充的了？“老汉”不是谁的专利，“老汉”雅俗兼备，我正是用这个笔名要求自己，写文章不能脱离工农群众，不能脱离平民阶层。

王辉的解释让我恍然大悟。原来血与火中诞生的老共产党人，骨子里永远不忘初衷，至死不渝。

王老倏然间走了，走得让你心痛，甚至来不及哭。鲁迅在《纪念刘和珍君》中说：“长歌当哭，是必须在痛定之后的。”谨以此篇作为本文集的“尾声”，也算作对王老的百日祭奠。

2018. 元月

马志林